大鱼

有爱的青春陪伴者

庆福路5号

万元户/著

江苏凤凰文艺出版社
JIANGSU PHOENIX LITERATURE AND
ART PUBLISHING.

图书在版编目（CIP）数据

庆福路5号 / 万元户著. -- 南京 : 江苏凤凰文艺出
版社, 2025. 11. -- ISBN 978-7-5594-9939-4
Ⅰ. Ⅰ247.5
中国国家版本馆CIP数据核字第20254HD325号

庆福路5号

万元户 著

责任编辑	王昕宁	
特约编辑	李　娜	
责任校对	言　一	
责任印制	杨　丹	
出版发行	江苏凤凰文艺出版社	
	南京市中央路165号，邮编：210009	
网　　址	http://www.jswenyi.com	
印　　刷	天津睿和印艺科技有限公司	
开　　本	880mm×1230mm　1/32	
印　　张	9	
字　　数	250千字	
版　　次	2025年11月第1版	
印　　次	2025年11月第1次印刷	
书　　号	ISBN 978-7-5594-9939-4	
定　　价	42.80元	

江苏凤凰文艺版图书凡印刷、装订错误，可向出版社调换，联系电话025-83280257

目录

Chapter 01

"程易尘，往前看。"

"喻青措，你想多了，我从不回头看。"

程易尘要回来了。

这是喻青措近半个月来，听到的最多的陈述句。

在更衣间，员工们在讨论；回庆福路5号吃饭，程家上下老小也在嘀咕；就连睡前刷个微博也能看到热门上"程家接班人回国，程记百年老字号商战……"的标签。

这一切的一切，都让她很被动地想起一些不太好的回忆。

正愣神的工夫，程老太抬手打到她的膝盖骨上："小赤佬，讲过多少次啦，庙里门槛不能踩！"

喻青措慌忙地抬脚，老老实实地迈过门槛，挽着程老太往里进。她是坚定的唯物主义者，但人在屋檐下不得不低头。每个月十五，她还是会陪程老太来清泉寺吃斋念佛。

只是她从不上前跪拜，大多时候就倚靠在一旁的红木雕花门框上，看着程老太双手合十，三叩九拜，临走前还会往莲花灯下压信封。

钟声沉稳，悠扬飘荡，一下、两下撞击出来的声音，让她也跟着格外平静。她倒不抗拒来清泉寺，毕竟听听寺里的钟声、逗逗庙里的三花猫，可比在饭店里忙前忙后强太多了。

钟声结束，人群里的低语声又涌上来，烟雾四起间，老太太起身，说要回饭店吃饭。

包间里，八仙桌挨着清式木椅，瓷算盘、留声机、青瓷烛台等旧时摆件增添程记浓厚旧日气息。程老太端着瓷碗吹开汤面上的葱花，缓缓开口："易尘回来是好事，你也能放松放松。"

又是这个名字。

喻青措布菜的手一哆嗦，随后又收紧："我不累的，奶奶。"

"女孩子家家，总归要嫁人的，总不能一辈子都待在饭店？"饶是今天是个好辰光，可大厅里的上座率不足六成，这和巅峰时的程记比起来，简直不值一提。

她拨着汤匙不语，老太太像是看穿她的心思，压低身子："你也是我一手养大的，奶奶不偏不倚，到时候老门店还是由你主管。"

她心里吃了定心丸："谢谢奶奶。"

荤菜师傅敲开包间门，提醒喻青措试吃新品。喻青措起身把人拦在门口："今儿十五，奶奶食素，一会儿让后勤的同事先试试菜。"

荤菜师傅本想谄媚，却不料失了手，听闻赶紧道歉往外走。老太太摆手说："没关系。还是你心细，我就喜欢你灵性。"

能不灵性吗？自从她八岁到程家，察言观色对她来说像喝水那么简单，不苟言笑的爷爷、刻薄的大伯娘一家、永远不着家的二伯和二伯娘、摇曳风情的姑姑，还有她那个……没有半点血缘关系的便宜哥哥。

可以说每一步，她都走得格外小心。

忙了一天，晚上她带人事的几个同事在楼上的包间聚餐，眼看暑假就要来了，上海又要迎来一波旅游旺季，她想让人事提前准备人手。

喻青措交代厨房做了几道她吃得惯的菜。她嗜辣，顶吃不惯江浙沪这边甜腻腻的淡口。

"程经理，财务上新招一个人，你明天要不要过过关？"

是的，对外她叫程青措。

她不喜欢这个姓，更不适应别人叫她程青措，但她也从不纠正，因为在外人眼里，她就是程家没有血缘关系的小孙女。

但只有一个人，不管在什么场合，会一直叫她"喻青措"。

她回过神后回应："王姐，我年纪小，私下叫我'青措'就好。你把关的人，我放心，我就不去看了。"她不动声色间，撇开那姓氏。

她起身给大家倒酒，给手下人许诺，要再创新一季度辉煌，日后程记一定不会亏待大家的付出，随后仰头一杯红酒下肚。

饭吃得差不多，喻青措起身去记账。路过游廊，一个瘦削修长的身影从斜后方走过，喻青措像是被击中，大惊若静地呆愣在原地。

等她反应过来的时候，那道身影已经转身进入一个包间，王姐伸出五指在她面前晃了晃："看到熟人了？"

喻青措回神，摇摇头："没有……看错人了。"应该是看错了，这会儿他应该还在瑞士，如果时间允许，可能他还会去趟健身房。

前台小妹宝说青措太客气了，在自己家吃饭也要记账。喻青措只是笑笑没说话，手指点点桌子，随后接过单子利落地签字。

这时，大厅经理章荣急匆匆地赶过来，一把拉住喻青措："程经理！我可算找到你了，大厅有人闹事！"

喻青措想都没想，把签字笔撂在大理石桌面上，眉头一皱："走。"

章荣穿着平底鞋也追不上脚踩高跟的喻青措，某书上被人吐槽的七厘米Jimmy Choo（英国奢侈品牌）在她脚上却看起来格外好穿。

"客人喝了酒和小梁吵起来了，偏说自己存的酒有被人动过的痕迹，拽着小梁不依不饶，小梁一着急推搡了他一下，那人直接顺势倒地不起！"

喻青措听闻，眉头皱得更紧。在饭店这么多年，什么样的食客她都见过，喝酒闹事的是常事。身处服务行业，不管遇到什么事，把冲突降到最小值才是首选方案，小梁显然是犯了大忌。

"小梁有事没？"

"没事，他好好的。"

喻青措点点头，不再言语。二人到了大厅，只见里三层外三层挤满了人。

"您好，借过，借过……"喻青措扒开人群往里走，瞬间闻到刺鼻的酒气。

当事人看着醉醺醺的，站不稳。喻青措初步预判，他最少喝了半斤白酒。

她双手交叠在身前，躬身，脸上带着笑意，语气压低："先生，您好，我是程记的总经理……"

她话还没说完，直接被那男人打断："什么狗屁经理！我今天……要见你们，老爷子！开除这小王八蛋！让他给我道歉！"这男人瞧着四十来岁，醉得语无伦次。

小梁是新来的实习生，眼睛泛红，双手紧攥，满脸委屈："经理，他骂我，有妈生没妈养。"

喻青措闻言喉间紧了紧，拍拍他的肩膀，安抚道："你先下去，剩下的交给我。"

醉酒男一看小梁要走，拎着酒瓶子就要往他身上砸，身旁已经陆续有人掏出手机，拍照，录像。

喻青措一个箭步过去，攥住酒瓶，冰凉的酒水顺着她的袖口往里浇灌，人群瞬间乱作一团。

醉酒男一看没得逞，反手就要往她脸上甩巴掌。

说实话，喻青措一点也不怕，甚至在心里浅浅期待这巴掌能顺利落她脸上。她要的就是这种效果，最好被拍下的视频能原封不动地被人发网上，这样就会有讨论度，说不准还能借着这个热度，让程记翻一倍营业额。

她闭上眼睛，准备去迎接这暴风雨，可是，那巴掌迟迟没落下来。

她迟疑着睁开眼，先是看到周围人惊恐的目光。与此同时，她能感觉到身侧站着一个人，突然，她有股强烈的预感，今晚在游廊见到的那人，不是她的错觉。

"小程总！"有老员工先一步认出来。

她怔住，缓缓转身，看到那张侧脸，那张瘦削的脸满是怒意，紧紧攥住闹事者的手臂。

五年了，她有整整五年没见过程易尘了。

喻青措自出生后就没有见过自己的亲妈，有人说她亲妈死了，有人说亲眼看见她亲妈坐上一辆黑色的依维柯去城里享福了。

结果到底是什么，对她来说也不重要了。她像个野丫头，整日在小镇上插科打诨，从来没有去上过学。

因为家里没钱，她爸嗜赌。

姐姐在上学，奶奶年纪大了身子不好。

这几个buff（指某个角色或者系统中的属性值）叠加起来，就是一个悲剧家庭的铺垫。奶奶眼看着这样下去不是办法，从箱底拿出一个泛黄的电话簿，在一个黄昏时分，在镇口小卖部花了五毛钱拨通了一个电话。

就是这个电话，彻底改变了喻青措的人生轨迹。

三天后，家门口就来了一辆黑色的轿车，有懂的同乡人说那车是奔驰，指指点点地说喻青措的奶奶不简单。

喻青措什么都不懂，但她感觉到一种前所未有的紧张。一个慈祥的奶奶和一个穿金戴银的妇人从车上下来，慈祥的奶奶一见到喻青措的奶奶就哭个不停，妇人的眼神上下打量她，喻青措吓得直往门后躲。

她是小，不是傻。

她预感到不对劲，撒丫子就往山头跑。她爸快步追上来，一把按住她，把她往肩膀上一扛，龇着牙在她耳边说："老实点！看清楚喽！岁数大的那个最有本事，伺候好她，你娃子后半辈子就能过舒坦日子，到时候可别忘了你老子！"

"我不！我要找我妈！"

"别做梦！你妈早死了！你真以为她去享福了？那黑色依维柯就是拉她去城里火化的灵车！"

喻青措不信。她抵死不从，用了全身最大的力气张嘴咬着她爸的肩膀不松口。她能闻到嘴里淡淡的血腥气，但她爸还是没有松手。

喻青措就这样被送到了程家，名义上是借住程家，可这一借住，想回去就不容易了。

到了程家，她用绝食来抗议，脾气倔得像头小牛。庆福路5号洋房里，保姆们变着法子给喻青措做好吃的，她依旧不为所动。她不明白，怎么她爸、她奶、她妈、她姐偏就都不要她了？

有天半夜，她饿得实在难受，从床上翻身到地毯上来回打滚，动静大到惊动了隔壁屋的人。有人顺着阳台的玻璃推拉门而入，她看了一眼那个穿着睡衣、皮肤白皙的男孩。

程奶奶说过，那是程家二伯的儿子，她应该叫哥哥。

她才不认什么哥哥，她可没有这便宜哥哥！她只有一个姐，还在老家上学呢！

豆大的汗珠顺着她脸颊滚落，她不想被人看到自己这副模样。喻青措低声咒骂让他滚，程易尘脚步却没有退出去，反而往前走，屈身蹲在她身边，手里拿的正是晚餐她没吃的鸡腿。

喻青措恼极了，反手就推了他一把。程易尘不解："你到底吃不吃？吃饱了才有力气逃跑！"

她确实饿极了，明晃晃的鸡腿在眼前直晃，她管不了那么多，坐起来就着程易尘的手就狼吞虎咽起来。

若干年后，喻青措认定程易尘就是故意找凉肉给她吃，害她闹肚子住院，程易尘说她是没良心的小白眼狼。

于是，他俩这梁子就算结下了。

远处高楼正在施工，强力照明灯从楼身的肋骨间穿过，带动混凝土搅拌声，这都是新时代的怪诞产物。

"你松开我！松开！你凭什么替我做决定！程易尘，你松开！"喻青措双手双脚在空中乱拍乱踢，每一拳都狠狠地砸在程易尘身上，可那人像是不知道疼似的，偏不松手。

喻青措是被他夹在怀里，半抱进办公室的。

一进屋，程易尘勾脚关上门，把人放下。喻青措刚一着地，就又似离弦的箭往外冲，同时嘴里咒骂："我明明都快处理好了，你为什么给他钱？为什么要和他妥协？你这样就是告诉全世界，我们就是偷了他的酒！你打乱了我的节奏！"

程易尘顾不上讲究，双手又把她提溜回原位，随后反手把门上了锁。他把领带松了松，抓起她办公桌上的女士烟，点燃，猛吸一口朝着空中吐烟圈："所以呢？你准备怎么处理？让他打你？让事件发酵？然后用这样的办法让饭店回春？"

被说中心事，她有短暂的失神。

"喻青措，我真没想到，你就是这么管饭店的，程记还没没落到要靠挨嘴巴子才能挣钱的地步！"他轻呵一声。

这声呵笑，灼伤了她。

她的怒火已经抵达胸腔，整个人都战栗起来："是，对你来说这店倒不倒无所谓，这家倒了还有黄浦、徐汇、普陀区、虹口区的分店！程记全国连锁，这对你来说当然无所谓！"

吵架白热化的时候，人总是用最恶毒的话来扎对方心窝子，要的就是对方溃败，而她现在就是要程易尘难受。

程易尘把烟蒂摁灭在烟灰缸里，背影看起来有几分落寞。他淡然转身看着喻青措，眼下有淡淡的青痕，估摸是直飞回来，还没来得及休息。

说实话，程易尘确实生得漂亮。小时候在庆福路，就听到往来做客的达官显贵言语间止不住地赞叹程家二媳妇漂亮聪明，现如今看来，他确实随了二伯娘的狭长大眼，高挺鼻梁。

他先一步投降，卸下肩膀，委声道："喻青措，我见不得别人欺负你。"

这话直直砸在她心口上，闷得她发疼。

"靠被打获得的'正义'起不了任何作用。我今天就算让这店关了，也不可能让那畜生动你一根手指头！"最后这句话程易尘是喊出来的。

他得承认一点，他彻底溃败，不堪一击。

程易尘确实见不得有人欺负喻青措，从小就是这样。

程家有一个讨她烦的大伯娘，程老太向来对大伯娘纵容，倒不是因为大伯娘有一个显赫的家庭背景，左不过程家上下对大伯娘有愧，不过这都是后话。

刚去庆福路时，大伯娘总会在语言上攻击喻青措，那时候大伯娘对喻青措的称呼是"黄毛丫头"。单说这个词也并没有什么，但大伯娘总模仿着喻青措老家的方言来叫她，大伯娘学得一点也不像，故意成分居多，还会伴着"哈哈"大笑的声音。

喻青措觉得她就是一个不可理喻的疯女人。

那时候，喻青措已经出落得落落大方，且是出众的漂亮。程记最火爆时期，庆福路5号隔段时间就会有上门拜访的人，政客商人居多，他们看到喻青措都会夸上两句。

这在喻青措看来无非是学问人的礼貌，可大伯娘不知怎的，偏听不得这种场面话，她会在客人最多时，使唤喻青措去拖地，摆架子，俨然一副女主人模样。

喻青措听程老太的话，隐忍地体谅她。

但喻青措的善心并没有换来应有的善意，大伯娘使唤诋毁她越发顺手。

有一天，喻青措刚受完气，在花园里拿着小树杈朝无辜的土壤发泄。她眼下的现状就是，有家不能回、能回的却不是自己家的可怜虫。

她那时候想，笼中雀、瓮中鳖也不过如此。

她太想长大了，太想站住脚了，也太想证明自己！

这时，她听到一阵脚步声由远及近，一道阴影靠近笼罩住她，她知道是程易尘回来了。

又一个讨厌鬼！

"土都快被你扒拉干净了。"那时候的程易尘上高三，她实在不明白为什么学校的女生看到他就会叽叽喳喳激动个不停。她不觉得他帅，只觉得他烦人透了。她别开脸，这会儿没心情和他打嘴炮。

可对方没一点眼力见儿似的，或者说他就是故意捉弄她，她往左，他也往左，她往右，他也跟着往右，她受够了！

她曾经听她同桌说过，程易尘身上的漫不经心是最迷人的地方，她反驳，那是她们不知道他有多吊儿郎当。她同桌一脸诧异地反问她是怎么知道的，她及时收口，借口说自己瞎说的，她可不想让人知道她和程易尘有千丝万缕的关系。

她愤然抬眼，眼泪还没来得及擦干，直直地对着程易尘的目光，满眼委屈。

程易尘明显一怔，收起欠欠的笑，满脸认真："怎么又哭了？谁又惹你了？"

不知道从什么时候开始，她发现她一哭，程易尘就会很紧张。她的经历造就她就是比一般姑娘早熟，她能洞察人心。这可不能怪她，毕竟她需要察言观色才能在这个庆福路5号生存。

她突然预感到什么，莫非……程易尘关心她？

她不确定。

但她很想试试。

"程阿哥……"她忍住恶心，尽量让自己看起来怯生生的，双眼中蓄满珍珠豆，这模样任谁看了都觉得她受了天大的委屈，"大伯娘，她……"

程易尘光是听到这个名字，就能猜出来喻青措要说什么。他把书包放在地上，大手胡乱地在她脸上抹她的眼泪。她疼得龇牙咧嘴，心里咒骂，但面上还是委屈巴巴。

程易尘："又找你事了？走！"说完，他攥着喻青措白白嫩嫩的细腕子就往楼里冲。

她和五年前一样，下意识地想要逃，她也确实这么做了，喻青措推开门就往夜色里走。

夜间的雾气让她袖口里的酒渍彻底挥发，她头发乱蓬蓬，身上也难闻得要命，她忍住胸腔里说不清道不明的委屈和恶心，往停车场走。

她脱掉西装上衣，扔在后排，启动车子，打开暖风，让脸颊埋进方向盘里，眼泪瞬间开了闸。

她亲过程易尘，不光亲过，还睡过。

在她发现程易尘的心意时，她发现自己的内心也无法掩盖，那点心思日益疯涨。

她当然能意识到自己和程易尘之间的差距，但她仍贪婪地、短暂地享受着程易尘对她的好。

直到……

此时，车窗外响起的轻叩声将她拉回现实，她惊得抬起头。

车外是陈晔，程老爷子的远房亲戚。程家家大业大，身边当然要有体己人去扶持程易尘。

这个年长他们十多岁沉稳老练的陈晔，一直充当着程易尘身边的助理，说是助理，实则就是替他解决问题的亲信。

她按下车窗，乞求夜色再浓一些，尽量不要让陈晔看到她脸上还未拭去的泪痕。她扯出一抹笑意："小叔叔。"

按辈分，他们都要叫陈晔"叔叔"。

陈晔的目光在她脸上短暂停留，随后避开，看向一旁："我听程总说了今晚上的事，你缓缓，我开车送你回去。"

很明显，是那人叫他来的。

"不用了，离得近，我开车一会儿就能到。"

陈晔弯下身子，用手撑住车顶："得了，你喝酒了，一会儿打算让我去牢里给你送饭？"

喻青措嘴角弯了弯，露出今晚上第一个微笑。这才猛然想起，席间她一饮而尽的那杯红酒，她现在确实无法开车。

她顿了顿，拉开车门，坐到副驾驶座。

某种程度上来说，陈晔和她一样，都是被程家收编回来的孩子。性质不同的是，陈晔名义上有程家血脉，关系自然更近一些。

陈晔将车拐上车道，轻轻开口："青措受委屈了。"

刚收起的眼泪，又要有瓦解的趋势，她死死掐住座椅，让自己看起来不那么紧绷："没有，在饭店里都习惯了。"

陈晔瞥了一眼副驾驶座那个坐得端正的倩影。她背挺得笔直，这么多年来，她在人前始终端着自己，从不露怯。这几年的光景，人都是会变的，他没有拆穿她的不堪一击。

小镇来的姑娘，没有退路。

"还记得小时候你们一起爬烟囱，最后被抓住罚跪的事吗？"

"当然记得。"不知道谁起的头，几个孩子越爬越大胆，出来的时候，满脸灰，长长的烟囱直通洋房顶层，在那里能听到房间里传出来的胶片机声音，她能想到的只有这么多。

"后来，奶奶教训人，他们都起身跑，青措，就你老老实实地受罚。"

"有吗？"她轻轻擦了下脸颊，"我小时候这么老实？"

陈晔笑出了声。喻青措看他一眼，按道理来说，陈晔已经四十岁了，但岁月并没有在他身上留下痕迹。很奇怪，她小时候就觉得陈晔是大人，现在依旧这么觉得。

喻青措伸伸腿，踢掉高跟鞋，双腿盘坐在副驾驶座。

"青措，你可以活得松弛一点的。"

陈晔后来说的什么，她没听。

直到到家之后，洗完澡躺在床上，她又想起陈晔的话。

"松弛。"她在嘴里反复咀嚼这个词语，不明白小叔叔话里的深意，又或许她早就听明白了。

管他呢，明天再说吧。

眼皮子已经打起了架，思绪朦朦胧胧，她做着碎片化的梦，手机振动了一下，她没管，隔一会儿，又振动了一下。

她睁开眼，屏幕上陌生号码发来信息：喻青措，不管怎样，我已经回来了。

没署名，但她知道是谁。她没删除也没回复，翻身继续她未完待续的梦……

第二天中午，程老太在群里发消息，要大家晚上都回庆福路吃饭，此时的喻青措正在试吃甜品。

她手指摩挲着手机框的侧边栏，斟酌该如何回复，群里程姿先一步回复一个"OK"。

程姿就是程老太的三闺女，她应该叫程姿"姑姑"。

她没着急回，锁屏把手机放进口袋里，继续听甜品师傅讲他的新品开发理念。等到结束，喻青措才重新打开手机。

她在程家向来不愿意做出头鸟。

看到程姿在群里单独艾特她：青措呢？

喻青措回复：好的。

她刚发出去，紧接着一条消息也发出来：好的。

喻青措的眼神在那个熟悉的头像上停留一下。

晚上，她按时回庆福路5号，陈晔给她开的门。刚一进门，喻青措就感觉到一个黑影擦着她脸颊飞过去，陈晔手疾眼快地一把抓住飞行物。

喻青措吓得后背瞬间激起汗。

"侬当心哇。"大伯娘呵斥她的宝贝儿子。说是呵斥有点过了，这话听起来没有一点责备的意思，反倒像是做做样子给旁人看的。

大伯娘方琳姗姗来迟，拽住小男孩，象征性地教育："去院子里玩去。"

小男孩朝着喻青措做鬼脸，抱着飞机就往花园里跑。

陈晔换鞋子："嫂子还是这么有耐心，从不舍得打骂孩子。"

喻青措闻言抿抿唇，从鞋柜里抽出拖鞋也换上。

方琳听出来陈晔话里有话，这才象征性地摆摆手："孩子嘛，调皮是天性。青措没事吧？"

这孩子是方琳抱养的，不是程家的孙子。大伯娘有过自己的孩子，第一个孩子早年间生下来没多久就染上"百日咳"去世了，那会儿程家添大孙子，爷爷的朋友们纷纷来家里道喜，期间不知道被谁传染上。

从那之后，方琳就再也要不上孩子，吃了很多中药，打了好多针剂，仍旧没动静。

爷爷奶奶心中对她有愧，所以程家在小事上都依着她。

无论如何，面上还是要过得去的。喻青措笑了笑，脸上看不出一丝异样："没事，大伯娘。"

说完，她借口去后边楼里看看爷爷奶奶，穿过小径，就是爷爷奶奶住的楼。这里依旧保留着八十年代的装饰风格，带着浮雕的踢脚线、红木家具、泛黄带纹路的实木地板、挨着墙根的老式留声机……每个角落所散发出来的熟悉感都让青措跟着放松。

她掀开珠帘，小心翼翼地往里进。听闻屋里有熟悉的低语浅笑声，还未来得及收脚，她便暴露了目标。

"青措回来了，来哇。"奶奶朝她招手。

与此同时，她看到程易尘的背影。他穿着白衬衣，西装松松垮垮地摊开在一旁，闻言他也看了过来。

该死，怕什么来什么。庆福路里没有人知道她和程易尘的关系，所以她和程易尘明面上保持着疏离的社交距离。

她抬脚往里进，提了提裙摆："易尘哥，你回来了。"如果现在有镜子，一定能照出来，她笑得有多牵强。

老太太伸手朝他背上轻拍："可不是嘛，回来要讲一下的，侬晓得伐。"

程易尘没着急回老太太的话，慢慢端起面前的杯盏，吹开浮于表面的茶叶："青措，我们不是昨天才见过吗？"

她摩挲着指尖，看了一眼程老太，好在程老太正专心挑拣着今年开春摘的团菜，并未听出什么异样。卧室里传来爷爷清嗓子的声音，奶奶似不在意般摇着蒲扇起身："我先去瞧瞧，青措你们等会儿再进来。"

登时，喻青措松了口气。

沙发上那人像是无事发生一样继续品茶："青措，你刚才心虚得太明显了。"

喻青措一时之间还未从昨日的吵架里回过神，暂时不想跟他说话，狠狠地瞪了他一眼，坐到远远的单人沙发上。

小时候他俩就不和，整日吵，青春期时更是吵得不可开交，程姿总戏称他俩是庆福路5号院里的小青梅竹马。

那时候韩剧风靡，喻青措抱着笔记本电脑狂刷韩剧。看到男主角去芬兰治疗抑郁症，动情时刻喻青措流下泪水，程易尘一边喝水一边瞥了一眼屏幕："有病吧，芬兰常年积雪，正常人在那边都会抑郁，脑子有病才会去芬兰治抑郁症。"

喻青措听到后，眼泪瞬间收回去。她把电脑狠狠扣下，瞪着眼骂他不懂文学艺术。程易尘被骂也不恼，笑着火上浇油要她多学点地理知识。

里屋，爷爷被护理人员穿好衣服后，招呼他们进去。在喻青措的记忆中，程老爷子一向是不苟言笑的性格，发乎情止乎礼，他对小孩子没有什么耐心。

况且，她见过程老爷子动怒打手下的人，一脚踹得那人坐地上半天没缓过劲儿。那在她年少的记忆里留下了浓重的一笔，从那之后，喻青措见着老爷子就绕着走。

用程老太的话说就是，大犟种和小犟种。

兴许是儿孙都回来的缘故，程老爷子今天看起来气色还不错，程易尘搀着他坐直身子，把床调到最舒服的角度。

年前，程老爷子生了一场大病，做了开颅手术，程家上下一时之间乱作一团，也就是在那个时候，喻青措辞去五星级酒店的经理位置，肩负使命回到老店。

明面上她也算是尽了心，外人都说她知恩图报，除却自己的私心，她对老店也是有感情的。那是承载她童年的地方，她也不想看着大厦坍塌。

"瑞士那边的股票都处理好没？"程老爷子开口说话慢条斯理，嗓音沙哑，气息不足。

程易尘顿了好久没说话，久到喻青措转头看过去，她只能看到他三分之一的侧脸，无法揣摩他的心思。

"嗯。"

程老爷子咳了两声，保姆端过来痰盂。

"处理好就行，着急忙慌叫你回来……你们也看到了，我现在身子不如以前。"程老爷子摆摆手，终究没把话往下说。

程老太顺着拍他的脊梁："侬仔细点哦，孩子们心里都作数的。"

寒暄上几句话，算是打过招呼，喻青措找借口开溜，接下来估摸就是爷孙儿二人说心里话的时候，无非是交代哪里还有房产，哪里还有债券，她不好奇，也无心知道。

有钱人家培养孩子的目的很明显，就像程易尘，生下来就是为了继承饭店。他也确实不负程家上下的期望，一直在这个行业潜心学习，只是前些年饭店正在鼎盛时期，他却突然提出要出国深造。

程老爷子竭力反对，甚至动怒停了程易尘所有的卡，但逆子像是铁了心似的，就这么抵抗着。终有一天傍晚，爷孙俩在书房促膝长谈，再出来时已经是凌晨，也就是从那天起，程老爷子同意程易尘出国。

喻青措抱着肩膀在花园里来回走动，前厅人多，她不想那么早过去，只能在花园里徘徊。

这时，她看到那个胖胖的小男孩气急败坏、抓耳挠腮地上蹿下跳。

喻青措顺着他的动作看去，凉亭上方飞机搅着攀岩植物，孤零零地倒在那里。

显然，他是想够到凉亭上的飞机，可这个高度对九岁的孩子来说确实有点困难。况且，凉亭外正是一条观景小河，稍不留意就会有掉下去的风险，小胖子在原地急得直跺脚。

喻青措踢了踢脚下的小石子，故意发出不大不小的动静，引得小胖子大声唤她："哎！快来啊！就你！听不到我叫你吗？"

凝神片刻，她抬脚走过去。

程一谱听到动静，像是看到救兵，吃得肥嘟嘟的小脸裹着嘴皮子，上下蹦跶，发出命令的口吻："你给我把飞机拿下来！快点！快点！"

啧，真是没礼貌，跟他妈妈一样讨厌。

"那你应该叫我什么？"喻青措耐着性子挑眉问他，顺势提起大大的裙摆，揽到身侧打个结，露出纤细的小腿。

小胖子着急，直接上手拍她，催促道："废什么话！快快快，你快把飞机给我拿下来，我给你钱！快快快！"

喻青措舌尖在唇齿间转了一圈，笑了笑踢掉高跟鞋："好。"

饶是做好心理准备，可赤脚踩在凉亭石面上还是有些冰脚，她仰头专注，抱住石柱踮脚伸手，提了口气伸手去够，差一点。

小胖子在旁边狂叫："你快点！笨死了！你快点！"

喻青措不急不缓，再次踮脚抬手，脑海里却想到那个擦着她脸颊飞过去的飞机，以及大伯娘那讨人厌的嘴脸。

小胖子的叫声像催命鬼一般不依不饶。

突然，她纤指轻轻一勾，飞机陡然坠落，只不过没有朝着预期的目的地进军，飞机掉转方向直直砸进观景小河，"咚"的一声，漾起一波又一波的水纹。

顿时，河面上倒映出两张面颊，嘴角带笑的喻青措，和哇哇大哭的小胖子。

远处正有一道身影抱臂不动声色地看完整场好戏，他从鼻息间笑出声。

到了晚上开饭的时候，程一谱终于不再哭了，这场闹剧在程老太答应再给他买最新款的无人机中结束，小胖子看到满桌的肉一时间忘记下午的伤痛。

程老爷子今天睡得早，所以没参加家宴，众人也吃得放松些，如若程老爷子在，大家定不敢这么喝酒。

程姿开了一瓶红酒先给自己倒上，随后又给桌上的人都斟满，轮到给程易尘倒酒时，他随手倒扣玻璃杯身，冷冷淡淡地开口："有事，喝不了。"

程姿瞥了他一眼，她知道程易尘的性子，他说不喝那指定是有事情。于是，她没再言语，绕过程易尘给旁人添酒，用餐刀轻敲玻璃杯："让我们共同举杯，欢迎大侄子回国！"

家宴的主角缓缓开口提醒："程姿，这是你第三次举杯欢迎我了，要不换个祝酒词吧。"

程姿只比程易尘大十岁，程老爷子老来得女，对她格外娇惯。

程姿一把拍在他背上："我说什么就是什么！你管我！"

喻青措剥着虾，静静地看着姑侄二人打闹。程老太看起来兴致也格外高涨，嘴上说着大家都少喝点，但也没有阻止程姿的倒酒动作。

这时，方琳笑着说："可惜了，易尘爸妈没能来，不然今天指定更热闹！"

大家不约而同地看向程易尘，他的笑意缓缓僵住，空气也跟着凝结一分。

在喻青措的记忆里，她很少见到程易尘的父母。

今天大伯娘是真撞枪口上了，喻青措吸着红魔虾的虾脑，不禁感慨，啧，脑子真是个好东西。

程易尘的家庭说起来有几分复杂，爸妈尚在，且身体健康，但就是常年不着家。

他的爸爸是海洋学博士，一年到头都在南海，他妈妈秉承贤妻角色，一直跟在程父身边，也就过年的时候，夫妻二人才回上海住上一段时间。

那段时间，是程易尘为数不多能体会到父爱母爱的辰光。

他是跟着奶奶在庆福路长大的，谁都知道爸妈是他的死穴，提不得，可偏偏今天有人头铁。

餐桌上安静极了，程老太试图岔开话题，她生硬地询问大家还要不要再吃些甜品。

程姿不语，抓起自己胸前的大鬈发一把甩在身后，扬起脖颈松动筋骨。陈晔划拉着手机，只有小胖子站起身大叫回应："我吃！我吃！我吃！"

随着一声刺耳的刀叉剐蹭声，所有人的目光都聚向始作俑者。小胖子也吓得不再说话，缩着脖子又老老实实地坐回到位置上。

程易尘身子微微后仰，伸长的手臂上青筋拔力，有一下没一下地拨弄着汤匙。

喻青措知道，有人生气了，她暗暗希望这阵风能刮得再大一些。

"大伯娘这话是希望我爸妈回来呢？还是不希望呢？"

方琳没想到程易尘能这般直接，一时间笑意僵在脸上。她明显一愣："咳，瞧你这孩子说的，弟妹们能回来我高兴还来不及呢？怎么可能不欢迎呢？"

程老太也打圆场，她倒不是帮着方琳说话，她只是不想一场好好的家宴最后以吵架收场。

"是吗？这么说来是我误会大伯娘了。"

饭桌上的火药味浓重，程姿一向事不关己高高挂起，早在喻青措上学的时候，程姿就跟她说过，程家上下老小一辈子就活两个字——体面。

但程姿撇撇嘴还说道，程家人不过是藏在人皮底下的虚伪灵魂，擅长伪装。

那时候小小的喻青措捂住姑姑的嘴巴，要她喝醉酒不要乱说话，被爷爷听到不免又要生气，程姿一脸的不屑，说她长大了就能看明白了。

现如今看来，有人也要憋疯了。

"程易尘，我就想问问你，我这个大伯娘是哪里做得不好，惹你生气了？侬三番五次讨伐我，到底是撒事体？"方琳有些激动。

小胖子一看自己妈妈发脾气，又"哇"的一声哭起来，老太太拉着他往一边走，走之前还朝着程易尘的肩膀用力拍一巴掌，警示他不要闹出事体。

"大伯娘多虑了，我可没有对大伯娘不满意，只希望大伯娘能谨言慎行，少做些对不住程家的事。"

一石激起千层浪。

陈晔滑动手机屏幕的手指一顿，程姿身子不动，微微抬眼，喻青措不再咀嚼虾脑。

在座各位都不是傻子，这明显话里有话。

方琳被呛得语无伦次，却又不敢大声对峙，她一时间不明白程易尘掌握了哪些事情，又怕激怒这位少爷引起更大的后患。她只能在原地指着程易尘的背影"你你你"地叫嚷，"你"了半晌，也没能说出后半段。

喻青措瞧着方琳被气煞不能反击的模样，心里暗爽。眼瞅着这顿饭是吃不下去了，她提着包和程老太打了招呼就开溜。

出了大门，没想到有人快她一步，马路牙子边停着一辆黑色车子，昏黄路灯映衬下，大G像是一头沉稳的猎豹，跟他本人一样，高调又张狂。

此时天空下起了小雨，喻青措把腰间的带子紧了紧，缩缩脖颈朝着相反的方向走。

无人的小路上，她很难忽视身后那辆车子发动机点燃的声音。

显然，程易尘也看到她了，大G掉转方向，和她并行，喻青措没转头，将包又往上提了提。

车子像是故意的，和她越走越近，空挡滑行，并排在她身畔，喻青措忍无可忍，停下步子双手抱臂转身看过去。

大G停住，摇下车窗，眼神交替的瞬间，两人都不语，空气短暂凝结在这一刻。

程易尘手臂搭在车窗上，微微探出身子："看到我为什么装看不到？"

"没看到。"她声音冷冷的，细雨有渐大的趋势，攀附在她周身和发丝上。

程易尘不动声色地看她一眼，语气软下来："先上车，下雨不好打车。"

她看了眼手机软件上显示前边还有三十六位乘客在排队，决定暂时忘记昨天还和程易尘吵得天翻地覆这件事。

屁股挨上座椅的那一刻，淡淡的温热布满全身，她转头看过去，程易尘面无表情地打着转向灯掉头："看什么，我常年副驾驶座的加热座椅都没关。"

有人撒着拙劣的谎言，喻青措没有拆穿这位少爷。报上地址之后，她便没再开口。

良久，驾驶座上的人率先开口道："把飞机撂河里的感觉爽吗？"

喻青措陷进副驾驶座的腰身直了直，撒谎道："不知道你在说什么。"

程易尘笑出声来："青措，你就是蔫儿坏。"

喻青措没有反驳也没有回应，车子在雨夜的高架上疾驰，夜里的照明灯晃得她眼睛也跟着不舒服。

喻青措别过脸。

"青措，我早就知道了你是什么样的人，比你想象中的还要早一点。"

她没有说话，也不打算说话，就这么安静地听着程易尘的剖析。

她能感受到今晚的他有些许异样。想到这里的时候，她内心跟着柔软一下。

"你知道吗？今天爷爷见到我，开口第一句话就是问我工作上的事情，五年了，我们五年没有见，他最关心的不是我吃得好不好，快不快乐，他竟然先问我股票上的事情。"

原来，她今天没有看错，当爷爷那么问的时候，她确实瞧到这人挺直的脊梁不自觉地佝偻了一下。

"大伯娘是什么样的人，你不清楚吗？奶奶不清楚吗？爷爷不清楚吗？因为亏欠，所以他二老从不多言语，大伯娘也从来没觉得自己是多么抱歉的人。

"你第一次来庆福路的时候，我就从你眼中看到了倔强，那时候你像是浑身带刺的小猫，谁靠近你，你就伸爪子，一点儿也不顺从，我那时候甚至想靠近你一些，让你满身的刺也能分我些许，这样我或许就有勇气撕开他们的面具。

"可是慢慢地，你收起爪子，露出猫咪脚掌里的嫩肉在程家上下游走，我那时候好失望的，我以为你变了，可是后来我才发现，你一点儿也没变，你只是换了一种生存方式。"

程易尘十分平静地说出这些话，像是在内心演练过很多次的独白。

喻青措手指抠弄着包带，停顿的时间有些久，久到程易尘以为她不会再开口的时候，喻青措慢慢地说道："程易尘，往前看。"

当年，分手是喻青措提的。

那会儿她上大二，程易尘已经毕业，和大多数的情侣一样，他先一步走入社会，提前规划着他们的未来蓝图。

他在长辈面前几次三番难掩内心的愉悦，那时候爷爷毫不避讳，直言程易尘就是程家的接班人，和他那整日没有上进心的大儿子和常年待在海上的二儿子不一样。

爷爷大张旗鼓带他出席各个名流场，媒体也在发酵宣扬这位最年轻的继承人。

春风得意马蹄疾，心尖人就在身边的感觉，让他做事也浑身充满干劲，他聪明，学东西又快，从小就在这个行业里耳濡目染，所以这些对他来说不是难事。

他也会忙里偷闲跑到她所在城市的大学门口，不为别的，就为了看她一眼跟她吃顿饭，这就是他的解乏方式，那时，他明明也看到喻青措的眼里有喜悦和光。

他知道，这都不是装出来的。

只是不知道从哪天起，他的青措眼里的光消失了，她变得比他还忙，有时候早上发出去的消息，晚上还没收到她的回应。

久而久之，他心中的疑惑到达最顶点。

一天，他没和任何人说，订了最早一班到她大学所在城市的飞机。

他记得，那天和今天一样，天空也下着小雨，他在她寝室楼下等了整整一天，期间几次三番拿出手机，最终也没有给她发去一条消息。

他甚至在心里暗暗说服自己，说不定是自己太忙了，忽视她，所以青措才会和他闹脾气。

对，一定是这样子。女孩子嘛，都是需要哄的，这点他有耐心极了。

可是时间一点一点流逝，他望着她回寝室的必经路，心里也越发焦躁起来。

终于，晚上九点多的时候，他看到一个熟悉的身影正慢慢走过来，他心头大喜，他把手里的烟头碾灭，甚至还脱下外套抖了抖身上的烟味，因为青措不喜欢他抽烟。

可是他清楚地看到，她身边还有另一个人，一个他没见过的男的，那男的正缩头缩脑地朝着他的青措谄媚，那眼神他这辈子也忘不掉，太不礼貌了，就像是《动物世界》里发了情的种猪。

一阵风漾起，那人伸手理了理青措的额发，这简直叫他不能忍受！

他恼极了，握紧拳头，上去不由分说一拳砸在那人脸上，喻青措满眼震惊地看着他，路过的行人已经有人尖叫起来，青措拉起那人护在身后。

刚才的一拳他原本还心怀愧意，可她下意识的举动让他生不如死，他感觉自己就像个傻子。

他身体止不住地战栗，无视那弱不禁风嘴角流血的臭小子，说出他这辈子都不可能朝着第二个女人说的话。

他说："青措，你过来，我就当今晚的事没发生过。"是的，他觉得他们一定能好好的，结婚，生孩子，一直住在庆福路。

他的青措，不，面前的女人根本不是她的青措。

她仰着脸坚定地说："程易尘，你想多了，我现在不想和你处对象了，当时和你在一起不过是我讨厌大伯娘，想寻求一个庇护罢了，现在我不需要你了。"

瞧瞧她多会说。

程易尘看着她的眼睛，试图从中看出破绽，可是他什么都看不出来，这轻描淡写的模样，和五年前甩了他的模样简直一样刻薄。

他打着双闪停在路边，雨大了起来，路上已经没什么行人，高大梧桐被淋得在昏黄灯光里忽明忽暗。

他直直地看着喻青措，看着副驾驶座上这个薄情的女人，一字一顿地说道："喻青措，你想多了，我从不回头看。"

到家后，喻青措做了一晚上光怪陆离的梦。

她梦到自己回到八岁那年，爸爸把她扛在肩膀上，把她塞进奔驰车里，她大声叫嚷，拍着车门，可是昔日熟悉的脸庞都冷若冰霜地看着她，奶奶、姐姐、喻家村昔日的邻居都对她指指点点，说她学习不好，不听话，所以是没人要的小女娃……

喻青措双手在空中胡乱扒着，一个激灵挣扎着醒了过来，一脖颈都是汗渍，睡衣都被浸湿，她浑身瘫软，起身给自己倒了杯水。

喻初一听到动静就从床的另一侧跳过来在她腿上蹭来蹭去。

喻初一是她在小区里捡的猫，一只纯白鸳鸯眼的猫。喻青措见到它时，它正炸着全身的毛，跟小区里的成年狸花猫对峙。

她之前在网上看到过，白猫是猫群里最低级的存在，因为身上颜色单调加之听力不好，所以经常被别的猫欺负。

那天她下班早，刚好无事，就在一旁看了一阵儿猫打架。

初一那么小，身上还有猫癣，但就是没有妥协，炸着全身的毛发，从头到脚开启战斗模式，直到把那只狸花猫"呲"走。

她本不是爱养宠物的人，她在农村长大，农村的鸡、猪、鹅、牛就是她童年时候的宠物。

可就在那一天，她仿佛从初一身上看到了自己的影子，旺盛的生命力，对，像她，像野草一样挣扎的生命力，青措也说不明白怎么就被一只猫刺痛了一下。

于是，她回家简单找了些吃的，就这么把喻初一"诱拐"走了。

东方天空已经泛起鱼肚白，她推开阳台的玻璃门，站在外边感受清晨的凉风，她的情绪沉在刚才的梦境中暂时还没能抽离出来。

她在阳台花盆里拿出那没抽完的半包烟点上，在阵阵的氤氲里，想起了过去的事。

那年她上高一，却差点要了程易尘的命。

想到这里，她低笑一声，顺势把手指间的烟灰弹到枯萎的花盆里。

高中时候，大人忙，他俩经常吃了上顿没下顿，程老太托人给家中人带去口信，从乡下找到曾经照顾过程家几代人的张姆妈回来，这才让这两人过上旱涝保收的日子。

喻青措顶吃不惯甜口，程易尘不吃辣，两人吃不到一块去，张姆妈就给这两个小祖宗分开做两份饭。

一天放学，她正大快朵颐地吃着水煮肉片，洋房大门被推开，程易尘拍着篮球进来，看到嘴角挂着红油的喻青措就冷嘲热讽："青阳辣。"

这是他给她起的外号。

高一的小女生正是长身体的时候，她每顿都感觉吃不饱，吃饭也最烦人打扰，所以她只是抽空瞪他一眼，并不打算回嘴。

同一张餐桌上，两人划分淮北淮南分界线，各吃各的谁也不打扰谁，张姆妈端上一碗罗宋汤，程易尘伸长手臂盛汤，就这么凑巧，他的汤洒在喻青措的饭碗里。

程易尘惊讶又随意地说："哦，不小心。"说完，他装模作样地耸耸肩。

喻青措瞪了他一眼，看到他挑眉轻笑，她知道他就是故意的！她不作声，默默撇开沾了红汤的白米饭。

恰逢此时，一个艳丽的女人拖着行李箱推开大门。

程家有个小女儿，早年间去了美国，一直没回来，喻青措对她有印象，喻青措看着面前这个穿着高开衩裙子、烫着大鬈发的女人，眉眼处长得和程易尘有些相似，一下就猜到美人的身份。

那耀眼美人突然扯着嗓子喊："程易尘，没大没小！过来帮我抬行李！"

张姆妈闻声从厨房里走出来，双手拍在大腿上："哎哟，我的老天！你回来也不说一声？程太太知道吗？"

程姿抱着张姆妈撒娇，和刚才泼辣的模样判若两人。喻青措自觉给二人腾出说话的空间，又回到餐桌前埋头苦吃。程易尘做完苦力也回到餐桌上。

喻青措鬼精灵地隔着碗缝悄悄看餐桌对面人的反应，那人毫无察觉，小口呷着汤。

突然，程易尘眉毛皱了皱，艰难地吞咽一口，随着咳咳几声，他双手一摊，瓷碗和汤匙应声落地，他整个人急促呼吸向后仰。

兴许是太害怕，兴许是太自责，关于后来的混乱，喻青措选择性地遗忘，这不怪她，心理学上说过，人确实会短暂性地失忆。

但是据程易尘描述，那天的喻青措哭得背过气儿去了。

她懒得和他争辩，他说什么就是什么好了。

是的，她趁程易尘不注意，往他汤底偷偷塞了一只香辣虾，她本意只是想要报复他一下，谁让那个讨厌鬼往她米饭上洒罗宋汤！她早就说过！她不喜欢那种甜腻腻的口感！

可是她不知道，程易尘对虾过敏，这差点要了他的狗命！

更让她震惊的是，程易尘没有告发她，只说是自己不小心沾到她的汤底。程家独苗到底是没出什么大事，不然全家上下都得变天。

她从头到尾抿着唇站在人群最后边，看着家庭医生进进出出，直到程老太摆手说没事了没事了，她才敢偷偷抬眼看向床上盖着薄被，打着吊瓶的程易尘。

不料，程易尘也正一瞬不瞬地盯着她，对视的一瞬间，心虚自责齐齐涌上来，她像是被那滚烫目光灼伤一般。

这让喻青措更加不安，主动请缨替他抄了一周的课堂笔记。

一根烟燃尽，喻青措从思绪里回过神，她扯了扯嘴角，无言地笑了笑。

东方泛起鱼肚白，她简单吃了点早餐，就去饭店，她挤着地铁去上班。出了地铁口，对面就是程记的金匾招牌，天渐渐热起来，法国梧桐也挡不住太阳的酷暑。

她在天桥上买了一份咸蛋黄糯饭团，拎在手上就往饭店里走，到了六楼办公室，小梁不知道从哪里窜出来，喻青措吓了一跳。

"青措姐，我……知道错了。"

她定定神，那天虽然是客人喝酒闹事，可是于情于理小梁都不能动手，人事让他休假，暂时回家等消息。

喻青措缓了缓，拿出钥匙插进去扭动门把手，回头瞧了眼还在走廊上站着的小梁，轻声说："进来说。"

她听章荣说过，这孩子是个可怜人，小时候父母离异，一直跟外婆长大，学没上成，倒是很有眼力见儿，做事也认真好学，饭店对服务生的学历没有什么硬性要求，只要身体健康，做事麻利就能通过考核。眼看就要过实习期了，却出了这档子事儿，如果按照人事上的规章制度，他肯定是留不住了。

小梁双手在身前交握，肉眼可见地紧张不安。

喻青措刚准备开口，小梁先打断她："青措姐，您先别说，先听我说。

"我知道我这次是留不住了，就算今天就让我走，我也没有任何怨言，那天我听章荣姐说了后续，我不知道该怎么回报您和饭店，可是、可是，我真的还想再争取一下。"

说完，他站在原地深深地鞠了一躬。一米八的大小伙，今日从进门就佝偻着身姿，不过也是二十来岁的年纪，却因为没有保护伞，不得不先人一步感受社会的险恶。

大早上的，喻青措心里也不得劲。

她别开脸，看向窗外，短暂犹豫，随后收回目光："明天回后厨，一个月后重新考核，期间工资按实习期标准走。"

程老爷子还在饭店手拿大权的时候就定下标准，程记凡是转正的员工都会缴纳五险一金，管理层可以达到六险，工作年限满十年的，可以申请分股份，等于拿双倍工资。

比起其他饭店，程记的待遇一向不错，所以大家都很珍惜这份工作。

尽管是从后厨重新做起，但小梁还是很满足，他红了眼眶连连道谢，在原地又深深鞠一躬，这才离开。

这么一折腾，饭团也凉了，喻青措拿着饭团去小厨房，准备加热一下再吃。

章荣迎面走过来，她手里的对讲机刺刺啦啦，章荣一边拨弄一边说："青措经理，小程总刚跟我交代，说他上午会过来。"

喻青措下台阶的脚一收："他来干什么？"

章荣抬眼，一脸惊奇："小程总说你手机打不通，让我跟你汇报一下，等下晨会他要参与。"

喻青措从口袋里拿出手机一看，果然上边有程易尘的未接来电。

"小程总说不必紧张，就是日常巡店，让我们该怎么开就怎么开。"章荣说完就朝着对讲机里边回复着离开。

这下喻青措彻底没了胃口，她回到办公室把饭团放在办公桌上。

程记有早茶部，待早市结束，管理人员去到六楼会议室。

程易尘进来的时候，喻青措正在上边做汇报，看到他进来，喻青措停顿一下，还未开口，程易尘抬手示意她继续。

程易尘解开西服扣子，径直坐到会议桌主座，章荣和另一个同事对视一眼。

这几天，她们中层员工茶余饭后都在讨论一个问题。既然小程总回来了，那青措经理是不是就要下台了？到最后他们底下人也没说明白这件事。有人觉得青措经理一个外人，早晚还是要离开的，做得再好，也不过是给小程总铺路。

喻青措调整一下，按动翻页笔继续讲解。其间，程易尘一言不发，喻青措朝他那边看过几眼，但那人要么转钢笔，要么在纸上写着什么，他每次一低头一动笔，喻青措都不可避免地紧张几分。

讲解结束，会议室的灯亮起来，所有目光都聚集在程易尘身上，等着他开口。

他身子离桌面有段距离，眯着眼看着桌子上的笔记，把玩着钢笔，停顿一下开口："喻经理想法很好，但……我不认为走线上销售是一件好事。"

窗外的风翻动树叶，会议室里安静极了，在场的人大气都不敢出。

良久，喻青措顶着压力先开口："为什么不可以转线上？"

程易尘双手抵住下颌，浅笑道："喻经理，你现在是有些病急乱投医。

"莫非，你的意思是要程记像一众网红食品那样？真空包装？在短视频的后台等着主播喊'三、二、一'上链接那样卖？"

底下人倒吸一口凉气。

喻青措情绪上来，紧张感全然消失，她不想自己已经铺好的路被一票否决，她坐直身子，直视程易尘的眼睛说道："程总一直在国外可能有所不知，国内线上销售就是未来趋势。"

程易尘撂下钢笔，短暂思索后，直直看着喻青措："我就问两个问题，如果喻经理可以答上来，程记为你的灵感全权铺路。

"第一，程记定位就是中高端路线，现在却要和市场上的快销品走一样的赛道，这不等于昭告全世界，程记在自降身价？那我们实体店以后怎么经营？

"第二，喻经理又怎么保证真空包装下的食品口感？"

此话一出，办公室里的气氛已经降到冰点，所有人都能闻到浓浓的火药味。

程易尘的顾虑她不是没想过，确实，程记实体店是会员预约制，菜品一旦批量走向市场，会削弱实体店的上座率。

"我们可以衍生一个子品牌，子品牌定位就是走大众快销路线，菜品也和实体店的区分开来，知名的镇店菜只能在店里吃到，这样就可以保障实体店的销售额。"她怕被打断，语速也不自觉地快了起来，"至于第二个问题，我已经联系好了对接的包装厂商和快递合作点，除偏远地区，四十八小时内就能送到客人手里，不会影响口感。如果……"

喻青措说到这里，有了明显的停顿。她低头长吁一口气，接着缓缓说道："小程总不必担忧，如果下一个绩点达不到预期水平，我辞职。"

喻青措说完之后，对上程易尘的视线。

愤怒？不甘？程易尘的脸色属实算不上好看。周围人议论纷纷，大家忍不住直接讨论起来。

程易尘在一众低语声中，愤然离席。他起身时带动座椅，拉出长长尖锐的刺耳声。

下午，饭店里的八卦已经传开了，都说他们的青措经理为人果敢，在中层会上也并没有把小程总放在眼里，这要是平时，肯定没人信，毕竟青措给大家的印象就是平和又冷静。

但现在大家都是相信的，因为程记所有人都看到，小程总今早上是黑着脸出去的，上车时还狠狠地摔了一把车门。

"凶得嘞，啧啧，也不知道青措经理这次能撑多久。"后厨里洗碗的阿姨们聚在一起小声讨论。

"我听说啊，青措经理是程家养女，不是亲生的。"

"哦哟，是伐！怪不得一直让我们叫她青措，原来不是程家人！"

"侬小声伐……程家亲生孙子回来了，肯定要防着她……"

窗外小花园里，喻青措听得真切，可能阿姨们并不知道这老厨房的隔音有多差，她转个方向往长廊处走。

她当然知道饭店里一直有她的流言，可是第一次这么直白地听到，心里难免还是有些不舒服。

两个人之间有了分歧，永远是一半对一半，投票争执都是没有用的。冷静下来之后，喻青措也不免怀疑自己。

而此时此刻，有个人心里也像猫抓似的烦躁。

"我当然生气！她到底是没把自己当成这家人！"

程记总部办公楼里，程易尘球杆用力甩出去，高尔夫球撞击在模拟器屏幕上。

"18洞85杆！漂亮！"陈晔查了杆数惊叹道，"这就是情场失意，球场得意吗？"

程易尘警示他一眼，陈晔随即耸耸肩，模拟器台子升高，陈晔摆好姿势："你如果真的不在意，就不会生气，更不会在乎她走不走。"

挥杆利落的一球。

程易尘感觉无趣，收起杆子往一旁的沙发上坐下："我哪有生气？就算是一个普通员工也不能说辞职就辞职。"

陈晔笑了笑，没有拆穿他。

"倒是她，张嘴辞职闭嘴走的，喂不熟的白眼狼！"程易尘大刺刺地仰躺在沙发上。

"我怎么不知道，你什么时候会对员工离职这么在意？"

程易尘眯着眼看着陈晔不说话。

"干吗这个表情？"

程易尘又扭过头继续看着天花板："你倒是了解她。可是你别忘了，给你发工资的人是我。"

陈晔眼看他没有继续打的意思，于是也收起杆子。

这话听起来怪怪的，于公程易尘是他老板，于私程易尘应该唤他一声叔叔，只是这家伙从见陈晔第一面起就没有这么叫过。

"你要真在意青措，就应该学会换位思考她的处境。"说完这句话，陈晔就开门离开了。

不知道是累的，还是气的，程易尘脑子好一阵子都没转过弯来，等人走远了之后他才反应过来，谁在意她了！

关于辞职这件事，喻青措不是冲动说出来的气话，她是深思熟虑过后决定的。本来回程记也是了解程家的燃眉之急，现在掌舵手回来了，她自然是要离开的。

只是现在程记在低谷，她又被架在那里不上不下，这样贸然离开，只会落得灰溜溜的下场，既然已经夸下海口，那该做的事还是要做的。

可是，第一步选品，就已经让她头疼起来。

程记光是菜品就多达上百种，挑选的线上菜品，不光要美味，还要能保证真空包装下短时间内不变质，同时价格上还不能太高。

她这几天基本上都在后厨泡着，亲自盯着厨房里的每样菜，久而久之，她感觉自己身上也有一股烟火气。

"要我说，就加点防腐剂得了，保存久，剂量小，没什么影响的。"说这话的是副厨陈建国，四十多岁的年纪，也是程记的老人了。

喻青措闻言瞪了他一眼："不行，这种自砸招牌的事儿，不干，想都不要想。"

"现在市面上的预制菜都是这样的。"

青措收起笔，合上本子，不想在这种无意义的问题上争论，她言语不急不躁："陈副厨，上次客人投诉牛肉肉质腥，后来调整了没？"

"腌好了，腌好了，都用料酒泡上了……"陈建国努努嘴见好就收。

小梁从操作间里探出头，他额头上已经有了细密的汗珠："姐，山楂红烧肉可以试试，山楂酸性，存储时间久不易变质。"

他倒是心细，喻青措点点头："我先记下。"

小梁一看自己的建议被采纳，笑得一脸灿烂："谢谢经理！"

他掀动帘子带起一阵风，裹挟着厨房里的油烟味直往鼻子里窜，她伸手半掩着："在这里感觉怎么样？"

小梁赶紧替她推开门："我在这边都很好的，大家都很照顾我，能学到的东西也多。"

她不动声色地看了眼他的厨师帽，边边角角都开了线，身上也是成片的油渍，瞧着是谁用剩下的旧衣服。

"一会儿下了工，去后勤再领身干净的衣服。"

晚上七点，喻青措合上电脑，伸手去拿一旁的水杯，才发现里边已经没有一滴水，今天打了一下午的电话，她口干舌燥，不过好在产品生产线已经敲定好。

门外有轻轻的敲门声。

"进！"

章荣侧身在门口，看到她还是一身工装的模样："青措经理怎么还没准备？"

"什么？"喻青措嘴里喝着水，回答得含混不清。

章荣一拍腿："怪我怪我！忘记跟你说了，上午小程总跟前台交代过，今晚上会请几个中层领导聚餐，地点在徐汇区的程记。"

喻青措看看时间，下班高峰期的上海水泄不通，此刻除了飞过去，不管选择什么交通工具都来不及。

喻青措放下水杯，让章荣和几个部门经理先去，自己去更衣室换掉工作服，等出程记大门的时候，又过去了二十分钟。

徐汇区的程记是近几年新开的店，装修上也更偏重现下流行的风格，更符合年轻人的审美。不像老店，还保留着传统的旧风格，八仙桌、清代风格木椅。

喻青措不常来这边，上次来的时候，这边还在装修着，看不出什么，但是这次一进来就给她眼前一亮的感觉，店员也整体偏年轻活力一些。她默默在心里思考着两家店之间的差距，想着怎么才能取长补短。

喻青措上了二楼，一拐弯就看到包间门口的程易尘，他背对着人，正打着电话，看不到他的神情。她犹豫一下决定不打招呼直接进去。

可那人像是背后长了眼睛，擦肩而过时，他挂断电话，转身："近视了？"

"什么？"她话一出口就后悔了，这人明显是在暗讽她。

程易尘换了身相对休闲的衣服，他站定原地，明显还有要继续聊下去的兴致。

"近视也没关系，今晚上带你来这里就是开开眼，好好做做职业规划，别等到裸辞以后生计都是问题，到时候还得我养你。"

她入了套："我什么时候要你养了？"莫名其妙！

可那人压根儿没等她回应，直接推开包间门。刹那间，包间里的欢笑声、聊天声瞬间止住，一道男声叫嚷道："小程总迟到了！要自罚三杯！"

Chapter 02

"喻青措，你就这么着急给人做小妈？"

"那也比你听墙根强。"

今晚是程易尘以个人的名义请大家吃便饭，饭桌上属于年轻人的玩笑话不断，完全没有白天上班时的紧绷感，气氛一直很融洽。

看样子他应该是早就到了，那为什么站在门口不进来？又为什么不给大家解释？正当她脑子飞速旋转之际，程易尘一杯白酒已经下肚，众人直拍手叫好。

她为自己脑海中短暂停留的愚蠢想法震惊到，肯定不会的，这家伙现在只会恨死她，怎么可能站在拐角处等她。

她早就习惯程易尘的毒舌，心中暗暗给自己洗脑，没关系，别和傻子一般见识，就这么默默地吃饭。

酒过三巡，一道突兀的声音又响起："这就是程青措经理吧？"

说话的是个脸生的男人，能叫她"程青措"，应该是别的店的中层，她含笑回应，那人拎着分酒器给喻青措倒酒："我是徐汇区的门店经理，按道理我应该唤你一声妹妹，我瞧着青措妹妹今天也来晚了，这杯酒是不是也应该满上？"

她一眼就瞧出来，这人是要来劝酒。

在这行做了好多年，酒桌是不能避免的，但她发自内心不喜欢，这种凡事都要靠喝酒来打通的路径让她十分鄙夷。

章荣解围："我看就是张经理自己想喝酒，出来吃饭还不老实，当心让你媳妇知道了收拾你。"

"咳，早就听闻老店里有一个漂亮能干的经理，下边人传得神乎其神，今日一见果然名不虚传，我就忍不住想和美女碰个杯。"

张经理端酒杯的手迟迟没有收回去，脸颊胖到眼镜框架都陷进肉里，油腻腻的表情一看就是职场上的老油条，桌上有人起哄，有人笑张经理厚脸皮。喻青措被架在这里，喝也不是，不喝也不是。

程易尘垂目夹菜，看不出什么神情。

喻青措顿了顿，大大方方地起身，端起酒杯："来，我们共同举杯，庆祝小程总回国，争取让程记这个季度再创佳绩。"

这话一出，让这杯酒上升一个层次，显得他之前的发言极其上不了台面，张经理嘴角不可察觉地抖动。所有人都能看出来气氛不对，面面相觑。

程易尘第一个起身举杯，神色依旧难辨，只是没有了最开始的笑容。

老板都站起来了，大家再坐着也不是道理，所以也跟着接二连三地起身。程易尘没多言语，只是神色有些沉，他举杯一饮而尽，绝口不提刚才的小插曲。

饭局结束，时间还早，大家兴致不减，于是又转战附近的夜场。

喻青措不常去夜场，为数不多的几次还是跟着程姿去的，但今晚几个门店的经理都去了，为了不扫兴，她硬着头皮准备去坐一会儿就离开。

程易尘开了个卡座，大家继续喝起来，震耳的音乐，灼目的射灯，说话只能面贴面才能听清。这几个门店的经理都偏年轻化，褪去白天上班时的束缚，现在都像是回归自己的主场，在位置上随着音乐扭动。

服务员过来，程易尘在他耳边说着什么，没过一会儿，几个穿着性感热辣的女生举着闪光牌朝这边走了过来，舞台上DJ朝着话筒里尖叫："感谢8号卡座今晚上消费路易十三和黑桃A两瓶！"

随着"嘭嘭"两瓶开酒声，卡座里的气氛瞬间燃爆，夜场内尖叫起来，口哨声不断，音乐声到达峰值。

耳边是碰杯的声音，喻青措感觉身体里的分子也被调动起来，她跟着喝了几杯，但说实话，好苦。

几个小经理大着胆子跟程易尘碰杯，他基本上都不会扫兴，来者不拒。

趁着大家都往程易尘那边凑的空闲，喻青措起身去上厕所，起身的瞬间，她感觉到一阵眩晕。她酒量一向不太好，但喝几杯还是不成问题的，兴许是今晚上几种酒混着喝的缘故，上头太快了。

她站在原地醒了一下神，才佯装镇定地直线往前走，明天是休息日，现在又是晚上十一点多钟，酒吧里人满为患，她左右闪躲避开路人。酒劲儿一点一点泛上来，从太阳穴那里延伸出一条痛觉路线，一点一点刺痛着她的脑神经。

出了厕所门，她双手扶着水池边缘，脚下变得绵软，她在脑海里组织着等下开溜的借口，等到再抬头的时候，从镜子里看到一张熟悉的面孔。

程易尘正双手抱胸，靠在墙壁上，目不斜视地看着她，嘴角还衔着一根烟。

她见过他很多面，高兴的、难过的、认真的，但她都觉得那不是真正的程易尘，真正的程易尘就该是这样，和这家夜店一样，有着毫无违和感的懒散。用当下最流行的话来说就是，他是含着金汤匙，来到这个世上游戏人间的少爷。

"喝醉了也不知道说一声？"他走过来。

"说什么？说我裸辞找不到下家？"

程易尘一听这个，笑出了声："喻青措，你就是记仇。"

喻青措翻他一记白眼，她可不想在这人面前露出马脚，湿手拢拢头发就要走。

可还没来得及抬脚，手肘上就传来一记温热，那衔烟的少爷伸手抓住她："我还没上厕所呢，我等你老半天，你就不能等等我？"

她才看出来面前这个人，似乎也醉得八九不离十。

男厕所门前不时有人来往经过，都会好奇地看上他俩一眼，以为他们是闹别扭的小情侣。

"等，等，你赶紧进去吧。"

"你从来对我都没有耐心，你就喜欢那种追在你屁股后边跑的四眼小男人！"

如此具象化的描述，她听出来是在说她大学时候的班长，那个程易尘误以为的她的劈腿对象。

有些话只能喝醉酒来说，或者是有人拿酒当挡箭牌来说出自己的真心话。从分开到现在，程易尘没有问过她为什么，他想要她反驳，想要她解释，可她偏不遂他意。

"爱尿不尿！"说完，她转身就离开。

可能程少爷真的是不懂喻青措，这么多年来，她早就习惯了封闭自己，好像只有这样她才能感觉到安全。

等到散场时，所有人都喝得差不多了，住得近的都三三两两拼车走，等到最后就剩下了程易尘和喻青措。

后半场，喻青措基本没喝，所以她是清醒的，只是那人……

她掏出手机给陈晔打电话，响了好一阵才接通，她说了缘由报上位置，挂断电话，瞧着在沙发上打盹儿的程易尘，她叹口气，踢踢他小腿："还能自己走吗？"

程易尘从沙发靠椅上缓缓睁眼，待看清楚面前人是谁的时候，他打了个长长的哈欠，揉揉眼睛，才慢慢站起身。

还行，看样子走路不成问题。

喻青措走出去，有辆出租车正在大门口停着，她朝司机挥挥手，司机掉头往这边开。

她回头看了眼站在原地、眼神涣散的程易尘："等下小叔叔会来接你，我先走了。"

她说完后，那人压根儿没瞧她一眼，依旧站在原地。

不知道这位爷又犯哪门子神经，她收紧风衣腰带转身就离开。关上车门，夹带的风吹动她前额的碎发，她隔着车窗又看了一眼，那人还是闲闲散散的模样。

没事的，程易尘的脸就是通行证，他走哪儿都有人认识他，肯定不会有事的，她这么说服自己，心安理得地朝师傅报上自己的住址。

车门关闭的瞬间，将她的秘密彻底隔绝在外。

那时候喻青措上高一，程易尘正值高三暑假，她在庆福路待了六七年，里里外外都已经熟悉起来。

但她没有再回过小县城，也没有接过奶奶和爸爸的电话。

是恨吗？恨被抛弃吗？她说不准，但她心里就是憋着一股气，有一种难以言说的情绪。

那天，她在楼上做着作业，她知道奶奶就在楼下，她从那个小县城不知道要辗转多少趟汽车，喝多少漫天的黄沙才能来到这个大上海。奶奶常年做活，腿脚不好，走这么多路一定痛极了，喻青措心口揪着痛，手中的钢笔动得更快了。

家里姆妈第四次上楼唤她下去吃饭，但她就是倔强着不肯。奶奶当然了解她的性子，也没有上来打扰她。

她听到阳台上有小石子砸在窗户上的声音，她没抬头，她知道那是程易尘，这是她和隔壁死对头之间不成文的暗号——想说话的时候，就拿花盆里的石子弹对方窗户。

她不理，继续奋笔疾书，她也不知道自己哪儿来那么多作业要写。没一会儿的工夫，她听到阳台玻璃门按钮旋动的声音。

程易尘探出头，他晃了晃手里的鸡腿："这次是热的，你吃不吃？不吃就饿死了。"

喻青措抽空瞪他一眼，没理他，继续写，那讨债鬼直接走进来，一屁股坐在她新换的床单上。

她让程易尘出去，他不理，继续翻滚，就像是柴犬第一次见到大草原，那模样摆明就是要气她。

她恼极了，手上一个用力，钢笔尖狠狠戳破纸张，她跳上小床就要揪程易尘的衣领，她今天就是要收拾这个傲慢的家伙！她把所有的憋屈和委屈都发泄出来，胡乱地推搡着程易尘。

不知道是谁先撤的手，她一个瘫软，倒在程易尘身上。

距离太近了，近到她能闻到程易尘身上的薄荷香气，她还能听到对方和她一样快的心跳声，她慌忙撑着胳膊就要起身，却被身下人拢着腰又拉了回去。

一根烟燃尽，酒保上前礼貌询问："是否要给程先生叫辆车？"

程易尘看着路口处已经消失的出租车尾灯，把烟朝垃圾桶捻了捻，抬抬手，示意他再等等。

酒保犯了难，到底是贵客，还是老板亲自交代过的贵客，给财神爷放门口到底是不合适。酒保弓着身子，与身后的保安面面相觑。

没一会儿，财神爷脸上又露出一抹笑意，眼神一直朝着路口方向看，身后二人顺着程易尘的视线看过去。保安犯了嘀咕，这不是刚才已经走了的出租车吗？怎么又回来了？

车子开到台阶下边，后座车窗摇下来，一张面容姣好，不，算得上绝好的女生朝着财神爷冷冷说道："你上不上车？"

酒保和保安同时倒吸一口凉气。到底车上是哪家千金，敢这么使唤他？

更意外的是……某人竟然真的乖乖上了车。

车门关上，车里的静谧被放大，司机掉头往大路上开。程易尘缓缓开口道："喻青措，算你还有点良心。"

喻青措没想搭理他，生硬地岔开话题："一会儿到地儿，你给小叔叔打电话让他来接你。"

那人自始至终都没睁眼，一副赖上她的模样："手机找不到了。"

喻青措猛然转头："什么？"

"从厕所出来之后就找不到了，估计是被谁顺走了。"

喻青措简直是无语："那你怎么不早说？"

"谁让你不等我，我都说了我要上厕所。"

她想起来刚才，这人没事找事提的都是她不想听的话，于是她扭头就走。看着黑屏的手机，她后悔中途没去扫充电宝，明显着急起来："那陈晔一会儿找不到你怎么办？"

身旁的人眼皮抬了抬，终于有了反应："陈晔是人，不是猪，等不到我就会走的。喻青措，你怎么整天就愿意操别人的心？"

又来！

刚才记忆里仅有的温存瞬间消失殆尽，她琢磨着就不该回来！他嘴皮子比谁都溜，哪有喝醉酒的模样！

到地儿之后，程易尘跟着她下车，抬头打量着她的住处，这是她租的房子，她知道这里硬件设施算不上好，甚至连上海住房的平均水平都达不到，但是她喜欢上海的弄堂，喜欢这里的烟火气。

程易尘看了眼不高的楼层，用脚踢了踢锈迹斑斑的大门，皱着眉头转身问她："程记亏待你了？要你住这种地方？"

她借着拐角处昏暗的路灯，在包里翻找着钥匙："程记没亏待我，我喜欢这里。"

程易尘双手插在口袋里，头颅仰得高高的，不知道他又在琢磨什么。喻青措推开门，回头看着他："你进不进？"

"这是你让我进的。"

喻青措反手就要关门，一点儿也不想惯着他！

他脚顶着门框，阻挡她关门的动作："进进进！"

"一会儿充上电，你就打电话找人来接你。"她说完话，回头居高临下地看着还在楼梯下的程易尘，"又干吗？赶紧上来。"她压低嗓音朝他低吼。

弄堂哪儿都好，就是隔音不好，加上隔壁邻居是老门老户的上海阿婆，今年已经八十多岁，神经衰弱，晚上听不得一点动静，她逢下夜班就只能蹑手蹑脚地回家，有时候穿的鞋跟太细，她还会脱下来提着鞋子上楼。

程易尘一步一顿地往上走，喻青措在心里低骂一声，又折回去跟他同频。她扯着他袖子半拉半拽地往上走，这么来回折腾，她身上已经出汗了。

夏天的上海，一点也不友好！

到了家，她第一件事就是给手机充电。

"你要不要这么着急，拖鞋都不换先充电。"

她不搭理他的抱怨，又折回来，从鞋柜里给他找一双饭店里的一次性拖鞋。

许是喝了酒的缘故，某人行动缓慢，但依旧少爷架子十足，喻青措瞧不惯："金贵大少爷还是赶紧回家睡大床好，庙小容不下你。"

程易尘当然能听出来她话里话外的逐客令，但他偏不遂她心意。

她从饮水机里接杯热水递给他："你确定不去找手机？"

"明天叫人去查查监控，找不到就再换一部。"

她感叹小叔叔又有得忙。

"我又不是慈善家，做一份工多拿一分钱，我肯定不会亏待你小叔叔。"资本家丑恶的嘴脸在这一刻发挥到极致。

喻青措在矮柜上充电的手机亮了一下，有了电量，陈晔的电话打了进来，那边说很抱歉现在遇上难缠事，怕是一时半会儿走不开。

喻青措眉毛皱了皱，追问忙完大概到几点。

陈晔没办法给准确时间。

沙发上的人像极了被滞留在小小班的小朋友，老师和家长来回拉锯，全然不顾程易尘，喻青措只得先挂了电话。

"小心眼儿，喻青措，你真是小心眼！一间屋子都不给我留！"他今晚上怨气格外多。

喻青措不想搭理他，拿着浴巾和要换的衣服就往浴室走。程易尘看到浴巾里露出的蕾丝边角料，哑声，老老实实不再说话。

平时在家洗完澡，她都穿吊带裙，今晚上这里有一个讨厌鬼，她翻箱倒柜找出秋天穿的长袖长裤睡衣，把自己包裹得严严实实。

程易尘半靠在沙发上，不经意也斜一眼："刚才你手机响了，我接了，是个男的，问你在干吗？"

她手抚着心口窝来回顺气，没顺两下，后背上有温热的触感。

虽说是曾经坦诚相待过的关系，但好多年不见，此刻二人单独待在一起，气氛也跟着怪怪的。她拿起矮脚柜上的水杯，喝一口问道："你怎么说的？"

"我说你在洗澡。"

说话间，喻青措已经接过手机，看到屏幕上的来电人，她努力回想自己是在什么契机下存了个"张总监"。估计是哪个对接的中间商，这几天她忙着搞线上的事，一时间存了好几个老总和经理的号码。

她横一眼程易尘，暗讽他模棱两可的回话。

"你不会生气我挡了你的桃花吧？"

"你挡得着吗？"有人就是想听她反驳的话，可是喻青措说了实话。

话音一落，身后突然安静下来，她一回头，程易尘已经满脸的不悦："喻青措，你是不是觉得我喝醉了？

"就那点酒根本不够我打底的，我从头到尾都清醒得很，今晚上那狗崽子朝你谄媚，你知道我在想什么吗？

"我故意不出手，我就想看看你什么时候能朝我求救，可是你压根儿都不正眼看我。你宁愿喝下那杯酒也不愿意瞧我一眼！你明知道只要你开口，我肯定不能叫你喝一滴！但你就不！你多狠的心！"

有些人可能是真的健忘，两天前还在车里放出狠话，说绝不回头，现在倒是质问起她来了，来回好赖话都让他一个人说了。

"今天有你没你，我都要想办法全身而退的，我不可能次次都乞求别人的帮助！"

"别人？我在你心里就是别人？"

"理越辩越明"这句话有时候也是不成立的，就像现在，两人针尖对麦芒，像是进入了一个死胡同。

白热化之际，门外有细细的叩门声。

二人短暂静止，喻青措起身去开门，门外站着邻居阿婆，她穿着睡衣，越过喻青措往里瞧，眼神算不上礼貌。

"囡囡，撒事体，哦哟，闹得哟！"

喻青措赶紧换了张和颜悦色的面容，保证等下不会再发出声响，老太太跟她攀谈期间，眼神自始至终都没在她身上，一直瞧着里边的程易尘。再打量喻青措，老太太神情里多了几分复杂。她经常半夜回来，现在屋里还有个男人，喻青措不知道这老太太明天又该怎么和楼上的老太太絮叨了。

她欠身表达歉意。送走老太太，她再回头，喻初一不知道什么时候跑了出来，在程易尘的怀里来回蹭痒。突如其来的小插曲让二人短暂休战，刚才的话题也没再续上。

她护肤结束，折回客厅看到沙发上的程易尘已经睡着了，布艺矮脚沙发装不下他的大个儿，他半截腿伸到外边。

喻青措尝试叫醒他，那人只是皱皱眉翻身接着睡，她只得去里屋拿了小毯子胡乱撂他身上。

近半年来，程老太乐此不疲地给喻青措说媒，她嘴上絮叨姑娘大了总归是要有人照顾的，琢磨程家也该添人口了。

程老太敲开程姿的房门，直面而来的就是呛鼻的白酒气，老太太抬腕在鼻子前扇风，一边骂她："要死！昨晚上几点归家？"

程姿撑着要散架的骨头，明明是早上才回来的，嘴上却撒谎："十一点。"

程老太警告她这几个月多收敛点，爸爸身体不好，指不定哪天就去了，要她多体谅体谅，还要她赶紧收拾收拾等下陪她一起去看看青措。

程姿一百个不愿意，浑身像是没骨头的小鬼，又往床上跌，嘴里怨声载道，但终究拗不过这小老太。

一个小时后，程姿突然觉得，今天早起来万和坊是最正确的选择！能有这么好看的八卦，她可不愿意错过。

程老太精神抖擞在前，身后是眼皮打架的程姿，二人第五次叩门，里边还是没有动静。

第六下，程老太刚抬手，门猛然被打开。

只是……面前的人不是喻青措，而是她的好大孙儿！程易尘睡眼惺忪，头发蓬乱，光着膀子，一脸的不悦。

喻青措从光膀子的程易尘身后探出脑袋："奶奶……"

程姿一下不困了，来了兴致："怎么回事？程家好儿女昨晚上集体开荤？"

弄堂里，今早上格外热闹，隔壁阿婆趁着给小孙子蒸红枣糕的工夫，隔着厨房玻璃往那边伸头，她在心里已经描摹好了一场大戏，下午巷子口的茶话会，她就要说道说道隔壁这小年轻。

狭小客厅里，昨晚程易尘睡的位置上，坐着正颜厉色的程老太。程姿靠着沙发扶手抱着猫，对面小板凳上是一板一眼叙述的陈晔，还有站着单手插兜一脸插科打诨的程易尘和喻青措。

"我早就说了赶紧找二助，就像昨晚上的事，如果有二助就不会有这……误会！"程老太想了好一阵，才想起来用"误会"这个词一笔带过。

说实话，开门那瞬间，程老太简直感觉到五雷轰顶，她甚至在心里快速地想了一下，确定青措和程易尘没有丁点儿血缘关系，这才微微定了心，这也不能怪她健忘，毕竟青措八岁就养在她跟前儿，早就当亲孙女养着了。

陈晔眼下有淡淡的青痕，看起来也像是没睡好："已经在面试了，二面已经选出来三个。"

程老太肩膀卸下来，她早年间跟着程老爷子跑东跑西，走南闯北，站住脚之后，老太太回归家庭，再之后孩子们大了，工作上的事情都交由子子孙孙，算起来也是好久没再过问饭店上的事体。

她乜斜了一眼程家独苗，满肚子埋怨："归国这么久，满打满算没几天是在家的，现在更是闹到你妹妹这里，像什么样子！"

程姿跷脚，一下一下摸着猫，含混不清地说道："他俩从小不都这样，您还不习惯啊？"

程老太心里算盘打了起来，原先没留意过，现如今来看，郎才女貌，更是从小打闹到大，这么说……她不敢再想，总归是不大得体。

眼看接下来就是家事，陈晔自觉起身告辞，程姿撸猫的手有一瞬间的停顿，待人走了没多久，她说工作室那边还有事要处理，便也起身离开。

不大的正厅里瞬间安静些许，初一小朋友朝着程老太翻出柔软的肚皮，程老太打发猫离开，把从家里带来的芝麻盐往厨房里放，这是喻青揩从小就爱吃的，沾馒头特别香。

关于刚才的事，老太太没再多言语，装完芝麻盐出来，二人装扮完毕，俨然是要出门的样子。程老太招呼青揩："你来，我有话要同你讲。"

有人耳朵先一步竖起来，老太太打发他先走。

"有什么事是我不能听的？"程易尘不悦，直接一个大刺刺又坐回原来的沙发上。

"自然是你不愿意的事。"

二世祖一听，更是来了兴致，偏要听。

"相亲的事！你愿意听吗？"程老太今日穿着缎面中式对襟服装，打程易尘的时候显得格外不方便。

早年间，程易尘在外留学时，沪上世交做船舶业的张家小孙女也在瑞士留学，在一次宴会上留意到程易尘，转头便向张老爷子表达了心意。这两家关系一向不错，张老爷子也并没有强买强卖的意思，只说两个孩子能认识认识是最好的，出门在外也能互相照应，话里话外尽显诚意。

程老爷子、程老太一听，觉得这简直就是不可多得的缘分，而且人家小姑娘主动抛出了橄榄枝，想必是相当中意的。

谁知这逆子说什么都不肯见，更是扬言，自己没缺胳膊没缺腿的，不需要人照顾。

程老太没有留过学，并不知对方所说的宴会是何种场合，笃定程易尘是到处拈花惹草才惹得人家小姑娘芳心暗许。

程易尘懒得辩解，他压根儿都不知道那张家小孙女长什么样，最后更是连电话都没肯留给对方。为这程老爷子满怀歉意，又是宴请，又是邀请张老头去自己酒庄里随意选酒，最后这事才得以翻篇儿。

"俗，彻头彻尾的俗，都什么年代了还相亲。"逆子眼下完全没有要离开的意思。

"全世界都在相亲，这只是认识伴侣的一种途径，让你说得好像有多见不得人似的。"

"光是'伴侣'这个词就有够过时的了！"

彼时，话题当事人自始至终尚未开口，就已经看了场辩论赛。喻青措完全插不进去话，只得低头撸猫，初一从昨晚上到现在被撸的次数已经快赶上这一个月的次数了，舒服得喵喵叫。

程老太这才想起来自己这趟来的重点。

都叫这人气迷糊了！

"早年从广东来沪，做甜水铺子起家的秦世昌，二子是律师，我听说是做经济纠纷的律师，圈里很有名，上边就一个姐姐，我已经打听过了，这孩子样样都好，还是常春藤毕业的。"说到这里，程老太剜沙发上那人一眼，顺便缓口气。

"我想过了，做生意太累，风险也大，奶奶觉得律师这个职业好，只要有嘴就饿不死，人我也见过了，那日下雨，秦家儿子亲自跑来会所给他妈妈送伞，又孝顺，又帅气！在场的人都夸他懂事。"

她拍拍青措的肩膀："婚姻事业有时候是可以两手抓的。"

程易尘从鼻息里发出一阵冷哼，瞬间浇灭程老太已经燃起的激情。

"会所没伞？出门就是私家车，还用得着他上杆子送伞，就这种小白脸，骗骗你们这群小老太还行。"程易尘说完就起身抻抻西装衣袖作势要走。

程老太继续拉着青措："别听他瞎说，狗嘴里吐不出来象牙的人，能说什么中听话。见见吧，明晚上秦太太要在自家设宴，到时候你同我一起去，能看上你们就聊聊，不能看上就直接埋头苦吃，只当去玩了。"

话都说到这个份上，奶奶诚意可见，多种结果都被她预判出来，再拒绝就是顶不懂事，喻青措应声允下。

她"好"字还没说完，剩下半截音卡在唇齿间，就听见一记不小的关门声，带起的风吹得墙上新年才挂上的大大红"福"摇摆两下。

第二天晚上，喻青措开车去庆福路接程老太，程老太一见她牛仔裙配针织线衫的打扮，频频摇头，拉着她就往楼上走。

"我今年和你金奶奶一起去杭州，挑了几匹布，这才赶制出来的裙子，本想着下周叫你一起再去裁缝那里合合身子，赶得早不如赶得巧，你先试试得体否。"

程老太拉着她的手走，喻青措盛情难却，只得紧随其后。

程老太一向就有买布料的爱好，更是有自己的裁缝，她钟爱旗袍和提花蚕丝裙，在柜子里找出一件缎面连衣裙。

香槟色绣暗花，端庄又性感，老太太是老门老户上海人，大小姐出身，从小不缺吃穿用，审美一直在线，裙身该收收该放放。老太太拿着衣服在她身上比画，满意地点头："就这件，试试看，正好配你身上的针织开衫。"

喻青措换好出来，程老太眼睛里直闪亮光，频频点头称赞她颇有自己当年的气韵。

程老太灵光一闪，从衣帽间小隔断里又翻出一个方形首饰盒子，神采奕奕地介绍："这是你爷爷盘下程记，挣第一桶金时给我买的澳白，你喜素，配你最好！"

喻青措明白这耳饰的纪念意义，连连推拒，老太太倒是不乐意起来："漂亮囡囡就是要配漂亮首饰，再说了，今日去的太太非富即贵，你身上光秃秃没有点缀，又该说我这个做奶奶的不亲了。"

喻青措只好接下，程老太打量着镜中的丫头，笑意吟吟："青青有空也要多回去看看家里人。"

程老太再宠她，终究是隔了层血脉，就像程老太可以随心所欲骂程姿、打程易尘，但从来不会讲青措半句不好，这就是隔阂和生分。因为大家都知道，没有血缘关系的亲情断不得讲半句难听话，这是会埋下种子生根发芽的。

也就是看今天她心情好才敢念叨两句，平时也是黑不提白不提的，老太太怕她还记恨着过去。

"好。"

吃了定心丸，老太太笑意渐浓，拉着她往秦家去。路上，程老太一直叮嘱她不要有压力，惯是他秦家再厉害，咱们也是新时代的女性，婚嫁是双向选择，不必自觉低人一等。

喻青措倒是真没想这些弯弯绕绕，她压根儿也没想着今日的相亲事，更不会有任何期待，男人惯是靠不住的，只有自己站住脚才能掌握话语权，眼下，她更是在盘算着饭店里的三两事。

从来程家起，她在程老太面前就是乖乖女模样，倒不是巴结程老太，只是随着时间的推移，她感恩程老太，如果不是程老太，她现在指不定就在乡间地头干活，再糟糕点的话，可能怀里还抱着两三个半大的娃娃。

她能做的感谢就是好好听话，这是一个小镇姑娘骨子里的孝道和仁义。

瞻园路这一带都是带泳池的独栋小别墅，身处闹市却僻静，头几年房价最高时，这带的小别墅均价快赶上身份证号码那么长。

喻青措和程老太到的时候，家宴还没开始，说是家宴，不过是几家富太太聚一起闲聊的一个饭局，程姿打小就烦这样的场合，自从青措来了，陪同程老太出席饭局这种事就交由青措代替，程姿别提有多开心。

那年，程姿搅着减脂酸奶碗，在小洋房秋千上一摆一漾，批判这种行径就是大型的庙会，所有人贡献笑脸互相吹捧，她觉得虚假极了。

去过几次后，小青措闻言，小幅度点头赞同。她一直都觉得程姿是一个很酷的女人，现在也依然这么觉得。

秦千帆是在回家的路上才得知家中有宴会，他皱眉，但还是在电话里柔声询问母亲有没有要带的东西。

秦女士那头热闹非凡，和旁人说说笑笑完后，才想起来电话还未挂断，她匆忙回应什么都不缺，就缺秦律师。他的职业是母亲引以为傲的谈资，生意人家有了钱就想和文化、学问扯上边，镀上层金边，仿佛只有这样才是光耀门楣的资本。

今日天气还不错，夜空中有半明半昧的星星点缀，预示明日又是大晴天。秦千帆一身正装还未褪去就先去了趟后花园，几家太太觥筹交错，笑语连珠。

他被母亲拉着一一认人，桌上有个年纪相仿的姑娘，她身旁空着把椅子。

秦千帆这才恍然大悟这场宴会的真实目的。

他欠身说要先去换身舒适的衣服，几个阿姨在他身上来回打量，这让他有些不舒服，但他的教养撑着让他笑脸相迎，临走之前他看了眼那个姑娘。

月色正好，那姑娘面容姣好，看起来温温柔柔，正双手奋力扒虾，自始至终好像只抬头看了他一眼。

看起来也是兴致不高的模样。

二面选出来三个二助，程易尘亲自把关。大多时候，他坐在一旁不语，只在关键时候问上一两个问题，一场下来，他心里有了个大概。

结束的时候，陈晔看出这位爷兴致不高，拆穿他："你要真难受，倒不如跟着程老太一起去瞻园路吃饭。"

"管好你自己得了。"

"我有什么好管的，我一人吃饱全家不饿。"

"陈晔，你真当我眼瞎？你别告诉我昨晚上你是在公司加班，我是真没看出来你这么上进的。"

陈晔收起面试人员的报名表，没有反驳。

外边的人都说程家独苗毒舌，顶不过是个浪荡子、二世祖，但了解他的人都知道，这小子眼神毒辣，好多事都逃不过他的眼睛。

程易尘心里烦躁，但他可不愿承认这股没来由的邪风是因喻青措而起，他掏出手机给小邱燃打电话。

邱燃呛他，回来这么久终于肯露面了，之前每次给他打电话，各种原因不出山。程易尘听到邱燃那边有叫停牌的声音，挂了电话便往邱燃发的位置去。

程易尘推门而入，包间里直接沸腾，有三两个是熟识的朋友，其余脸生。他不常打麻将，在瑞士这几年更是碰都没碰过，邱燃直接起身给他让位，让他解解馋。

几圈下来，程易尘不赚不赔，众人提议换地吃饭，期间一个朋友回应家中新换了一位厨师，如果不嫌弃，就随他去瞻园路的别墅里吃饭。

在座的各位都没意见，程易尘闻言擦了擦手里的打火机，巧了，火石摩擦着钢制外壳发出一道清脆声："好。"

喻青措今晚上吃虾子吃饱了，大多时候她都是沉默不语，只在几个阿姨叫到她的时候，她才会放下手中的食物，老实回话。

这顿饭吃到一半，这场家宴的男主角才风尘仆仆地赶回来，她记得她好像抬头看了一眼，没什么太大的感觉，反正，程老太开心就好。

等秦千帆换好衣服下来，这场晚宴的话题自然就围绕他展开。

"年轻有为、一表人才、谦逊有礼"这几个词是出现频率最多的。上甜品时，秦母说家中的碗碟今天备得不够，劳烦两个最年轻的小辈跑跑腿。

这无非是给两个人独处聊天的机会，桌上几个阿姨笑而不语，来回在他俩身上打量。

秦千帆倒是先开口，说自己去就好，秦母慌忙打断，借口男孩子家家终究是不够细心。

话题到这里，喻青措起身和他一同外出。

就这样，两个被强迫的灵魂捆绑出门。鹅卵石小路蜿蜒曲折，夜里有虫鸣声，小时候她问过奶奶是什么在发出声音，奶奶说那是星星在眨眼，所以她一直把虫鸣声当作星星的声音。

她又想起来喻家人，和那远在几千公里外隔着好几个城市的小镇。

"秦千帆。"

喻青措意识到对方是在做自我介绍，于是收起回忆，淡淡回应道："喻青措。"

虫鸣声愈演愈烈，伴随着她高跟鞋的声音，静谧夏夜，两人相对无言。

"你好像也不是很喜欢这样的场合。"

"也"这个字就用得很灵。

这不是喻青措第一次相亲，之前遇到的相亲就是吃个便饭，走个流程加个微信，有的可能会聊几天，有的加上之后就在好友列表里躺尸。

"哦？看来秦先生也不喜欢。"这样一坦白，她感觉肩上的担子瞬间轻松了许多。

"既然不喜欢，那你又是为什么同意要来呢？"

秦千帆耸耸肩："如果我说，我压根儿不知道这些，你信吗？"

说话间，二人已经到了超市，她对上秦律师的双眼，点点头，嘴角弯了弯。秦千帆看到她温柔的笑意，脚底有些晃荡，还没来得及再说下去，喻青措已经先一步朝里走了。

这个点儿人流量密集，两人一拍即合决定速战速决，买好要用的东西就结账离开。

走在来时的路上，二人时不时聊上几句，这时，秦千帆的手机响了，他说了声抱歉，便接通。

"不了，今晚上家里有客人，我就不过去了。

"别别别，真不合适。

"改天，改天我做局好吗？

"那……再晚点儿吧。"

喻青措并没有避开，毕竟这蜿蜒小路上，她不知道回避到哪边比较好。

挂了电话，秦千帆有些抱歉，还没有开口，喻青措先一步道："没关系，你有事就先去忙好了。"

"是住在隔壁的发小，今天不知道抽什么风，说什么都要我过去一趟。"

喻青措觉得这样也好，她准备等秦千帆一走，也借口开溜，随即摆手说没关系。

到秦家大门口，隔壁院子里有阵阵音乐声夹杂着男人们的笑声传出来，看样子是有人在院子里开派对。喻青措脚下停顿，又转头多看上一眼，隔着矮墙，什么都看不真切。

到小花园，她并没有看到奶奶和几个阿姨的身影，保姆接过购物袋并知会，隔壁有人在开派对，音乐声大得影响几个太太聊天，所以她们现在都去了楼上的客厅。

两幢别墅一墙之隔，临界点的位置，音乐声确实比在门口又大了一些，秦千帆说他知道了，准备上楼给母亲打个招呼就过去。

秦母一见两人回来，放下手里的红酒杯，起身过来迎接。

一晚上，喻青措感觉秦母还蛮好相处的，秦母看起来就是养尊处优的富家太太，最起码该有的礼节都是有的。

喻青措自然地又坐回到奶奶的身边，只是和刚才离开的时候不太一样，奶奶脸上多了几分说不清道不明的尴尬。

喻青措还没来得及问缘由，秦千帆就开口说隔壁要他去一下，他顺便去让他们动静小一些。秦母脸上瞬间骤变，刚才的温柔模样荡然无存，有种说不出的怒其不争。

喻青措还在感慨豪门阔太也会有表情管理失败的时候，身旁的奶奶起身拉着青措："那正好，我这年纪大了，身子骨也经不起折腾了，我们先回，日后有时间再聚。"

有人的地方就有江湖，这些太太的圈子里也会因为各家声望不同有段位之分，显然今晚上程老太是圈子里年纪最大、声望最高的那一个，她一发话，周围人都能听出她言语里的几分不悦。

秦母追到门口，程老太仍旧带着喻青措往外走，秦母最后也没能留住这祖孙俩。

喻青措不知道刚才发生了什么事，一直到坐上自家车子，程老太才将手里的小挎包一撂，双手搭在腿上，靠在后排的真皮座椅上，义愤填膺地怒斥道："太欺负人了，青青回去就把那个姓秦的律师删了，赶明儿奶奶再给你寻个好的！我就不信了，我小孙女儿还能找不到合适的了！"

她还没来得及开口，手机就响了起来，是一条没署名的短信，短信内容就一句话：喻青措，你就这么着急给人做小妈？

与此同时，程老太拉着她的手，一脸的歉意："奶奶真不知道他还有个半大的儿子，不过，我刚已经骂过他们了！我就说王明芳这段时间上杆子联系我，原来……作孽呀！"

这一出接一出的戏，让喻青措连喘息的空都没有。

她被吓愣住了，都忘记骂程易尘了！

从出了秦家到庆福路，喻青措一路上说了不下五次没关系，倒不是应付生气的程老太，而是她真的没把今晚上的事放在心上。

但这依旧没能抚慰到一旁的程老太，她从一开始的怒骂到最后淡淡地感慨万千："如果你程爷爷现在还好好的，哪能轮到这些个阿猫阿狗来给你说媒的。"

到最后，喻青措已经看不出来奶奶到底是因为今晚上对她有愧而难过，还是因为程老爷子的病而难过。反正最后话题的落脚点是，程老太怒骂程易尘这个不争气的臭小子，如果早年间他没去瑞士，程记也不会走下坡路，程老爷子也不会累得一病不起。

眼见着程老太情绪波动，哭到哄不住，喻青措心里也跟着不好受，于是让司机先回家，她今晚上就留在庆福路陪陪老人家。

她哄着程老太喝下一杯温牛奶，又陪着程老太在花园里坐了好一会儿，老太太终于缓过来劲儿，睡意泛上来，程老太先回房休息，她却毫无睡意。

夜晚的上海有种别样的美，洋房里的一草一木她都顶熟悉，她脱掉鞋子躺在躺椅上，躺椅发出吱呀声，一摇一摆间，她数着星星掏出手机回复刚才那条消息：那也比你听墙根强。

发完，她就赶紧按下关机键，多好的夜色，她可不想等下被狂轰滥炸的电话扰乱心思。

喻青措也不是从一开始就知道程易尘在秦家隔壁的，只是和秦千帆从超市回来的拐角处，她看到了那辆熟悉的车子，再加上秦千帆被强硬叫走的情况，她心里已经猜出来七七八八。

"幼稚。"她在嘴里玩味般咀嚼着这个词，穿上鞋子从摇椅上下来，准备回前楼睡觉。

虽然她现在不常在这边住，但是她的房间一直都还在，阿姨也会定期打扫，她只是简单整理了下就去浴室里洗漱。

洗好后出来，她赤脚踩在浴室门前松软的垫子上，擦了擦还在滴水的发尾，洗之前找了好几圈也没能找到吹风机，只能等着自然晾干。

她闻到房间里有淡淡的酒气，脚下一顿，抬眼看到坐在单人沙发上的程易尘。

他领口敞开，从耳根到脖颈都是红的，他闭着双眼靠在沙发上，鹅黄色地灯的光洒在他周身，平添一丝柔和，双眸对视间，她想到过去。

分手那天，喻青措在楼上就看到楼下程易尘来回踱步的身影。

分手是她铁了心的决定，可犹豫再三她还是没有去找他，而是顺着寝室楼后门的灌木丛出去上课，上课时整个人都显得心不在焉，那人天生傲骨，不等到她绝不会走，不得到一个合理的解释，他肯定不会这么结束。

她在脑海中酝酿着各种措辞，甚至连"我早就不喜欢你了"这种伤人的谎话她都想好了，但，最后她也没说出来。

这时候，班长走过来，让她补充调档函的详细地址。

她猛然想起来自己的表格还在宿舍，她问班长明天带来可以吗？班长看了看时间说还早，等下课和她一起回去拿。

她本是想拒绝的，可是……她突然想到什么，于是，她就没有再拒绝。

所以，这阴错阳差，让程易尘误会这么多年，至少她是这么觉得的。

喻青措湿手湿脚，身上只裹着一件浴巾，她眼神错愕："干吗？回你自己屋里去。"说完，她指了指阳台上的落地窗。

好像在印象里，程易尘来她房间就没有走过正门，一直都是从阳台的落地窗直接过来，小时候吵架，她就会反手把落地窗锁住，但清早就会看到窗外有一枝小小的白玉兰。

这是他道歉的暗号，他从不说对不起，久而久之他俩之间的默契就这么形成了，看到绿植她气也跟着消了一大半。

"青措"在藏语的意思里是"绿色的仙湖"，自从程易尘知道她名字的含义之后，她房间里的白玉兰就没有断过。

"你干吗关机？"房间里只开了一盏小小的落地灯，他西装外套随意搭在一旁的座椅扶手上，整个人大剌剌地躺在她的沙发上。那沙发还是她那年刚搬进来，奶奶在外贸公司给她买的进口沙发。

"手机没电了。"此时，她身上小小的浴巾实在有些衣不蔽体，那人丝毫没有避开的意思，滚烫的眼神落在她身上，让她想要躲开，她匆忙转身在柜子里翻找着能穿的外套。

"骗子。"

她能感觉到身后的目光，扒拉好久也没有找到合适的衣服，早知道当时搬走的时候，就在这边留几件了，她有些恼怒地回身说道："你能不能先出去！"

"又不是没看过。"

有人直接耍赖皮，喻青措气恼，随便抓起一件衣服就往他脸上甩，在离他面部仅剩几厘米的距离时，被他歪头闪开。

"你相亲之前就不做背调吗？合着张青竹给你介绍一头猪你也愿意嫁？"有人没大没小唤程老太大名。

她勉强找出来一件宽大的上衣，直接套在身上，继续擦头发："你管我。"她是懂怎么让程易尘吃瘪的。

"我懒得管你，只是怕你嫁给一头猪，再生上一窝小猪崽！"他说完站起身就要走。

喻青措彻底炸毛："幼稚！"

他临走前，又转过身来："带职业滤镜去看人本来就挺蠢的，试错率也高，张青竹女士年纪大了不懂这些，你也跟着不懂事吗？况且，今天那个律师，一般……喻青措，你能不能长点儿眼光？"

喻青措从他身后猛推一把，随后狠狠扣上落地窗，拉上窗帘，所有动作一气呵成，她今晚上就不该回来！简直是没事找事才给自己引不愉快上身。

头发还在滴水，她顾不上生气，在屋里来回踱步找那条被遗忘的吸水毛巾。

忽然，她瞥见那张单人沙发上，也就是程易尘刚才坐过的那个位置上，有一个吹风机和一条吸水毛巾，就那么安安静静地摆在那里……就像它的主人一样，进入她的领域时从不打招呼。

第二天一大早，喻青措在庆福路吃过早饭，又去后楼跟爷爷奶奶攀谈几句，下次来也不知道是什么时候了，人一到晚年就变得可怜，这和阶级钱财无关，真躺到床上需要人扶着才能翻身的时候，就多了几分身不由己。

程老太送她往大门口走，小老太嘴上还在喋喋不休昨晚上的风波，她笑着拉过奶奶的胳膊，说她一开始就没看上秦律师，程老太再三确认之后，这才心里安慰些许。

豪门出身的大小姐，心眼儿软。

待她挥手说去上班，小老太欲言又止，喻青措瞧出她还有话要说，让奶奶但说无妨。

"好孩子，能不能帮奶奶劝劝那逆子。

"爷爷身子一天不如一天，从他回国那天我就说要他搬回来住，可这……说什么都不肯回来，身子骨硬挺得厉害！一家人哪有那么多计较，他……无非还是心里带着气性。"

喻青措知道程易尘的脾气，更知道老爷子说一不二的性子，这爷孙俩不对付也不是一天两天，积怨成疾。

"可他……昨晚上不还在这里住的吗？"

程老太洋洋洒洒落下泪，揩泪的间隙正色问道："有吗？那逆子昨夜回来了？"

喻青措心中慌乱起来，在心里把某人翻来覆去骂上几百遍，但面上云淡风轻："没有吗？那可能是我听错了。"

程老太并没有发现什么异常，她大早上就在自己洋房门口连连叹气，这一刻连喻青措都同情她起来，说到底伴侣也只能陪你走上一程，真到了黄泉路上阴阳两隔的时候，谁先蹬腿，谁倒是提前去极乐世界享福了，如若再生上一儿半女的，儿女体贴孝顺还好，可老太太生的大儿子怕老婆，二儿子又常年不在身边，留个小女儿天天让她操不完的闲心，图甚呢？

最后，喻青措慌忙接下这个艰巨任务，挥手说再见，走出十多米的时候，她终于反应过来，自己哪儿来的自信能劝动那头倔驴的？

一到办公室，章荣就急匆匆地跑到她办公室："张川被开了，你知道吗？"

彼时的喻青措正在电脑上挑选着广告公司发来的产品外观设计，她眼皮子都没抬："谁？"

章荣一拍大腿，把对讲机往她办公桌上一撂："哎哟，就那个，就那天偏让你喝酒那个，徐汇区的门店经理！"

喻青措闻言，错愕抬眼，一脸疑惑："怎么这么突然？"

程记培养个门店经理不容易，能走到这个位置上的都是轮岗轮过数遍，并通过层层筛选的，如果没有重大失误，基本上就是个能干到退休的岗位。

章荣拉把凳子过来，一屁股坐下："张川是出了名的不老实，早就有传言他跟手底下的女职工有不清不楚的关系，但都是风传，没有实锤，这次被开，我听说是查出来账上出了问题，跟会计合伙做假账！"

喻青措一个激灵，做假账不管到哪个公司都是大忌。

"这事儿是被小程总亲自查出来的，我听说当时人就被叫到总部，直接撤的职！"

喻青措在饭店的八卦来源全靠前台小妹宝和章荣，自己整天见不到任何风吹草动。她仍旧半信半疑，毕竟这两天某人好像一直都在她眼皮子底下转悠，哪儿来的时间处理这事的："真的假的？"

"真的！这小程总也是仁慈，还额外补了他三年的年终奖，听说还是按高层标准给的。"

这倒是像他的风格，能用钱解决的问题对他来说就不叫麻烦，她心里跟猫抓似的不得安生。

章荣一走，喻青措就给产品方打电话，接洽几个小问题之后，敲定三个包装选项，她准备好方案和策划书，带上U盘就往程记总部去。

公事公办，程易尘是她领导，选品和包装还是要过他的眼，由他最后敲定。

程记总部就在徐汇区，前台带着她往会客厅走，总部是程老爷子早年间买下的楼，老爷子的过人之处就在于走的每一步棋都深思熟虑，现在楼盘就算再跌，对程家来说也是稳赚不赔的。

有个眼生的年轻姑娘走进来："喻经理，你好，我是小程总的助理谢可，小程总让您先等下，他还在开会。"

这应该就是前段时间招来的二助，看起来像是刚毕业的大学生，帆布鞋配牛仔裤，身上还有淡淡的学生气，她端来咖啡和一些甜品："不知道喻经理的口味，我随便选了一些，喻经理想吃什么可以和我说。"

喻青措一直在看手里的策划书，礼貌地对着小助理笑了笑："麻烦你了，我不饿，先放着就好。"

小助理呆呆的，没有明白她的意思："没事没事，喻经理，一点儿也不麻烦，等着也是等着，您就尝尝看。"

喻青措推托不开，勉强端起咖啡，其实不管是咖啡还是甜品，都不是她的心头好。

小助理刚上岗，还对工作充满热情，看着喻青措喝下才礼貌退出去，临走前还探出脑袋："那喻经理有什么事就叫我好了，我就在隔壁。"

喻青措笑着说"好"。

工作被人一打断，她也无心再继续，站起来端着咖啡一边喝一边走，晃动晃动肩膀都能听到"咔咔"的响声，她觉得忙完这段时间，有必要找个老师傅正正骨。

又等了一会儿，谢可敲门进来："喻经理，小程总开完会了，他让你现在去他办公室。"

仍旧是一脸人畜无害的模样，喻青措在心里暗暗替她担忧，傻乎乎的孩子，以后也不知道会不会被程易尘这个毒舌男骂哭。

喻青措叩门，听到里边应声，她推门而入。私下不管和程易尘打闹成什么样，在公事上他是她老板，该有的分寸她还是懂得的。

程易尘正在打电话，眉心皱了皱："那就按流程走，提前让法务拟好合同，证据在我们手里，现在怕的应该是他。"

不知道那边说了什么，程易尘提高腔调："如果开除个人还需要我手把手教你的话，我想明天你也一块打包辞职算了。"

喻青措在原地感到胃里有一阵痉挛，看样子今天来得不是时候，有人心情不好。

程易尘挂了电话抬眼看她："我办公室的沙发是摆设？"

喻青措："不累。"

他嘴角弯了弯，没强求，手指点了点自己的电脑，示意她可以开始了。

喻青措把方案翻出来平铺到他桌面上，程易尘办公桌上是超薄的MacBook，她几下都没找到U盘口，身子不自觉地弯得更低，头发全部滑在肩膀一侧，等她插好U盘，抬头正好对上程易尘的视线，她才反应过来两人之间的距离有多近。

那人眼神没有闪躲，带着玩味和进攻，让她脸颊瞬间红了起来。

她扶正电脑，清清嗓子，把一旁的椅子拉过来，伸长手臂播放PPT，此时，二人之间的距离宽到能跑马。

几页翻动下来，程易尘开口："喻青措，你现在很像一只长臂猿，你就非得这样坐？"

"马上就结束了。"

"我看着累，这让我感觉不好，像是猩猩在给我讲PPT。"

她真的很想骂人，真的很想，但她还是忍住了，狠狠地在心里翻了一记白眼。

她艰难地咽了咽口水，胃里的绞痛又明显一些，她拉凳子的间隙，快速回忆了早上都吃了什么，早餐是在庆福路吃的，都是日常小米粥和张姆妈炒的小菜，肯定不是早餐的问题。

突然，她想到刚才的咖啡……坏了，她语速明显提高一倍，准备速战速决等下去药房买点止痛药。

在餐饮行业干这么多年，吃饭不及时，胃也大不如从前。

等她讲完，程易尘还在思考着什么，她侧着身子，左手肘轻轻抵住胃，试图缓解一些疼痛。

"产品包装材料敲定了吗？"

"选好了。"她指了指方案上的详细报告。

"嗯。"程易尘看起来还挺满意，没有再问什么。

"小程总，如果没什么问题，那我先回程记了。"她起身便收拾材料，一张纸顺着桌面滑落下来，她赶紧弯身去捡，猛地一折腰，痉挛痛感瞬间放大，她感觉眼前有火树银花的光闪过，痛感倍增。

"有，你跟我出去一趟。"

"什么？程记那边还有些事，我可能要先回去一下。"她抿住唇，艰难地说着措辞。

程易尘眼神在她身上来回打量，片刻后没再废话，直接起身拿着车钥匙和外套："是我抱着你去医院，还是你跟我走着去医院？"

她知道程易尘看出了异样，毕竟从八岁时就生活在一个屋檐下，这点默契，压根儿不用多言语："我没事，老毛病，吃点药就……"

她话还没说完，程易尘就直接抓着她的手腕往外走，她用力挣脱："你疯了吗？外边都是人，不知道等下又该有什么流言传出来！"

"你可真是好面子，都这会儿了，还能想到这层！"

眼看没用，她攥住手臂往下蹲："程易尘，我疼。"

程易尘一听这个，赶紧回身，眼神也柔和下来："那我把车开到门口你再下来好不好？反正今天必须去医院。"

喻青措抬眼看着面前这位身子骨比谁都硬的爷，现在正用着有商有量的口吻征求自己的意见，不知怎么，她心口跟着猛抽一下。

当年她说分手，并非是因为她不爱。

自尊心作祟，那种无时无刻都存在着的差距，让她心里自卑到极点。她以为他们相爱在一起之后，那些看得见的物质和看不见的阶级都会演化成一条阶梯，一条承载着他们一起向上爬的阶梯。

直到……直到程易尘的妈妈，也就是李茹女士的突然回归。

他们的"地下恋"可以骗过程家上下老少，但骗不过李茹。

李茹常年在海上，和濒临灭绝的物种待在一起，那种常人耐不住的寂寞对她来说就是家常便饭，程易尘是她身上掉下来的肉，打断骨头还连着筋，纵然他们不常见，但敏锐的洞察力是李茹女士自带的天赋。

那时候他们爱得正浓，当妈的怎么可能看不出来他身上星星点点的证据呢？

李茹在庆福路住了几天，有天她敲开喻青措的房门，她盘着一个干净利落的发髻，夹发髻的是一个镶祖母绿宝石的簪子，簪子看上去有些年代，但宝石终究是宝石，就算有些年份，它仍旧能散发出夺目耀眼的光。

往常的见面都有程家人在前，喻青措可以做一只缩头缩脑的小白兔，可现在有且仅有两人的时候，那种心虚瞬间被放大。

"青措小姐，我能和你聊聊吗？"

没有料想的那样，李茹没有直接让喻青措开价离开她的宝贝儿子，可是她的平静及推心置腹说的每句话都让喻青措想要缴械投降。

"青措，你看过东非大裂谷吗？那时候我刚生完孩子，身上的束缚和枷锁一度让我很迷茫，到底是要继续我的职业，还是做一个相夫教子的好女人呢？但当我站在火山口边缘俯瞰时，深不见底的峡谷，那种静谧和暴力的冲击一同出现在我的视线里，那一刻，你会觉得所有的事都不是事，你只会觉得人类渺小得可怜。

"再往近的说，象群北迁你看过吧？不管大象往哪个方向迁徙，它们都是成群结队、拖家带口。所以，你应该知道的，孩子，距离是挡不住血脉的，程易尘永远是我儿子，我当然了解他，这几年的疏于管教是我咎由自取，但，我也知道他不应该止步于眼前，你也是。

"所以，阿姨觉得你也可以试试看，看过世界之后，再做出一些决定，你觉得呢？青措？"

她当时很想反驳李茹，但她在心里组织了好几遍的措辞还是没能派上用场，因为她既没有看过东非大裂谷，也没有看过象群北迁，她走过最远的距离就是从小县城到庆福路。

那如果这样来说的话，此时的程易尘和她之间根本不可能有共同向上走的阶梯，因为他出生就已经在阶梯之上。而她，可能要用一辈子的时间，不，可能一辈子也爬不上去。

那条天梯在她心底生根发芽，一直延伸至今，待她回过神，身旁是正在开车的程易尘。

喻青措斜靠在车门上，额前的碎发已经被汗水浸湿，程易尘护着她肩膀让她往后躺，副驾驶座椅放平一些，她长吁一口气。

程易尘开着上周刚提的宾利，蛇形走位穿梭在车流中。

他早就看出来她不对劲，他后悔应该早点说的。

好在医生说问题不大，叮嘱以后要正常吃饭，开了药又挂了药水，点滴一点一点注射进去，喻青措才感觉自己慢慢活过来。

又不知道过了多久，她睁开眼，发现自己正靠在程易尘的肩膀上，同时一只手还抓着程易尘的腰侧，而他正在划拉着手机处理工作。

她慌乱又艰难地咽下口水，又绝望地闭上眼睛，她后悔睁眼了。

"醒了就赶紧起来吧，就这么想占我便宜？

"你眼睫毛一直在我脖子上蹭，很痒。"

喻青措坐直身子，脑子还不太清醒，身上正盖着程易尘的西装，他西装外套上也有薄荷香气，这让她整个人都像是被程易尘包裹住。

程易尘手掌伸向她额头，这个举动让她一颤，生理和心理的波动都来自同一个人的感觉，让她眼眶发热。

"我只是看你还发烧吗。"

"不烧了，好多了。"她说话还是有气无力，她自己也没料到这次的胃痛来得如此凶猛。

正说话，陈晔推门而入，他手里提着牛皮纸袋，看到喻青措已经醒了，招呼她喝点粥。

她没有胃口，就说先放着。程易尘把手机锁屏放到一边，伸手接过牛皮纸袋，示意他来。陈晔挑挑眉，笑了下，不禁在心里感叹，一物降一物，他还挺愿意看有人能让程少爷头疼的。

陈晔借口说公司还有事，就先离开，出去的时候，他手机上进来一条短信：陈晔，你就是尿！有种你就一直躲着我！

确实，一物降一物，他也正被人降服着。

等到输完液已经是下午了，这期间程易尘的电话都没断过，都是工作上的电话，喻青措要他有事就先走，他权当听不见。

一上车，程易尘没有问她去哪里，直接带着她往庆福路去："这几天你就先在这边住，让张姆妈给你调理调理。"

小时候，喻青措觉得程家姆妈是个小神仙，她总有各种偏方能让他们肚子不痛，做的饭也是一顶一的好吃。

喻青措尝试着拒绝："这几天要去生产线那边看看，我还是回家住好了。"程易尘的新车里有淡淡的皮革香气，比医院的消毒水味好闻多了。

程易尘神色一变："你这个样子去上班，大家还以为我压榨你，我还没到要你为我卖命的地步。"

喻青措不想搭理他，权当听不见。

她突然想起来早上老太太说的话，调整一下坐姿，面上云淡风轻地朝车窗外边看："你现在在哪里住？"

她从车窗玻璃上看到，驾驶座的人转动方向盘的手有一瞬间的停顿，随后手指敲打方向盘，看了眼后视镜，并道至另一侧："怎么了？你要来跟我住？"

那人笑得不怀好意，喻青措狠狠瞪他一眼，此时非常后悔自己为什么要没事找事地接下这个说客任务。

"或许，我是说，我也很好奇，你为什么不愿意回庆福路住？"

"那你呢？你为什么不住庆福路？"

"那怎么能一样呢？"

"怎么不一样？你是不是想说我是程家亲孙子，而你只是没有任何血缘关系的外姓人？"

她硬生生吞下还没有说完的话。

信号灯变红，程易尘停下车子："你应该知道的，青措，比起亲孙子这个身份，爷爷更想把我培养成一个传承程记的傀儡。

"那或许从这个角度来说，你和我从本质上都是一类人，都是一种手段而已，你知道他为什么同意我出国吗？代价是什么吗？"

喻青措不语，听着他细细道着从前事。

"把我的未来卖给程记。"

信号灯转绿，程易尘启动车子，他单手打着方向盘，喻青措从他眼中看到落寞和遗憾。

她知道，程易尘最爱的是物理，可能是遗传他爸妈的优良基因，他上学的时候物理一直都是满分。那时候，一到寒暑假就是喻青措最痛苦的时候，因为程易尘会每天固定给她出几道物理题，讲题的程易尘一点也不友好，他很严格，会让她完整地写下解题思路。

她曾经想过，如果他出生时不是程记继承人的身份，说不定他现在也正在哪个地质森林里，和他爸爸一样做一个自由的灵魂。

"我只是在给程南风的自私买单，在给程老爷子卖命，我是人，不是牲口。"

他脆弱得不堪一击。

喻青措手机振动，她看都没看直接按下接听键，听筒里传来一个熟悉的男声："青措，是我，秦千帆，我想我们之间可能有些误会。"

她一时之间有些呆滞，还未开口回应，车子一阵急刹。

显然，驾驶座的男人也听到了。

Chapter 03

"小程总满意否？"

"陪我吃顿早茶，我再告诉你我满意不满意。"

一个穿着校服骑单车的少年从车前猛然窜出来，程易尘一个急刹，震得副驾驶座的喻青措身子往前倾。那少年也被吓到了，看清车标之后一脸无措的惊慌模样，程易尘见状挥挥手让少年离开。

程易尘心里没来由地烦躁，喻青措还在打着电话，一些断断续续的词语传进他的耳朵里。

"有什么误会能值得你跟他说这么久的？无非是想再跟你吃顿饭，挽回一下他在你心目中的高大形象。"喻青措刚挂了电话，就听程易尘开口说道。

喻青措没搭理他，不过秦律师打这个电话，她属实是没有想到，她以为他们那晚上就已经结束了。

见喻青措没回应，程易尘斜眼看她："喻青措，你不会真看上那个律师了吧？"

陈晔说得对，这世界上就是一物降一物，就像黑白卡通动图里斗架的两个小人，一个翻转跳跃连续出招，另一个沉默不语只一个利落挥剑，就让跳脚小人原地毙命。

程易尘就是原地毙命那个。

有些话他没有讲过，但那是真实存在过的一段光景，分手后很长一段时间他都过得不好。

分手之后，他就去了瑞士，在那个冰天雪地的国度，他一度封闭自己很长时间，他无数次拿起手机想要问问另一个半球的那个女人，他到底输在哪儿了？

但他还是忍住了，最难受的时候他把自己关在射击馆里，一待就是一整天，他瞄准靶心，幻想那就是她那个四眼班长，扣动扳机，奥地利产的格洛克手枪连续射击，弹壳滑落，后坐力冲击力对他没有任何影响。

他觉得自己窝囊极了，都到这个时候了还舍不得对她说一句重话。

如果细究，她分手前是有征兆的，她会无缘无故发脾气，她会故意找碴，她会故意不接他的电话。

他当然也能感受到他们之间的变化，但他不知道问题出在哪里，所以除了哄着就是忍着。

但显然，他越来越看不懂喻青措，吵得最凶的那次，他大晚上一脚油门开了几百公里到她学校楼下，他满身怒气准备问个究竟。但当他看到喻青措眼眶通红，穿得单薄站在风口，他突然就气消了。

他想到那个八岁的小姑娘，从小镇来到程家，也是这样怯生生的模样，他心疼不已。

她抱着他说对不起，她说她不知道自己怎么了，就是想发脾气。

那次他们在宾馆里待了两天没出门，有着想要把对方融进身体里的疯狂，颤抖的时候，她带着哭腔说对不起，他吻去她脸颊上的泪水，小声说别怕，他一直都在，他们会有美好的未来。

她手指穿过他脑后的碎发，指甲深深嵌进他的肉里，止不住地战栗。

他还是想不明白，这些真实存在过的，怎么都是假的呢？

太阳穴跳痛，他按下车窗键，让暖热的风直扑面颊，从前他拿她没办法，现在依旧是这个样子。

后半程，他们各自相对无言，车里安静得诡异。

他开车把喻青措送到庆福路，又返回公司，刚到办公室，陈晔就进来了："你可算回来了，张川那事估计有更深的水。"

程易尘眉心一紧："什么意思？"

"你看下公司邮箱，有封实名检举信。"

程易尘打开电脑，桌面上还有喻青措白天时留下的U盘，他瞥一眼，收进上衣口袋里。

"林沫沫是程记老店的一个前台。"陈晔在一旁解释。程易尘在脑海中回忆着，他隐约有些印象，那个小姑娘年纪不大，在程记时间不算短，好像和喻青措关系还不错。

信的内容事无巨细地描述了林沫沫和张川相识的过程，以及张川是如何利用职务之便接近她，最后诱骗她，对她进行言语上的侮辱以及身体上的骚扰。

"有录音，有录像，小姑娘还算机灵，没有上当。"程易尘捏紧手指骨节"咔咔"作响，一把扣上笔记本电脑。

陈晔看着他晦涩不明的目光，缓缓地开口问道："现在要怎么处理？"

喻青措一到庆福路就被奶奶逼着喝了一大碗老母鸡汤，随后回房间休息，直到这个时候她才有空掏出手机。

一瞬间，她像是被雷击中，手机屏幕上一连串的未接电话和未读消息，估计是程易尘给她调的静音，她在医院睡得沉，竟然一点都不知情。

一点一点看下来，她感觉胃里又开始翻江倒海，嗓子像是被什么东西遏制住，让她跟着无法呼吸。

脑海里都是林沫沫唤她青措姐的细软声线，她一直叫林沫沫小妹宝，喻青措自责不已，在她眼皮子底下发生这种事情，她竟然一点都不知情！

一夜无眠，第二天一大早，她就先去了饭店。

饭店里已经传开，众人议论纷纷，有人站在林沫沫这边，但也有人说她小姑娘家家不检点，明知道张川有家室还搞出这种下三烂的事，一定是价钱没谈好。

过了九点，林沫沫还没有来上班，喻青措摘下工牌招呼章荣："荣姐，有什么事你打我电话，我去员工宿舍一趟。"

章荣连连点头："放心吧，下边人的思想工作我来负责，总部还没派人下来查清楚，我今天就要看看谁是碎嘴子乱嚼舌根！"章荣说罢，身后几个聊天看热闹的阿姨便四散开去。章荣了解林沫沫，这女孩思想单纯，如果不是被张川这只老狐狸哄骗，肯定做不出这种事！

喻青措步行去到林沫沫的宿舍，宿舍离饭店不远，就几步路。敲了好半天门，门才从里边打开，喻青措看到脸颊惨白的林沫沫，不禁心疼起来。

林沫沫眼神闪烁，语未出泪先落："青措姐，对不起，我给饭店丢人了，可是、可是，我实在不想再忍了，张川他不是人！"

喻青措坐在床沿边把林沫沫抱进怀里："傻姑娘，都这个时候了，还想饭店的事做什么，不管在什么时候，你自己才是最重要的！"

林沫沫双唇颤抖，哭到不能自己。长这么大以来，家中吃的喝的用的都是紧着弟弟挑选，从来没有人告诉过她，她自己才是最重要的。

在这个狭小房间内，林沫沫给喻青措详细描述了事情的来龙去脉，喻青措胸口有一团怒火在燃烧，她拳头攥得紧紧的。

二人相识于岗前培训，张川一开始利用老员工的职务之便接近林沫沫。待小姑娘陷进去的时候，意外发现张川已婚的婚姻状况，她毅然决然提出分手，可是张川却不放手，对她动手动脚，这次更是在喝醉酒的情况下硬闯宿舍。

喻青措哄着林沫沫睡下之后才离开，她回到办公室，一上午的时间心口都不是滋味，她点燃一根烟。她已经好久不抽了，可今天就是憋屈得难受，她不敢想在这个世界上还有多少个林沫沫，又有多少女生，在原生家庭中不受重视，没有主见，没有自我，走到社会上被渣男欺骗。

她越想越生气，待一根烟燃尽之后，她拨通程易尘的电话。她不知道程易尘会怎么劝说她，毕竟这件事闹大，饭店势必受到影响，显然程记是不能再受挫折了。

可能程易尘会卖惨，会骂她吃里爬外，又或者他会搬出程老太镇压她，再或者，他会提出拿钱和解，毕竟他就是喜欢用钱解决问题的人。

可是，为了林沫沫，同是女人，她必须站出来做点什么，嗯，不管了！大不了不干了！

程易尘的电话响了好久都没有人接，等她再拨过去时，她听到走廊上传来细细的手机铃声，那铃声越来越近，越来越近……

直到她办公室的门被推开。

程易尘出现在她面前，他手里还举着响个不停的手机，他还是那面无表情的欠揍模样，只是神色有些焦急："你跑哪儿去了？我等你一早上了，我报警了，等下警察就过来调取监控，我没有林沫沫的手机号码，你给她打电话让她过来一趟。"

后边程易尘还说了什么，但是她耳朵已经听不进去了。怎么说呢？她很想问，真的会有人反反复复爱上同一个人吗？

喻青措坐在位置上没动静，目光冉冉地看着他，程易尘实在看不懂女人："我说的中文你听不懂？"

"听懂了。"

"听懂了还不赶紧动起来？等着让我背你下楼？"

有人一张嘴，让她刚才已经酝酿好的眼泪瞬间吸回去，她收回她刚才的问题。

没一会儿的时间，林沫沫和警察先后到饭店，食客和饭店员工指指点点，议论纷纷，陈晔调出监控给警察看，监控清楚地拍下张川对林沫沫动手动脚的画面，林沫沫反抗和躲闪的表情也都清晰可见。

程易尘抱臂站在后边不语，喻青措抱着林沫沫的肩膀，试图把自己仅存的力量传递给她，食客在外议论纷纷，看热闹的人居多。

警察把证据拷贝走，带着林沫沫回警局做详细笔录，她同乡的小姐妹陪着她一起去的。

待人都走后，陈晔和程易尘站在饭店门外抽烟，陈晔替他点上火开口道："不怕影响程记吗？"

程易尘没有着急回答，其实他心里也没底，不知道外界又该怎么传，说不定程记的股票也会受到影响，再或者大家纷纷要来退卡。思来想去，他开口道："不知道，可是做错了就是做错了，这次是程记用人失策，挨打也认了。"

陈晔点点头表示认同，有人就是这样，什么时候身子骨都是硬挺的。他转头问道："老爷子那边……怎么交代？"

"能怎么交代？他现在躺床上动弹不得，还能跳起来打我啊？"

陈晔吐一口烟圈，笑出声来，果然，程易尘还是程易尘，他就是这样浑不懔。

远处一团倩影朝他们这边走来，今日太阳高照，晃得人睁不开眼，喻青措抬起手腕遮挡太阳，巴掌大的小脸上有一股如释重负。

陈晔捻灭烟头随后开口："得了，降你的人来了，你们先聊，我在车上等你。"说完便转身离开。

程易尘乜斜他一眼。

那团倩影挪移到他面前，程易尘看着她的小脸和单薄的肩膀，有些愣神。

他不是一开始就喜欢喻青措的，或者说，他一开始就喜欢，只是他自己不知道而已。他一向就爱逗她玩，看到她急眼他才觉得安心，一天不和她斗嘴，他就觉得浑身不自在。

他就喜欢看喻青措急头白脸问他是不是有病，他就觉得浑身都舒坦了！

他真切记得自己对她态度变化的那天。

那时候，她在学校一直都是躲着他走，生怕跟他扯上什么关系，他也习惯了她的躲闪，所以二人自觉没有说过话。

那天，他在操场上和邱燃几个人打球，远远就看到一个扎着马尾的背影，她好像很怕太阳，像今天这样伸手挡在额前。

高中的体育课上一节少一节，抛开要集训的体育生，其余同学只是适当地跑两圈就解散了。喻青措和几个女生在操场上闲逛，全然不知道远处投来的目光。

邱燃传球给程易尘，他差点没接住，邱燃顺着他的视线看过去，努努嘴，一脸玩味地问道："怎么了？你什么时候喜欢小学妹了？"

显然只要当事人刻意隐瞒，是没有人能知道喻青措在他家住这件事。

程易尘接过球跨步上篮，一个利落的三分，一旁有女生惊呼起来，程易尘下意识地再往花丛那边看过去，刚才好好的人已经半蹲在地上，身边几个女生看起来有些着急。

邱燃在一旁抱怨："我说哥们儿，你今天是怎么回事啊？完全不在状态，要不咱还是回去上英语课吧。"

程易尘迟疑着回过头，把球传过去。

早上出门时，他就瞧着她小脸煞白，问她怎么了也不说，张姆妈让她装瓶热水带上去学校。

青春期的男生对女生的生理知识，仅限于课本之上。

他拍打着篮球，准备运球上篮，突然听到那边有女生的尖叫声，霎时乱作一团。他下意识地看过去，刚才蹲在地上的人，现在正结结实实躺在地上，高翘的马尾辫半盖住惨白的小脸。

"哎，现在的小学妹身子骨也太弱了吧。"邱燃丝毫没有察觉身边人表情的变化，还在自顾自地感叹着。

话还没说完，身边人已经像离弦箭一般冲了出去。

"哎，哎哎！"邱燃在身后一路狂追。

程易尘拨开人群，二话不说抱着喻青措就往医务室跑，同学们张大嘴巴，一时之间不知道是该惊叹喻青措的晕倒，还是惊叹程易尘为什么会出现在这里，又为什么抱着喻青措。

看起来完全不搭边的两个人，就在一节体育课上，隐蔽良久的关系彻彻底底地曝光在众人面前。

从此各种流言就传了出来，有人说喻青措是程易尘的"童养媳"，有人说她是他爸在外边的私生女，甚至连邱燃都搞不明白，天天在一起的哥们儿，什么时候背着他抱了个小丫头。

而那天，喻青措只记得她在一个宽阔的胸膛里睡了一个好觉。她还听到一阵强有力的心跳声，这心跳声显然不是她的，是谁的呢？

"所以你真想好了？"

"那不然呢？"程易尘耸耸肩。

难得有好好说话的时候，此时此刻的两人站在同一条线上，一致对外，她没有再过多询问，这点默契还是有的，程易尘就是这般，认定的事情，他一定会不遗余力走下去。

"我刚才看了下，已经有人拍了小视频发到网上了，评论和转发也越来越多，这次……我们要怎么公关？"

关于这点，他一点也不意外，就算花钱压下去，同行业竞争的对家饭店也会有坐不住的时候，与其遮遮掩掩，倒不如大大方方地道歉。

他深吸一口烟，吐出烟圈，并没有着急回答，而是把答案抛过去："喻经理怎么看呢？毕竟是你的兵。"

喻青措抿唇，似是在整理措辞，随即目光坚定地开口："我想以程记的名义向社会大众公开道歉。承认是我们用人决策的失误酿成此次事件，程记日后会在大众的监督下好好整改，还当事人一个清白，并借着这个事件，在定案之后，线上线下组织一个公益活动，线上凡女性下单享受折扣优惠，线下给到店的职场女性一人准备一份小礼品，折扣和礼品我还没有想好，但是我想借此机会给广大女同胞一个说'不'的权利。"

待她说完，程易尘手中的烟蒂燃尽，他碾灭烟头，眉尾轻挑，似乎很满意她的提议："喻经理整理好文案和活动方案发我邮箱。"

似是阳光正好，又或者是她同为女性的身份让她感同身受，完全代入到自己身上，总之，她眼眶里有热意往外涌出。

在这个社会上，女人光是生存就已经非常艰难，还要同时兼顾家庭和工作，穿太多会被骂古板，穿太少会被指指点点，总之走的每一步都需要深思熟虑。她当然知道林沫沫不会是第一个受害者，也绝对不会是最后一个受害者，她只希望尽自己的绵薄之力，让广大女性能有一个安定的工作环境，仅此而已。

程易尘已经离开，她看着他车子掉头开上马路，头一次觉得，原来也有人能够站在她们的角度为她们谋利益，好难得。

程易尘啊，就一起加油吧！

几日后，关于张川的事件正式立案，张川也被批准逮捕，程记配合调查，更是牵扯出他在工作上利用职务之便，吞赃款，吃回扣，程记法务已经出马。

按照事先约定的那样，程记在各大平台上用程记的账号公开"手写道歉信"，并积极接受大众以及同岗位的女性出来举证。

点击发送键之时，喻青措正在程易尘的办公室，手心直冒冷汗。她心里实在没底，不知道这步险棋走的是对是错。昨天兵荒马乱之时，程易尘招呼陈晔，让他通知下去，这几日备菜一定要按往常双倍计算，陈晔当时莞尔一笑，立即执行。

"Enter"键就安安静静地躺在那里，看起来却又有千斤重。

程易尘看她一眼，随后拽着她食指往下一按，喻青措慌了神："怎么就发出去了！我还没有看看有没有错别字！"

"你已经看了不下十遍，再看电脑都能看出花来。"

陈晔在一旁跟着低笑，喻青措没敢再待下去，拎着包就准备回饭店。走到大厅，还没有出大楼，就听到有人叫她，她转身看到一个小姑娘朝她跑来，如果没记错，这是程易尘的二助谢可。

谢可跑过来带起一阵风，双手撑住膝盖大口喘气，手里攥着手机："青措姐！青措姐！你快看手机，已经！上热搜了！"

喻青措二十三岁那年一毕业就扎根在这个行业，如果说那时候只是为了谋一份生计，那么现在在这个风口上，她猛然发现，奔三的日子也没有那么可怕。她身上有种劫后余生的快感，打了一场胜仗，人也跟着轻盈起来，脚下生花。

回到饭店的这个下午，她逐条翻阅着微博里的各种留言。有人在讲述自己同样的经历，有人在默默地加油打气，也有人说程记知荣知耻不愧是老字号招牌，当然也有骂声。

章荣给她打内线电话，要她快点出来帮忙，上座率突然猛增，昨天她还不大明白程易尘为什么要她赌一把，把菜品备足平日的两倍，她现在不禁感叹，老狐狸就是能生出小狐狸。

大厅人满为患，连她都被临时抓壮丁去端盘子，有食客认出来她，让她向受害女生转达说一定要加油，喻青措说一定会的。

女孩子总是柔软的，她们总能察觉出一些细小甚微的变化，然后用自己柔弱的光点亮身边的美好。

晚上，程老爷子召集他们回庆福路，挨个儿叫到身边问话，到喻青措的时候，程老爷子正襟危坐在后楼的前厅内，他今日气色看起来不错，他说青措这步棋走得漂亮，就是风险十足，以后凡事要多和老一辈沟通之后再做决定。

程易尘在一旁摆弄着手中的车钥匙，发出不大不小的声音，老爷子瞥了他一眼，又转回目光："晚上留下吃顿便饭吧。"

喻青措瞧着老爷子手中握着的龙头拐杖，那龙头衔着一颗夺目耀眼的红珠，跟着拐棍移动而移动，纵然是生病，也是经历过商战厮杀的人，身上带着几分不怒自威的盛气。

她应声，有了老爷子坐镇，晚饭吃得格外安静，连大伯娘家的孩子程一谱都老老实实吃着碗里的青菜不敢造次。老爷子胃口大不如从前，吃食要专人按照食谱上的标准来做，每顿的量也是有严格把控。

待程老爷子吃完离席，她能听到饭桌上有轻轻的叹息声，她自始至终不语，夹着面前的菜，程老太一直笑着瞧她，夸囡囡长大了厉害了。

大伯娘见风使舵："我早看出来程丫头能成大事，打小心里有主见，俗话说，越是面上不吱声的人，心里越有谱。"

程姿晚上禁食，只在一旁喝着红酒，摇摇沉底的酒："是吗？那大嫂一定是人中凤，收拾得程北至都不愿意回家。"

程北至就是程家大儿子，身为家中老大，和老二程南风有着截然不同的性子，老二沉闷又稳重，老大性子滑，在外有自己的生意，只是常年不愿意归家。这几年，程老爷子身子骨不中用以后，对老大的风花雪月事也是睁一只眼闭一只眼。大家都知道程北至在外有自己的小家，只是程老太程老爷子不松口，他不敢太过分。

程老太一巴掌打在程姿跷起的二郎腿上："侬坐冇坐相！"

大伯娘眼神一变，立马放下手中的碗筷，程一谱还在嚷嚷着要吃肉羹汤："侬！早点嫁人就知道妇人的不易！"

"那大嫂费心了，我是不愿意给男人洗裤衩，我不结婚。"

大伯娘从鼻腔里冷哼一声："你倒是想嫁，也不见得有人愿意娶呢！谁会愿意找个带孩……"

程老太突然打断，坐直身子："哎呀！你们都少说两句，让我多活几年吧！"

后半程，程姿一句话都没再说过，喻青措在心里掰着指头算了算，好像从来程家起到现在，就没有哪顿家宴是安安生生吃完的，总是炮火连天，看得见和看不见的硝烟笼罩在庆福路上空。

是的，程姿有个孩子，是个混血宝宝。

那年，她执意离开，向往自由要去外面的世界，一晃几年回来后，怀里就抱了个半大的孩子。喻青措估摸那孩子当年应该有两三岁，小镇里张婶家也有个那么大的弟弟。

她还记得那年庆福路上下就没安生过，程老爷子和程姿总是说不上几句就吵起来，她还见过爷爷打了程姿一巴掌，扬言要把孩子送走。

程姿不从，说敢把孩子送走，她就死在庆福路。于是，这事就这么一直僵持着，胳膊和大腿都拗不过对方。

这也是后来程老爷子反对程易尘出国的原因，毕竟脱离视线之后，就不好管控了。

机器人一旦有了思想，就是危险品。

程姿今晚上没住庆福路，她出了别院顺着矮墙往大马路上走，沿街昏黄路灯洋洋洒洒，临近晚上十点的上海没有丝毫入睡的迹象。

一辆车子缓缓开到她面前停下来，车窗摇下，陈晔的侧脸进入她的视线里，他们就这么对视几秒，谁都没有开口说话，后边有车子鸣笛声，陈晔轻叹一口气："上车吧。"

两人是怎么勾搭到一起的呢？好像已经很久了，程姿也记不得大概的时间，这在她看来不过是一场风花雪月之事，所以无须刻意追求什么名分、仪式感。

车子沉闷地向前开着，没有目的地地在大街小巷穿梭。今晚上她心情不好，方琳没说错，她确实有个孩子。

那年，她还在大西洋彼岸，她以为她投入了一场恋爱，一场可以白头偕老的婚姻，可以摆脱爸爸的束缚，可上天又一次跟她开了一个玩笑，她不过是从一个火坑进入了另一个沼泽。

在得知她怀孕后，那个该死的美国人逃避了。就算他有良好的家庭背景和遥不可及的学识，骨子里依旧是个自私鬼，在他第三次提出让程姿把孩子打掉时，程姿果断提出离婚，她没办法做出这种烂事。

Opal（奥帕尔）就是她的全部，她的精神支柱。

"今晚去你家吧，Opal今天在我那里，我不想打扰他。"她看着车窗外的霓虹广告牌，慢条斯理地开口说道。

"好。"

昨夜临走前，程老太又一次把喻青措叫到跟前，继续敲打交代她的任务。爷爷身子骨一天不如一天，今日的精气神也不知道是怎么强撑起来的，务必要喻青措把那日的事宜转告到位。

喻青措直言已经提过一次，可程易尘还在记恨过往。

程老太直叹气："罢了，罢了，也不能全怪败兴种，李茹没出月子就撇下他离开，这孩子从小心里不得好过，都是罪孽啊。"

正说着，程易尘走过来，他今日喝了酒，上衣扣子松松散散，身上有淡淡的酒气："祖孙俩又聚在一起合计什么呢？"

程老太斜眼看他，气不打一处来。老二也不是一开始就在外漂泊的，当年他一毕业就进入上海的科研所，程老爷子别提有多开心，老二从小学习就好，是三个孩子里最省心的，做生意的家族里有了钱，再出个有学问的文化人，这就是锦上添花的大喜事。

可随着时间的推移，老二的婚事又成了他们的心头病，老大浑不懔，招猫逗狗的，早早就娶了媳妇，偏偏这老二……

程老太着急坏了，四处托人给老二寻亲，说了几家富小姐，老二一个都看不上。在三十出头的年纪，老二带回来李茹，也就是程易尘的妈妈，程老太一开始并不喜欢这个姑娘，她总觉得这姑娘身上有股不安分的莽劲，老二又老实不爱言语，她怕日后家宅不宁。

可不爱吱声的老二就钟爱她身上的勇，最后还是做父母的妥协了，有媳妇总比没有强。和一开始料想的一样，果然，李茹生下孩子就要往外飞，怎么都拦不住。

最后苦了败兴种，从小缺爹少娘……老爷子又心气儿高，心里憋着一股气，执意要把程家最后这个"独苗"培养成接班人，奈何最后用力过猛，爷孙俩也记恨上了。

罢了，往事不必多提……

程易尘拿着车钥匙："你走不走，顺路送你一截儿。"

程老太瞧着两人越走越远的背影，怎么瞧着都觉得郎才女貌的，又和那日在万和坊看到的一幕联想起来，她直直地打了个冷战，又到了黄石梅雨季，天公不作美之际。

这几天，喻青措忙得够呛，饭店上座率不减，本地自媒体又趁着这个噱头猛推一波，程记现在就像是站在迎风口上的猪，不动一兵一卒直接飞起来了。

　　她趁着这个节骨眼，又跟厂里联系，线上产品提前推进，她又着急忙慌和文化传媒公司联系，一口气约了八个主播，直播间二十四小时不间断卖货。链接里更是设置了每卖出一单，就往大山的女娃娃身上捐赠一块钱的公益活动。直播场场爆单，所有门店派出人手往老店里驻扎。

　　喻青措站在直播间的照明灯后，双手抱臂，朝身边人开口："小程总满意否？"她眼神自始至终都盯着自家女主播，脸上有得意扬扬的胜利。

　　身后多是来来往往的工作人员，两人站在一阵吆喝声中，显得尤为碍眼，运营小哥弯腰从他们面前来来回回走了两趟之后，无奈地叹口气。

　　程易尘听见，错开肩膀，抬腕看了一眼手表，拉着喻青措的袖子："我还没吃饭，陪我吃顿早茶，我再告诉你我满意不满意。"

　　早年程记站住脚之后，程老爷子关于上菜顺序就做了严格的要求，菜品先淡后浓，汤水最后打底，面食要在中间上，上菜服务员要站在主位席旁第三个间隙里，从右侧上菜。寻常人家平日倒是不介意，但是遇上讲究人，势必要弄清里头的门道。

　　女主播趁着上链接的间隙，穿插介绍程记老字号的讲究和门路，又拿出来彩色KT板，讲解着一号链接和二号链接之间的区别。喻青措借着昏暗的补光灯看向程易尘，黑色的瞳仁显得深邃悠长，她能看出他心情还不错。

　　正是上班的时间点，两个西装革履的年轻人，在商场的茶餐厅悠闲地吃着早点。

　　这么算下来，这是他回国之后，两人第一次单独吃饭，不知道应该是以上下级的身份，还是以程易尘和喻青措的身份。

　　程易尘吃相算不上多斯文，慢条斯理地大口咀嚼，以前喻青措嘲笑他公子哥儿出身，一看就是没有经历过大饥荒的年代，如果生在那时候，大概率会被饿死。

她看着看着胃口也跟着好起来，这几天她忙得颠三倒四，昨晚上回到家已经凌晨，今天一大早又跑到直播间，一刻钟都没有喘气的工夫。

程易尘把汤盏推到她面前："喝这个，别老搅着碗里的白粥，搞得好像我真压榨你似的。"

"这还不是吗？谁家员工凌晨两点下班七点上班的呀？"

商场里放着歌曲，前奏一阵利落的吉他扫弦声，让她说出来的话有股淡淡的娇俏，更像是在撒娇。

话一出口，两人都有些停顿，喻青措不再说话，老老实实地喝着参鸡汤。

"喻青措，你现在这样就跟小媳妇儿似的。"他尾音上挑，语气里挑逗的成分居多。

喻青措瞪他一眼，音乐结束，播放下一首歌曲的间隙，有短暂的空白，茶餐厅里人声涌上来，她无意一瞥，瞧见收银台前一个利落又熟悉的背影，手边还牵着一个四五岁的孩子。

那孩子踮脚正好能够着柜台，脑袋上戴着一顶小小的遮阳帽，礼貌微笑着接过收银员递过来的餐巾纸，没等喻青措收回视线，那背影已经转过身，二人目光交替在一起。

秦小果今天幼儿园有表演，他一大早就要求爸爸亲自带他去，秦千帆请了一上午的假先带儿子来吃早餐。

就是这么巧，喻青措想起上周秦千帆礼貌询问她晚上能不能吃顿便饭，她当即就推掉了，原因无他，只是单纯太忙了。

"你说，秦律师现在看到你和一个男人吃早茶，会怎么想？"对面人顺着她的目光看过去，先是一愣，后又收起表情语气挑衅，充满戏谑。

熙熙攘攘的食客间，眼看是避不开，秦千帆索性牵着秦小果走过来，孩子一蹦一跳，书包上的卡皮巴拉挂件也跟着上蹿下跳。秦千帆瞟一眼二人共食的一盏汤，心里更明朗些许："早，好巧。"

"早啊，秦律师，你也来吃早茶啊。"成年人的交际，大多时候都说着无用的废话。

秦律师点点头，招呼小果叫人，喻青措直夸孩子可爱，餐桌对面的人一直都垂眼喝着大麦茶，没有要加入这场聊天的意思。秦千帆临走时说下次有机会一起吃饭，喝大麦茶的人终于有了反应，他掀开眼帘朝秦千帆抿唇一笑。

说实话，这笑还不如不笑，倒看出来些许威胁的意思。

"人都走了，还龇着大牙，不知道的还以为那是你儿子。"

"小朋友就是可爱，哪像你。"

程易尘从鼻腔里发出"喊"声。盅里的汤见底，她抽出纸巾慢慢擦嘴，并感叹碳水就是能让人有满足感！

霍桑实验曾经很直白地告诉过我们，当被观察者发现观察者的踪迹时，行动、态度上都会或多或少受到影响，显然我们面前的观察者是想要开口说些什么。

两人坐直梯下负三楼的地下停车库，有且仅有两个人的空间里，吵闹声、音乐声、广播里的呼声都被阻隔在外，所有的感官都被放大，清晰到可以听见对方的呼吸声。

观察者喉结上下滚动："喻青措。"

此时的被观察者，还在透过玻璃朝外看，琳琅满目的商品，走马观花从她面前划走，她恍恍惚惚地对上程易尘的目光："嗯？"

"你要是这么喜欢小孩，我可以勉为其难帮你一下。"

"你有病吧？"喻青措睁大眼睛，满脸的不可思议！

"我就知道你会拒绝。"他笑得很欠揍，他说过的，他就喜欢听喻青措骂他是不是有病。

电梯门打开，地下室的冷空气直面扑来，两人的话题瞬间止步于此，有人借着玩笑话说心里话，有人面上漠不关心，心里一阵小鼓乱捶，一前一后回到车子里。

关上车门的一瞬间，程易尘的思绪又被拉回过去。

那天，程易尘抱着喻青措飞奔到医务室时，后背已经跑出一层薄薄的细汗，医务老师小跑过来，让他把人抱到床上。喻青措被一路颠簸，早就清醒，只不过身上没有一点力气，她也不知道程易尘是从哪儿跑出来的，她真的很想钻进地缝里。

她索性闭上眼，就当什么都不知道好了。

"老师，所以她是怎么了？"

医务老师简单检查之后，拿着签字笔填写病诊记录，一脸平静地回应："初潮，突然眩晕很正常，你是他同学吗？"

"……什么？"

老师见惯这种情况，扶了扶镜框，坐正身子："她来月经了，近期营养要跟上，肉蛋奶要多吃一些，还要注意休息，不能碰凉水，需要我帮你们写假条吗？可以不用晨跑。"

老师后边说的话，程易尘一句也没听进去，他脑仁嗡嗡的，生理课上老师讲过相关的知识，男生们用不上，从来都是插科打诨、嘻嘻哈哈地应付过去。

他感觉到后背上的汗更多了，校服短袖都贴在身上，老师说完就去一旁写假条，医务室空调吹出的冷风直往他心口钻，他看了眼蓝色小床上躺着的喻青措。

她双眼紧闭，睫毛一动一动，嘴巴绷得紧紧的，他知道她在装睡，她也知道他看出来她在装睡，但那个平静的下午，谁都没像之前那样拌嘴，就在那一瞬间，两个人被卷入一个叫秘密的织网里。

在医务室的小床上，起先她是装睡，窗帘轻轻被拉上，刺眼的光消失，后来她竟然真的睡着了。下午放学，在回家的羊肠小路上，程易尘就在她身后五十米，不远不近地跟着她。

晚上，张姆妈问他想要吃什么，他说要喝红枣老母鸡汤，张姆妈手心覆上他额头，骂骂咧咧问他又是整哪出戏，一天到晚算不尽这少爷的脾气，可嘴上这么说，还是提着菜篮子往菜市场去了。

临走前，张姆妈又问程易尘还有没有别的选项？这个时间点儿怕是老母鸡都该卖完了，要他以后提早说，早市的鸡还能挑挑拣拣。

程易尘看了眼旁边一直沉默不语低头写作业的喻青措，随后要张姆妈明早赶早买三只老母鸡，他最近都只愿意喝这个。

张姆妈一离开，花园里就剩下他们二人，喻青措没有回头，不知道他在做什么，反正印象里那人就没写过作业。他用课本挡住脸，花园里有阵阵鸟鸣声，程老太信佛，会在院落边角处、墙头拐弯处放置牲食，所以院落里从不缺生灵。

躺椅一漾一晃间，他听到有"嘶嘶"的动静，再睁眼，面前放置着一枝白玉兰。扎马尾写作业那人的身影早已不见，他看着叶尖湿湿的盆景，嘴角弯了弯，只觉得心头也跟着痒痒的。

手机铃声把程易尘的思绪拉回来，程易尘的电话连接车载蓝牙，外放出来，陈晔的声音从那边传过来。

"文尚那边现在来人要合同。"

"我现在不在办公室。"

"那我现在让小助理去你家拿？"

程易尘思索片刻："你信不信现在让谢可去，她很有可能找不到回来的路，然后我还要派人再去接她。"

那边传来陈晔的轻笑声："你可别埋怨我，人也是你过目的，小姑娘家家总要有成长的空间嘛。"

"我真感觉我花钱请了一群爷，怎么能有不认识路的助理。"

上次喻青措还在心里默默同情那个助理小姑娘，可她现在觉得程易尘的怨气比鬼还要大，等旁边的"鬼"挂了电话，喻青措指了指拐弯处的地铁口："把我放前边就行，我坐地铁回去。"

程易尘白了她一眼："我是你司机吗？"

"你不是，所以请把我放在前边地铁口好吗，少爷？"她故意用夹子音。

程易尘："不好。"他想起来什么，清清嗓子，云淡风轻地看一眼副驾驶位，"你不是老太太派来的眼线吗？合格的眼线不该隔几天汇报一下情况吗？"

话说到这里，也该知道接下来是什么意思了，她确实挺好奇程易尘现在住在哪里。

她没说好，但也没拒绝。

车子汇入高架，没一会儿的时间，就拐进一个小区。喻青措透过车窗往外看，这个小区她有印象，是近几年新建成的，上次一个VIP客户办家宴，她和店里几个服务员上门布菜，可到了小区门口，保安接过来亲自送上去，他们愣是连小区门都没进成，隐蔽性还是很不错的。

"你什么时候买的？怎么没听你说过？"喻青措跟在他身后进了电梯。

"怎么了？这也要向老太太汇报吗？"

电梯能照出人影，她对着电梯门的反光瞪他一眼："你想多了，我只是好奇你有多少房产。"

程易尘先是从反光处看她，随后又转过身子，一脸贱兮兮的模样对着她说："很多，如果你愿意做程太太，房子都是你的。"

某人趁机占喻青措便宜，她可不想跟他一起驴，拿眼瞪他。

程易尘看了眼她的后脑勺，估计是刚才倚靠在车上压的痕迹，碎发毛毛的，很像一只需要安抚的小猫。

"叮！"电梯到达程易尘所在的楼层，入户就是一排巨大的落地窗，能直面整个黄浦江和外滩建筑群。

喻青措嘴巴张了张，她很想收回上一句话，大白天她就能感受到这层楼金钱的魅力，不敢想象晚上各种灯光一打，该有多纸醉金迷！她面上努力不表现出来，心里早就沸腾起来。

"程易尘。"

"嗯？"他接满一杯水给喻青措递过去，她从进门就站在落地窗前不知道又在琢磨什么。

"难怪你不想回庆福路住。"

"不要跟老太太说我住在哪里。"他往楼上走，去拿合同。

她视线随着他移动而打量着整个房间，色调是黑白灰的配色，工业极简风的装饰和他本人挺符合。

"为什么？陈晔也不会说吗？"她扯着嗓子朝楼上喊。

楼上半天没动静，她犹豫了一下抬脚也跟着往楼上走，每上一层台阶，地灯就跟着亮起来，有种爱丽丝踏入神秘境地的魔力。

卧室门虚掩着，她又压低声音轻轻喊道："程易尘？"

说话间，手已经抚上门板，惯性使然，轻轻往前推，面前的一幕让喻青措瞬间倒抽气，她喉咙发紧，站在原地半天没反应过来。

床沿边有程易尘刚换下来的衬衣，身上的纯黑色绸缎睡衣正卡在肩膀处，腹肌、人鱼线清晰可见。

他斜眼看过去，有人瞬间逃离，合上房门，带动一阵风，门外有浅浅的抱怨："你换衣服为什么不关门！"

她下楼时带着被戏谑的心情，把楼梯踩得"咚咚"响，脑子里浮现的却是一些香艳的画面。程易尘身材管理意识一直都有，大学时候就已经练出腹肌，从刚才看来，他的人鱼线好像也越来越清晰了，她晃了晃脑袋，及时刹车，端起琉璃台上的白水一饮而尽。

"我在自己家换衣服还用关门？明明是你故意想看的。"楼梯上那人洋洋洒洒往下走，他换了件松垮的缎面居家服。

"你不就回来拿个文件？干吗换睡衣？"

"我突然不想去了，等下让陈晔来拿。"

她拎着包要走，程易尘在她前面挡了一下："你干吗？"

"回去工作。"她咬牙切齿，一字一顿地说出来，已经出来一上午了，手机越安静，她心里越没底。

程易尘看了眼墙上没有指针的挂钟，身子没有半分挪动的意思："我不压榨你，今天让你休息一天，已经中午了，吃完饭再走。"

喻青措瞪了他一眼："我可没有你这么闲。"说完，她往旁边一错，还是溜走了。

饭店少了她也不是不能运作，只是眼下在这里吃饭，怎么着都感觉怪怪的。

他留不住执意要走的人，只得送到电梯口："东西都带了吗？别故意留点物件在这里，回头还要借口再来一次。"

电梯上来，喻青措走进去按了下行键，没好气地说："那你放宽心。"

一个在里，一个在外，临走之际，喻青措看到程易尘往前迈了半步，嘴角微扬，好像是说了什么，但又好像什么都没说，电梯门合上，她什么也没听到。

他提前让保安叫的车已经到门口，喻青措坐上车就直奔饭店，直播间那边的工作已经上手，各个人员分工明确，各司其职，她又回归程记老店。

路上，她忍不住又在心里把程易尘默默骂够一遍，明明在地铁口就能回饭店的，现在硬生生绕一大圈，实在想不明白自己怎么就鬼迷心窍跟他回了家。

但好像，她也并没有完全吃亏，看到了……腹肌。

意识到自己思想不纯，她甩甩脑袋，把"污垢"从脑海里甩出来。

到了饭店，大中午的又忙了一阵，等到下午两点多，喻青措才有坐下来喘口气的工夫，回到办公室，办公桌上有外卖牛皮纸袋，她喝着水正好奇什么时候员工餐这么高级时，门外响起敲门声。

"进！"

章荣进来核对明后两天包桌的餐品，临走之前她又补充："对了，今天小程总给大家谋福利，配餐是从外边茶餐厅打包的，你的那份我放你桌子上了。"章荣朝牛皮纸袋努努嘴。

喻青措又看了眼纸袋上的印刷字，这家茶餐厅不便宜，老店这人手，算下来……啧啧啧……

"好的，你们也赶紧休息休息吧。"

章荣一走，喻青措给袋子拍了张照，在对话框里编辑"谢啦，大佬仔放血了"。

她手指放在发送键上，犹豫一下，又删除了，何必共情资本家，这点小钱对他来说不过是毛毛雨。她放下手机，打开纸袋，闻着饭香确实饿了，服务行业向来饥一顿饱一顿的，吃饭也没个准点儿，胃都被熬垮了。

接下来半个月，喻青措除了在直播间就是在饭店，每天都是两点一线上下班，这个月十五都没有陪程老太去清泉寺上香。

这天，直播间后台运营找到她，明示最近数据一直稳居榜首，他建议更换菜品，按照之前第一批回购的反馈数据来看，消费者还是更倾向于尝新。喻青措把这个问题反映到总部，程记走到现在这个地步，很多决策已经不是她一个人可以决定的，总部通知她下午开董事会。

等她回家洗完澡，在衣柜里挑来拣去时，突然愣神，反应过来，她为什么大中午专门折回来就为了补个妆？再换身衣服？

她不是很想承认，但脑海中瞬间就浮现出某张脸，她又把衣服一股脑地挂进衣柜，挑出一件防尘袋罩着的某奢侈品牌的白色职业套装，这套买回来她就没怎么穿过，又把日常穿的四厘米高跟鞋换成车厘子红漆皮七厘米。

做完以上穿搭，她还是在心里笃定，她做这一切只是因为她今天代表的是程记老店，而不是为了……某个人。

她提着品牌包出门，人在精心打扮之后，走路都不自觉地仰起头颅，她很享受这种从心底里生出来的自信。

到总部时，董事会的老古董们还没有到齐，她被谢可引进休息室，谢可端来热水，一脸歉意："青措姐，我记住啦，以后不会再给你喝冰美式了，抱歉抱歉。"说完，她吐吐舌头。

喻青措接过水，愣了一下才想起谢可说的是上次的事，她笑了笑："没事的，不怪你，我这几年胃确实不大好。"

谢可被原谅之后，小幅度地在原地跳了一下，脸上是天真无邪的笑："青措姐，你人真的好好哦！上次小程总都快把我骂死了！说我做事不过脑子！"

　　喻青措刚想接着问，休息室的门被推开，程易尘接着电话进来，他的目光从喻青措身上一扫而过，短暂停留。

　　算起来，两人已经半个月没有见了。

　　休息室内是厚厚的羊绒地毯，收音效果极好，她有些无所适从，翻着随身带来的文件，捋着等下要发言的内容。

　　这时，门再次被推开，她以为又是谢可，所以没有抬头，直到脚步顿在她面前，她目光所及之处，是一双棕色系带皮鞋。

　　抬头，视线相交，近在咫尺，二人都没有开口说话，她先一步别开视线，继续看自己的报告，这些字每个都认识，可现在就是读不进。

　　程易尘轻笑一声，她感觉到身旁的沙发轻轻下陷，薄荷香扑鼻，手中的文件夹被抽走，程易尘开口："想好怎么说了吗？大明星。"

　　"什么？"她感觉背上像是有脱落的发丝萦绕，痒痒挠挠，直抓她心。

　　"没看网上留言？你现在就是程记的金字招牌，大家都只认你。"

　　她这段时间忙得要死，哪有时间管网上的舆论，一些只言片语也都是从饭店小姑娘们的嘴里转述过来。

　　她甩了甩头发："怎么了？你有压力啊？"

　　"喊，你还是想想明晚要带什么衣服吧，广东这几天已经夏天了，我建议你带上防晒霜。"程易尘合上文件夹又递到她手里。

　　她听得些许迷茫："什么广东？什么意思？"

　　程易尘只笑笑没说话，站起来系上西装扣子，就迈腿往外走。

　　"什么啊，说话只说一半的毛病什么时候才能改！"

　　她也起身跟着往外走，人到齐了，会议准时开始，几个董事发言提出现阶段存在的问题以及下个季度程记的规划，最后程易尘做陈词总结，一开始就是对喻青措转线上举措的肯定，她听得耳郭有些微微发热。

"我准备趁这个风口去趟广东，再选一些品，程记线上不光要融合本邦菜，还要尝试加入一些茶点和江浙沪地区的特色菜，所以我决定亲自去一趟。

"另外，喻经理接下来一周腾出时间，提前交接好饭店的事宜，准备跟我出个差，就当加个班，好吗？"

喻青措被点到，突然之间不知道怎么开口说话，特别是桌子尽头那人面带微笑，一脸上级领导体贴关怀下属的表情，假得要死！

董事们把目光转移到她身上，等着她回话，会议室里安静极了，只能听到桌椅转动的轻轻吱呀声，她蓦然开口："……好的。"

会议结束，她目送董事们离开，随后径直往程易尘的办公室里走，这个节骨眼儿突然把她抽走，到底是什么意思。

她没有敲门，直接推门而入，谢可正在整理文件，看到她进来，小脸微笑："青措姐。"

"小程总呢？"

"哦哦，小程总在他自己的休息室。"

还没等谢可说话，喻青措掉头就要离开，谢可叫住她："青措姐，这是休息室的钥匙卡。"谢可还特别贴心解释，小程总的休息室是套间，怕是现在敲门他有可能听不到。

喻青措道谢，拿着卡带上怒气就朝休息室走去……

人在愤怒之下脑子是不会思考的，就像现在，喻青措拿着房卡站在程易尘休息室门前，突然止步。

她脑海里再次浮现那些该死的人鱼线、腹肌，她决定吸取上次的教训，先敲门，她为自己能有如此大的进步而感到欢喜。

她轻叩房门，贴近房门听了听，里边没有响动，她抬起手臂再次加大力度叩门，里边还是没有回应。正当她掏出手机准备打电话时，门开了，程易尘探出身，他没穿西装外套，上身只有一件白衬衣。

他先是一愣，视线下移一眼就看到喻青措手里的卡："有卡还要敲门。"

"我怕你不方便。"

程易尘让出位置让她进，单手松开衬衫领口，瞄了她一眼："怎么了？"

早知道今天就不穿HUGOBOSS了，不管是走路还是坐下都有种被扼住的束缚感，严重影响她的发挥，她怀疑今天一整天的钝力感都和这件衣服有关。

她坐在程易尘私人休息室的绒布沙发上，用一个看起来很舒服的坐姿："干吗这个时候派我出差？"

她在来的路上就已经预设过多种答案，她想到程易尘会沉默，想到程易尘会顾左右而言他，但是她万万没想到那人只是打开一瓶玻璃装的矿物质水，饮下一大口后对着她的脸打了个响嗝，眯着眼睛说道："因为我怕你累死。"

早年的经历，造就她做任何事都比别人认真，比别人拼命的性格，她不甘落于人后，凡事都想争冒尖，她自诩不是一个天资聪颖的人，她一直靠勤奋和耐力取胜。

像是怕喻青措听不懂，喝水的人放下水杯，接着补充："喻青措，你真不照镜子吗？不瞧瞧自己眼下的黑眼圈都多重了？"

她真的有短暂地回忆一下，过去这一个月以来的情况，早上对着镜子也只是匆匆一瞥，确实已经很久没有打量过镜中的自己，但她突然反应过来，自己正在踏上程易尘布好的渔船。

"有没有黑眼圈关我出差什么事？"她声音调子起得高高的。

程易尘换了一双布艺拖鞋，挨着她坐在沙发上，确切地说是半躺进沙发，他手指抚上太阳穴："你现在不需要在时间上耗费，该放手的事要学会放手，我需要你和我一起用脑子做事，打包员、监督员我可以找人做。

"你瞧瞧你天天泡直播间干的都是什么活儿？"

接连的问话让她哑口无言，她此时此刻才真切地发现，自己和程易尘站的角度不同，程易尘不屑和员工打成一片，而她没有任何架子，凡事都想要亲力亲为。

她没有回头，不知道程易尘现在是什么表情，她突然想到上学时，程易尘教她做物理题，每次都是把一种类型的全挑出来，一下午时间让她从这类题型里找到共通点，这种从面到点的解题思路让她很受用。

"青措，你……你为什么如此在意饭店？"

她听到背后有均匀的喘息声，又感觉到发尾被挑起，有人的手掌像喻初一的爪子似的，初一也喜欢拨弄她的头发。她歪头，发尾从程易尘手心溜走："哪有为什么，我替你们家做事，哪有为什么？"

"真的？"

她当然没有说实话，心虚使得她扭头对上程易尘的目光："那不然呢？"

他手还在半空中停留，看起来很像在抚摸她的后背，程易尘想从她眼睛里看出一些端倪，但直视过去，只有漂亮的瞳眸，悠长又深邃。

小羊长大了，会伪装自己了。

他总觉得哪里不对劲，但自己也说不上来……

第二天一大早，喻青措就到了机场，除了她和程易尘，还有三个随行的同事，都是总部派来的人，她也不太熟。

这次程易尘给他们都升了舱，在VIP休息室，她一眼就看到先到的程易尘在玩手机，她不声不响坐得远远的，安静等待其余的同事。

那人听到动静锁了屏，朝她点点手指："喻青措，你看不见我？"

他手边冰美式的水珠顺着星巴克杯子滴落，在休息室的桌子上晕出一摊水渍。

谁大早上就这么喝，装腔！

她看过去，故意装作很忙的样子："看到了看到了！"

工作到现在，出差的次数屈指可数，就算是出差她也是首选高铁，倒不是别的，她是真怕坐飞机，大学时第一次坐飞机就遇上强对流天气，飞机瞬间下坠的失落感，让她到现在想起来还一阵不舒服。

被发现还不吭声就有点说不过去，喻青措推着行李朝他那边坐了坐。

正搭话的工夫，其余三人也陆续到齐，大家做了介绍，到了飞机上，那三人自觉让出来两个相邻的位置。

她刚想再推让一番，程易尘直接大刺刺坐下去，她只好往里坐靠窗那个位置，随后掏出耳塞，又拿出话梅含在嘴里。

程易尘打量她："坐飞机难受？"

"什么？"她取下耳塞。

程易尘重复一遍，她实话实说："不喜欢起飞前的感觉。"

"那你怎么不早说，可以换成高铁的。"

这次出差本就是临时决定的，去五天四晚，每天都有安排和客户的见面、市场考察，还要去工厂参观。

"没事，能克服……"

程易尘没再说什么，等飞机动身，速度一点点加快，巨大的轰鸣声在机舱里震动，她感觉心快要跳出嗓子，头靠在椅背上，双手紧紧抓住座椅扶手，颠簸震得她胸腔也跟着难受起来，速度达到起飞标准时，前轮离地，机身来回晃动。

一双手忽然伸过来，坚定有力地握住她的手，没有一丝商量的余地。

她先是一愣，明知道那手是程易尘的，可她现在顾不上那么多，空虚与恐惧让她没办法思考，条件反射间，她紧紧回握住那双陌生又熟悉的手掌。

等到飞机离开地面，一点一点上升，程易尘扭头看向身旁的人："放松，青措，你可以呼吸。"

像是开关被打开，她瞬间大口呼吸，逐渐回过神。

到现在为止，两双手仍旧紧紧握住，意识到这点后，她拇指动了动，像条受惊的小蛇，抽离开来，礼貌道谢："谢谢。"

程易尘手心又回到空落落的感觉，低笑一声，叫来空姐，要了一杯温牛奶给她。

喝了牛奶，她戴上蒸汽眼罩睡着了，睡着后感觉好受一些。

下了飞机，扑面而来的热气让喻青措有些受不住，太阳光刺眼，她整个人有些晕乎乎的。

出站口有车来接，程易尘二话不说接过她的行李往后备厢里塞，剩下三个同事坐了另一辆车先走，她和程易尘并排坐在后座里。

程易尘掏出手机给其余的人打去电话，交代他们到了宾馆之后先休息一下，然后去工厂考察，他和喻青措会另行安排。

她诧异地看过去："干吗？我没事的，回宾馆缓一下就能开工，不用再等一天。"

程易尘透过墨镜看着她："我们是去见客户，分开进行，效率更高。"

意识到自己想多了，她悄悄别开脸看着车窗外，旁边的人揪住这件事笑得开怀，前仰后合。

到了宾馆，等着程易尘去登记的空闲，喻青措滑开手机，浏览着新闻消息，经这次一折腾，程记的口碑只增不减，大家都叫它是有温度的饭店，她心里也跟着舒坦，又回了几个工作上的微信。

看到程易尘办好入住走过来，她接过房卡说谢谢，程易尘轻呵她："不知道的还以为你是我老板，我给你打工似的。"

喻青措瞥他一眼："那晚上我请你吃饭。"

程易尘和她先后走进电梯，按下楼层："不着急，你欠我的饭可多着呢，你先洗个澡休息下，晚上出去逛逛。"

两人房间就一墙之隔，他临进去之前，又退出来："哦，对了，别半夜敲我房门，我不会开的。"

还没等她反应过来，关门声就回荡在走廊上，喻青措拖着小号行李箱站在原地，头上有一排省略号飘过……她朝着那边低吼一声："你想太多了程易尘！”

大学刚毕业那会儿，和很多年轻人一样，喻青措一度也很迷茫，但她心气高，又不愿受程老太照拂，尽管程老太在她跟前说过不下五次要她先去饭店过渡一阵，她还是婉言拒绝。她可不想李茹又在她面前讲东非大裂谷、讲象群北迁。

那时候，时间对她来说是很充裕的存在，所以她会在上午面试完一家公司之后，在路边扫一辆共享单车，就去往下一家面试公司，有时候还没到点儿，她就骑车游荡在上海的大街小巷，去看淮海路的东正教圣母大教堂，看它蓝色的拱顶，看它彩色的琉璃窗，再或者去到梧桐树下漫步，那里到处都有法国印象派的痕迹。

她会买上一个甜筒一边吃一边驻足，那段时间她是割裂的，找工作时很焦虑，但闲下来时她又很放松，这对她来说就是独属于她的减压方式。

所以就算她现在手里有些傍身的银两，这些银两足够她在上海还不错的地段买个小公寓，但她还是选择住在弄堂里。

她确实是个念旧的人，这其实一点也不好。

她洗完澡吹干头发，躺在陌生宾馆的大床上，不可否认，床是成年人的充电桩，她感觉到全身细胞都充满能量，翻来覆去却又毫无睡意，这时，手机响动一下。

是程易尘发来的信息：收拾好了吗？

她没着急回复，翻身选了个更舒服的睡姿。她点开程易尘的朋友圈，分手那天他们自觉互删，这是最近才又加上的，只是为了方便工作，没别的原因。

他不常发朋友圈，一年下来也就几条动态。她缺席的那几年，程易尘也没闲着，满世界跑，在日本滑雪，在挪威看极光，在法国巴黎塞纳河畔，在佛罗伦萨的古建筑里漫步……

她小心翼翼地点开那一张张照片，又小心翼翼地双指放大，看他在搭帐篷，看他在雪地里和朋友一起撒欢，再看他在原始森林里目视前方，脸上没有表情，不知道在想什么。

划拉着划拉着，她突然发现一条夹在其中的动态，就一张照片，没有任何配文，光线有些暗，她放到最大才能勉强看清楚，像是在广场上，周围都是来来往往的路人，她看着那地方有些眼熟，是在国内，但因为光线的问题，看不太真切……他这中间回过国？她脑海中划过一个问号。

手机再次响了起来，电话界面跳出来挡住图片，是程易尘。

她接通，与此同时，听筒和走廊上都传来程易尘的声音："睡醒了吗？"

"嗯……"

"那怎么不回消息？"走廊上他的声音比电话里更直观一些。

喻青措朝门的方向看过去，显然，程易尘就在门外，她还在想着刚才的照片，嘴上脱口而出："正准备回呢。"

"醒了就起来收拾下，我带你出去吃点东西。"

"好。"说完，她就挂断电话，不用怎么收拾，带来的衣服都是成套的，她简单涂个口红，就出门了。

程易尘正坐在楼下大厅里等她，戴了副墨镜，换了身休闲的短袖，随手翻阅着杂志。

她走过去，程易尘拉下墨镜看着她脚上的鞋子："你确定？"

"什么？"

"你确定你要穿高跟鞋？"

早年在酒店工作有硬性不友好规定，上班都要穿高跟鞋，虽然现在回到程记，没有这样的变态要求，但她多年来养成的习惯，正式场合还是穿高跟多一些。

"挺舒服的。"她没理他，先一步走出宾馆大门。

这是她第一次来广州，之前对广州的印象停留在各种甜水上，如今亲临于此，有了更直观的感受。那就是，广州的天真的很热，比上海热得酣畅淋漓，暑气直逼人后背脊梁和每一处毛孔。

程易尘从她身后走过来："你确定你不要换鞋子吗？现在换还来得及。我们今天可能会走很多路，还要见两组客户。"

她承认她有一点点后悔，但是人已经被架在这儿，吐出去的话哪能再啪啪打脸呢？她硬着头皮摇头拒绝。

程易尘低笑一声，叫的车已经到了，他先一步坐上去。

今天先见的是下边一个供应链的货物商，实地考察一番，程易尘又跟他敲定了几个方案。临签合同之时，程易尘朝她一瞥，清了清嗓子，她会意，合上笔帽笑着接腔，又把价格往下压了两成，供货商摇头不应，用粤语夹杂着普通话说价格已经是最低，实在没有办法。

她起身佯装去洗手间，留出给程易尘迂回的机会，等到她再回来的时候，供货商已经笑着给程易尘斟茶，手边合同夹，她弯弯唇，看来价格已经压下来了。

喻青措坐下来和供应商握手互道合作愉快，手腕上下摆动间，她有一个让她后背冒汗的发现，她和程易尘还保留着童年时代的默契。

这种默契不是短时间内能够达成的，小时候他们也是这么里应外合，逃过庆福路上下的目光，骗着张姆妈，哄着老太太，每次配合得滴水不漏。

她一边鄙夷着这种默契，又庆幸能有这样的默契，让他俩能在期望值之内拿下这个合同。

程易尘不动声色间将喻青措挡在身后，随后向供应商道别。

从供应商那里出来，时间已经接近傍晚，程易尘在后边划拉着手机，不知道在看什么。喻青措四下打量着客户的厂区，这一片很空旷，东边还有一排排大棚，南边有家禽养殖区。

她抱着肩膀，眉毛皱到一起："程易尘，你说我们要不要也养些家禽类？鸡里有柴鸡，肉质紧实，又不用催熟剂，吃起来营养又健康，那我们是不是也可以养出来不那么肥的鸭子？"

"做鸭子很考验厨师水平，鸭油在烹饪的过程中就能熬掉，保证口感肥而不腻，何必再花钱投资养殖场。"他锁屏手机，也跟着四下看了看，随后说道，"你小叔叔马上就到了。"

"谁？陈晔？他来干吗？"

"送车。"

"你多走几步路能怎么着啊？还要人亲自跑来广州给你送车。"

程易尘耸耸肩："我不想走路不行啊？犯法？"

"那到时候回去，车子怎么办？"

"开回去啊。"

他一脸轻松，喻青措简直要疯了，从广州到上海十五个小时的车程，开回去，这简直不可思议！她快步跑起来，赶上走在前边的程易尘，扬起的沙土让她眯起眼睛："大少爷，你知不知道广东到上海有多久？"

程易尘后背已经起了一层薄汗，热风裹来的沙尘让他后悔没有戴口罩出门："你管我。"说完，他就扬长而去。

喻青措愣在原地，跟这种风一阵雨一阵的人处事，让她真的很想抓狂。程姿有句话没说错，程家上下脑子都不太正常，她深有体会。

她看着程易尘逐渐远去的背影，像是突然想起来什么，她站在原地，忽略夕阳余晖带起的地表温度，又掏出手机点开程易尘的朋友圈，她反复翻找刚才看到的那张照片，可是翻了两三遍都找不到！

她就是在一瞬间，把照片上的地方和脑海中的位置重叠在了一起，越来越清晰。

奇怪，她在宾馆时，那张照片明明还在！她脑子里反复回忆着照片上的蛛丝马迹，突然，她有了一个清晰的认识。

那张照片，是她大学里的广场！

喻青措站在原地好一阵儿，等到前边的人转身叫她，才反应过来，快步追上去。二人换成并行，她不时地往程易尘那边看，心中隐忍，好几次都差点开口问出来。

热浪一阵一阵裹挟着郊区工厂的风沙，她伸手捂住口鼻，思绪回到了那年。

程家一过旧历十二月份就是最忙的光景，饭店忙着准备年夜饭，庆福路忙着应酬拜年的客人，上门的都是有脸面的人，不得一点马虎大意，那些时日家中老小都不得空。

就连最浑不懔的程易尘，也会老老实实坐在八仙桌前手写春联和贺卡。

程老太教子有没有方另说，但是在教他们生存技能上还是有一手的，她喜欢摆弄笔墨纸砚，染得程易尘也跟着写一手漂亮的瘦金体。

喻青措做完数学题，咬着从老家带来的红蛇果，从下往上打量着认真写字的程易尘。

她坐在一旁的竹编躺椅上，一荡一荡，原本静得只能听到宣纸沙沙声的房间，现在还多了一道"嘎吱嘎吱"咬蛇果的声音。蛇果多汁淌水，顺着喻青措的胳膊往下流，她赶紧张嘴接住，生怕弄脏了程老太新买的羊绒地毯。

八仙桌前架着毛笔的人眉毛狠狠一皱，发出"啧"的警告声。

她一点也不怕，继续吸溜吸溜地吮着汁水，她文不行武不通的，这年过得跟她无关。

"你出去吃。"程易尘低语。

她像是没听到一样，加大幅度来回荡漾，房间里的供暖系统好极了，她只穿一件灯芯绒连衣长裙，露出少女光洁的藕荷色小腿。她朝程易尘吐吐舌头，扮上鬼脸："我、就、不。"

说话间，她吸溜得更使劲，程易尘绝望地闭上眼睛，忍了又忍，可那声音简直像是被施了魔法的眼镜蛇，直直往他心口里钻。

"嘶！"他发出又一记不耐烦的腔调，心不静，写出来的字也不成样子。

喻青措看了一眼桌面上的字体，黑色墨汁在红色宣纸上划出一段长长的绝望的笔迹，笔迹顶端是程易尘比窗外天色还要阴沉的脸。

她眼瞧着不对劲，撂下蛇果就往外跑。程易尘把宣纸揉成一团扔进垃圾桶，瞬间没有了再写下去的心情。

程老太正在下边指挥工人往哪儿摆她新添置的古董瓷器，闻声看向二楼阶梯上飞奔的青措和一脸怒气的程家子。她拿着手绢在面前扇着灰尘："像什么样子！哟！小赤佬！快下来搭把手！"

两人围着二楼又打闹两圈，最后喻青措宣布休战，一前一后从台阶上下来，老老实实搬花瓶。

程老太不知从哪儿淘来的物件，每个都是价值连城，再三叮嘱他们要小心挪移，一上午的时间都在丁零当啷中度过。中午，张姆妈叫大家吃饭，刚坐定在餐桌上，门外就响起一记敲门声，程易尘在最外边坐着，自觉起身去开门。

起先所有人都没当回事，继续夹菜，直到程易尘开口叫道："爷爷。"

张姆妈率先反应过来，赶紧从饭桌上下去，去厨房添碗筷。程老太也搁置下汤匙，往门口走过去，门外除了程老爷子，还有一个脸生的宾客。

程老太一把拍打在大腿上："回来怎么不提前说一声，我好招呼人备菜。"

喻青措瞧着这阵仗，自觉欲上楼，程老爷子和脸生的客人说话间就往里进，程老爷子脱了衣帽，招呼家眷继续吃，张姆妈又着急忙慌地加了几道菜，喻青措就这么进退两难地坐在程易尘身边继续扒拉米饭。

来客是个四十来岁的后生，夹菜吃饭动作粗鲁，说话也是大大咧咧，跟以往上门的客人不太像，那些都礼貌极了，他看起来像是例外。

不过，这也见怪不怪，出入生意场几十年的程老爷子，什么样的人都要结交一些，感觉这桌上跟她也没什么关联，她老老实实吃完面前的米饭就一直在找借口开溜。

恰逢此时，那人把目光聚焦在喻青措身上，上下打量她，这让她有些不舒服："这丫头是？"

一桌人闻言，目光都看向喻青措，她被看得浑身不自在。程老爷子回应："是青竹交好的旧人托付在这里的孩子。"

喻青措老老实实地点头，算是打过招呼，可那人有些酒劲上头，说这杯酒偏要她这个小辈来倒。她走亲访友时也给长辈倒过酒，所以没有拒绝，尽管她感觉到不舒服，但那时候她哪里懂得迂回，大大方方起身就要去倒。

只不过，她身后的凳子腿刚离开，旁边一双手就罩过来。

"陈叔，您第一次上门，这酒还是由我来倒最好，小妹下午还要回学校读书，就先不奉陪了……"程易尘声音不算大，但字字句句听起来都是压实了说出来的。

饭桌上所有人都停下来，抬头看向他。

Chapter 04

"我嫁谁都和你没有什么关系吧？"

"怎么没有关系？你跟别人结婚我就搅局。"

"先吃饭，吃完饭再去见客户。"

说话间，程易尘和喻青措就到了厂区大门口，陈晔已经在这儿等待多时，程易尘自觉拉开后座车门先坐上去，喻青措从另一侧上车，她笑着跟陈晔打招呼。

程易尘手肘撑着后车窗冷言："你这要在大街上这么叫你小叔叔，路人该以为你俩不太正常，明明年纪差不多就非得叫人小叔叔是干吗？"

喻青措没搭理他，合同谈成她心情大好，要请陈晔吃饭，陈晔说他就是来送车，等下还要去忙别的。

喻青措看了眼程易尘，程易尘耸肩："看我干吗？你小叔叔还有别的产业，日理万机，又不是只给我打工。"

喻青措表示有些遗憾，陈晔说回去那天再一起吃饭好了，这才结束了这个话题。

车子在郊区沙土地上疾驰，随着天色渐晚，陈晔打开近光灯，这时他架在中控上的手机亮了一下，喻青措不是故意要看，但是在黑夜里突然亮起的光线，总是不自觉地吸引人的目光。

看清楚屏幕上的信息发送人，她身子一僵。

她确实是不自觉看过去的，但是，她却又很不小心地瞥见部分字眼

"我怀孕了"。

喻青措小时候发过一次烧，烧退了之后就长了"眼蛋"，眼睛里鼓起小小的包，让她看什么都难受极了，那时候程易尘还笑她是看了太多不该看的少女漫画才长这玩意儿，最后的最后还是张姆妈用家中土方子给她右手关节处扎了一针，第二天才好的。

现在她长大了，至于真的是张姆妈有神力，还是恰巧她也该病愈，这已经不重要了，只是她还清楚地记得，那种眼底的不适感。

有多难受呢？就跟她现在差不多。

在她脑子和眼睛一起飞速旋转间，陈晔已经不动声色地抽走手机，摆在副驾驶座上。宾利就是好，包括座椅都极具回弹性，手机愣是在副驾驶座上旋转半周才识相地躺在那里。

车里很安静，她不知道程易尘看到没有，她也不知道陈晔知不知道她已经看清楚了信息发送人的名字，总之他们谁都没有出声，没人蠢到在这个时候发出疑问。

程姿什么时候怀孕了？孩子是谁的？程姿怀孕为什么要给陈晔发消息？他们什么时候那么熟了？

所有的推理都指向一个答案，她的脑子快要裂开了，近在面前的手机装载着一个又一个秘密，果然，成年人的世界就是这么奇妙。

原来，人人都有秘密！

车子到达地方，程易尘下车和陈晔换位置，两人在车外边说着什么。程易尘去到驾驶座，等到陈晔离开，他从后视镜里看了眼喻青措："我是你司机吗？"

喻青措还沉浸在刚才的震惊中一时没有走出来，人显得有些呆愣："什么？哦哦哦。"难得她有没回呛的时候，她拉开车门，坐到副驾驶座。

程易尘侧身看过来，目光在她脸上有片刻的停留，随后又坐正身子摆弄着车载导航："想吃什么？"

"都可以。"她漫不经心地回应，扣弄着安全带。

程易尘启动车子，缓缓驶入机动车道："你小叔叔一走，你就没胃口了？"

"不是，我只是不太饿。"她不动声色地撒着小谎。

之后好一阵子，二人都没再说话，再开口之际，程易尘缓缓道："青措，答应我一件事好吗？"

面对陡转的话题，她下意识地看向程易尘，他脸上没有什么表情，平静地开车。

"你说。"

"能别和陈晔走太近吗？"

说实话，在他开口之前，喻青措悬着的心一度提到了嗓子眼儿，她以为程易尘一定知道些什么，他会说关于陈晔手机上的事，再或者他会要求她保密。

她最擅长装傻充愣，直言不知道程易尘说的是什么意思，她嘴上没有退让。

真有意思，这败兴种不知道又抽哪门子风。

要说起来，还是陈晔先来的程家，程家家大业大，多一个孩子无非多双碗筷，程老太素日念佛诵经，又经历过大起大落，心善得连蚂蚁都要放生。

她小时候就觉得陈晔是大人，他身上的隐忍克制像是与生俱来的，稳重至极，所以她一直也没把他当作同辈人来看待，其实左不过他也和程姿一般大的年纪。

程姿……提到这个名字，她又想起来刚才的信息。人真的是装不下半点秘密，知道了什么事，说话做事总是这般小心翼翼，不管是陈晔还是程姿，都是对她不薄的人，眼下她也不知道该怎么办才好。真奇怪，都这个时候了，她竟然比当事人还要紧张。

"你真以为小叔叔是那般善人？不过都是心里有小九九的算盘！"

喻青措被他突如其来的高调吓得一哆嗦，温柔小猫也有炸毛的时候，她脾气上来，同样也起了高调还回去："你吼什么吼！又犯哪门子病！"

他就是见不得身边人都顺着陈晔的样子，像是不出一招一式就普度了众生，老太太、程姿，包括现在身边的呆头鹅都站在陈晔队里。刚才的短信更是让他心头窝火到极致，程姿犯蠢发疯不是一天两天了，程易尘不是爱管闲事的人，更不是封建的老古董，这事跟他无关，他没兴趣，可这个呆头鹅一见陈晔就两眼冒金星，他就是不爽！

车里安静极了，有人提了车速在秒表变红前蹿了出去，推背感袭来，喻青措心跳加速，双手拽住座椅边角。她有些被吓到，情绪波动也变大，一阵委屈涌上来，她大声嚷道："停车，我要下车。"

程易尘这才察觉到她声音里的颤抖，他找了个靠路边的停车位："抢秒不都这样，我是看过之后才提速的……"他语气依旧硬，但是态度又明显柔软了。

喻青措不想跟他说话，拉开车门就要往外走，有人手疾眼快直接锁车，喻青措扣不动车门，继而转身一股脑地撒火，拳头往他身上砸，毫无章法又密集，这要让外人瞧见了，一时之间都分不出谁是谁老板。

程易尘一动不动，由着她撒气。

她不想装了，她就是很委屈，欲要一股脑把这么多年来受的委屈全部撒出来似的。捶累了，她双手抚上面颊哭了出来，眼泪顺着她指缝溢出。

眼泪就是她最好的武器，让他束手无策。

他到处翻找纸巾，可这新车他还没开过几次，里边压根儿就没有纸巾。慌忙间，他看到后座上喻青措的包，他伸长手臂勾过来："包里有纸巾吗？"

副驾驶座的人不理他，程易尘手忙脚乱地一阵翻，他心里后悔极了，早知道不逞能多嘴了，喻青措的铂金包在关键时候卡壳，找纸的人又一心认错伏低做小，硬生生把锁扣掰断了。

"喻青措，你包里没纸你怎么不早说？"

早说？早说什么？这么想起来，学生时代的同桌也这么说过她。

那次，程易尘背她去完医务室，第二天整个年级就传开了。

喻青措的同桌是程易尘的头号迷妹，成日在她跟前各种夸程易尘，仿佛他是什么遥不可及的梦一般。

同桌爱在喻青措面前念叨程易尘还有一个原因，那就是喻青措不会像别的人那般嘲讽她痴人说梦，甚至还会站在她的角度告诉她男人不是什么好东西，夸她其实很可爱。

那时候，同桌觉得喻青措是个很讲义气的酷女孩，可谁知……喻青措竟然是最大的背叛者！她竟然在无形之中一直谈论喻青措的青梅竹马！这种感觉让她很不舒服，第二天一下课便质问起喻青措："你怎么不早说你和程易尘在谈恋爱？"

"我们没有谈恋爱。"喻青措一边在草稿纸上计算这该死的数学题，一边老实回答同桌的问话。

"吼！喻青措！鬼才信你的话！那他为什么背你上医务室？你是没有看到他神色有多慌乱！他对陌生人一直都是冷冰冰的！"

同桌是一个胖胖的女孩，班里人给她起外号叫大头妹，只有喻青措每次都会认真称呼她全名张欣尧。

"我们真的没有谈恋爱。"喻青措放下钢笔一脸真诚地回望着同桌。

张欣尧死死盯住她的眼睛，越看越觉得喻青措漂亮，她总是真诚的，她应该不会骗自己，她说没有那就是真的没有。

张欣尧没有看出任何破绽，收回指着喻青措的食指："好吧，那我姑且信你一次！"

话音刚落，后门响起一阵惊呼声。喻青措听到有同学叫她名字，张欣尧和喻青措一起转头看向后门，程易尘提着保温桶："出来，今天早上你还没喝汤！"似是张姆妈准备的保温桶漏水，程易尘手上都是黏腻的鸡汤，他放在鼻下闻了闻，一脸的嫌弃。

张欣尧：“……青措，你还敢说你们没有谈恋爱！”

新港东路的料理店里，程易尘和喻青措面对面而坐，她下午哭过，眼睛到现在还是红红的，身边放着已经坏掉的铂金包，她推辞好几遍说想要回酒店，但还是被程易尘提溜到这家人均三千多的粤式omakase餐厅（中餐日作，吃什么完全交给厨师做决定）。

程易尘点完餐用消毒毛巾擦拭手，一边打量着喻青措：“还生气吗？”

她瞪他一眼，他倒是不恼，继续觍着脸非要她亲口说不气。

正说话时，一个穿着西装的年轻人过来，和程易尘交谈，从言谈举止上看，二人应该很熟。西装男责怪程易尘来了也不提前说，他好安排接待，程易尘回握住他的手，说不必见外，来也是为公事而来，很是仓促，要他下次去上海二人再好好一聚。

话到此，喻青措都在安静地吃着甜品，并没主动起身打招呼，她自知自己的身份不好介绍，三言两语根本说不清楚，前女友？干妹妹？员工？不管怎么说都让人有种浮想联翩的暧昧。

她降低存在感，还是被那人注意到：“这位是？程总也不介绍介绍。”

有很长时间的安静，那人微微前倾身子等着程易尘介绍，可程易尘偏不语，脸上只挂着意味深长的笑。

西装男也是有头有脸的体面人，什么样的场面都见过，一瞧程易尘的模样，瞬间点头说懂了懂了，直夸程易尘金屋藏娇，一定要他等下多喝几杯。

待西装男一走，她放下甜品勺：“所以人家问我是谁的时候，你干吗不说？”

“说什么？青措你想我怎么说？”

今天他也累极了，饿过了头，胃里不好受，刚才还喝了那么一大杯红酒，他用柠檬挤在黄希鲮鱼刺身上，大口含进嘴里咀嚼着。

她一时之间也被问得无言，这样简直就是揣着答案去问答案，她不语。

　　可是程易尘突然对这个话题来了兴致，他喝口红酒，甘甜在口齿弥香："说啊，青措，你教教我，我该怎么介绍你？"

　　大抵是都喝醉了，身上袭着薄薄酒气，有人仗着这三分醉意，说出的话也大胆起来。

　　"要么实话实说，要么就不说，故意暧昧不明地笑，容易让人多想。"今日的红酒是西装男走后托服务生送来的，喻青措在这行，对红酒还是有些了解，Petrus，Pomerol（帕图斯酒庄，波美侯产区的葡萄酒）回香有淡淡甜调，她不禁也跟着多喝了两杯。

　　杯中红酒见底，她自行斟满，程易尘中途拦截，顶灯打得他下颌线棱角分明，长长的睫毛在眼下折射出一层光影……他确实是帅的，如今再看还是会心尖痒痒，她没有拒绝程易尘的示好，他也没有否认自己刚才就是故意露出马脚。

　　他伸长的手臂横亘在她面前，西装袖子被挽起，小臂上青筋暴起。喻青措发现自己的视线带有一些审视的意味后，下意识地收回眼。

　　那话怎么说来着？平日插科打诨都是带着戏谑性，他知道她会骂他，所以厚着脸皮语言大胆，可现如今不约而同的沉默让气氛怪怪的。

　　后半段的用餐时间里，有人沉默地贪杯，有人一直在手机上处理工作，等到程易尘放下手机清理面前食物时，他有一个不太好的发现……喻青措喝多了。

　　她眼神涣散，面颊红红，额前的发丝也显得凌乱，举手投足间钝感十足，他身子向后靠了靠，倚在那里眼尾眯了眯："青措？"

　　她没有立刻应声，而是老老实实放下手中酒杯之后，才疑惑地看向程易尘。程易尘被她逗笑了一下，看了眼只剩瓶底的红酒瓶，他快速回忆了一下，抛开他起先喝的，后来的都进了面前人的肚子。

　　广州的天，说变就变，就像是某个贪嘴小人儿，等到他们出了餐厅才发现外边急降骤雨。

喻青措感觉身上热腾腾的，像是发烧一般，每走一步地上都有深渊，要费些力气才能避开，她自认为从饭桌到门口这段路走得好艰难！

"站好，别动！不然给你扔雨里洗洗澡！"他嘴上吼她，但是大手掌紧紧收住她的细腕子。因为天气不好，二人又是突然决定要走，餐厅服务员叫的代驾还在路上，两人只得在门口稍等。

她贪了杯，也闹起脾气，说什么都不肯进餐厅里等，就想在门口感受雨，可是广州的雨下在地上，腾起热气裹挟雨气，直扑面颊，黏腻腻的感觉并没有好在哪里。

"你敢！程易尘……你敢给我扔雨里，你敢！"她说话有些大舌头，重复着威胁字眼。

眼看她身子往后歪，他收紧手臂，将人半抱进怀里，突然加大的力道对抗绵软无力的喻青措，她鼻尖磕在程易尘硬朗的胸膛上，发出一阵低哼。

这时候哪还顾得上绅士手，况且他也并不是什么绅士，他揽住喻青措的细腰，又发出一记警告："站好！"

喻青措垂着脑袋，一阵脾气上来，她来回挣扎要自己走回去。夏天穿得薄，两个身子紧贴在一起，她又这样不配合，程易尘喉咙发紧，连带着有一股酸麻熟悉的感觉。

程易尘双手束缚住她，几次来回纠缠，代驾小哥才姗姗来迟。程易尘没有半点犹豫，躬身提臂直接把喻青措抱起来往车子后座走，门前侍从手疾眼快上前撑伞，但这雨又急又大，二人身上还是湿了一大半。

程易尘报上酒店名字，怕有人受凉又让小哥关了空调，刚才还闹腾的人，现在在后座老老实实，他瞧着她紧闭的双眼，无奈地叹口气，自己都气笑了："喻青措，我上辈子欠你的。"

到了酒店，有人帮忙停好车，喻青措醒了过来，刚在车上眯了一阵，现在胃里翻江倒海，她出了电梯一边快步往前走，一边手掌向上朝程易尘伸手。

显然她忘记了……她的房卡在她包里，包在她身上。

程易尘愣了一下，老老实实从口袋里递上自己的房卡，"嘀嘀"两声，他眼睁睁看着那只弯着腰的贪嘴小猫钻进他的房间里。

　　他在原地驻足有一阵没反应过来，随后提脚也跟着进去，关门。

　　不怪他，这是她自己要进来的。

　　他订的是套房，有卧室有客厅，喻青措在客厅进门右手边的厕所里抱着马桶吐得昏天黑地。她没来得及插卡，房间里黑魆魆的，他打开手机手电筒光跟着去了洗手间，在她后边拍背。喻青措拢住长长的头发在身侧，反手拽住附在背上的人："用力呀。"

　　贪嘴小猫醉了酒，说话绵软软的。

　　她本意是要程易尘大力拍背，可话一出她回过神来，背上那只手也顿住了。

　　酒醒一大半，身上落了的雨转化成细细的汗，她今晚上本就没吃多少，现下吐了个真真切切，再无内容。

　　程易尘看到房卡在漱洗台上，安抚好她，拿起房卡插在门口感应处，房间里亮了起来，他调好空调温度，又让前台送来两瓶常温矿泉水，房间冰箱里的水太凉。

　　做完以上的一切，他恍惚了一下，有些没有分清是现在还是以前。

　　喻青措从洗手间走出来，她洗过脸，脸上还带着水渍，精神越发涣散，脚下依旧绵软，她吐到一半时就发现这里不是她的房间，她跟跟跄跄去找包。

　　有人先一步伸手递过她的包，她说谢谢，抬手去接，拿包的程易尘依旧不动，手上用了力。她抬眼看向他，房间只亮了床头灯，昏昏暗暗连带着他侧脸上有虚虚实实的暗影。

　　她也用了力去拿，那人依旧不为所动。

　　"哐啷！"包应声落地，化妆品、钥匙、发绳散落一地，程易尘抬脚从落地物上迈过去，一手捧住她的脸颊，一手揽住她的细腰，发疯般吻上她的唇瓣。

　　这一切来得太突然，没有给她逃跑的空间，她睁大眼睛步步后退到墙壁上，那人没有半分停下来的意思，他的吻带有十足的压迫和侵略感。

等她反应过来用力推搡捶打他胸腔，程易尘后退半步，她气急败坏：“你疯了！”

程易尘顺势坐在椅凳上：“对，我就是疯了，你又不是第一天认识我。”

此时的喻青措瞬间酒气全消，她脸颊涨得更红了，蹲下去收拾一地狼藉，眉笔、散粉、口红，要捡起来的东西太多了，她又一股脑地把包倒了个底朝天：“你别忘了！程易尘你说过你不会回头！”

是，他说过，作为庆福路“独苗”，从生下来到现在都备受关注，全身都带着傲气，偏偏在她这里全然翻船，他不甘又懊恼！他想让她也感受一下他受过的被狠狠抛弃的痛苦，可再见面时露怯、坐不住的始终只有他。

他除了放狠话让自己过过嘴瘾，其余什么都做不到。

纵然胸口有大军过境的压抑，但他嘴上依旧有不饶人的云淡风轻：“有吗？我说过吗？兴许说过吧，不过青措，我反悔了。”

陈晔从客户那边出来已经是晚上十点，他没叫车，从宽松的亚麻裤子里掏出手机，把两个小时前收到的消息细细读一遍，又从另一侧的裤子口袋里摸出一根烟点上，两指间被长年累月的烟熏得有淡淡的黄色。

狭长黝黑的小径上，只有他一个人慢慢地走着，刚下过雨的路面还有些湿滑，他避开小水坑，犹豫再三还是回拨过去电话。

“嘟嘟”了两声之后，他突然意识到程姿可能睡了，算了下时间，她可能已经有了孕反嗜睡的症状，于是又慌忙挂断电话，还未锁屏，屏幕再次亮了起来，是程姿打来的。

他接通，语气沉沉：“还没睡吗？”

他来庆福路的时候，和程姿年纪相仿，那时候她已经是亭亭玉立的少女，作为老爷子老来得女的宝贝，很不好对付，骄横、不讲理、眼高于顶就是陈晔对她的初印象。不像喻青措和程易尘，还处在因为一块鸡腿就吵得不可开交的年纪。

倒不是程姿看不起他，她不过是平等地看不上任何人，这像极了陈晔心目中的有钱人模样，他学习不好，高中毕业没考上大学，被老父亲送到程家学手艺，他到现在还清楚地记得，程姿穿着私立高中的白衬衫配百褶裙，马尾束得高高的模样。

她在餐桌的对立面，双手交叠在胸前，上下打量他，她的高马尾就像她本人一样，又骄傲，又漂亮。

"没呢。"

"睡不着吗？"

"我在等你电话。"程姿躺在自己公寓的床上，伸长手臂，打量着自己被修剪得光洁圆滑的指甲。

那边有短暂的沉默，她听到有烟蒂摁灭在垃圾箱上的声音，随后陈晔解释："今晚上来得急，刚刚才从客户那里出来。"

程姿一向认为美容要先从内调开始，所以她常年做普拉提训练，气色好月经也准时，早上在工作室她突然察觉到自己月经已经推迟了半个月，起初她以为是两季交替，身体有了细微敏感变化。

直到，今天下午她坐在马桶上看到那浅浅的第二道杠。

电话里二人相继沉默。

"你想怎么办？"

程姿翻了个身，抽回手没有半点犹豫："打掉。"想了下，她又补充道，"不过我自己有点害怕，这毕竟是个手术，你得和我一起。"

第二天，喻青措醒来，脑袋胀胀的，眼下也有淡淡的青痕，她昨晚没睡好，全拜某人所赐。

她叼着牙刷，牙膏沫在嘴角间往下淌，脑子不受控又想起昨晚上的状况，意识到自己并没有很讨厌程易尘的吻之后，她狠狠吐出口中的牙膏沫，总不能跟着他一起抽风吧？

昨晚上她半醉半醒，记不得自己骂了他多少遍神经病，她一生气就会词穷，她不是什么口齿伶俐之人，这点儿骂人的词汇量根本不能伤他半根汗毛，想来也是实属憋屈。

她磨蹭着不愿意出门，群里的同事召唤她去早餐部吃些早餐，她借口没胃口，等下直接出发。

等她下楼的时候，前台告诉她有她的留言便笺，上边龙飞凤舞的一排字一看就是出自程易尘之手，他让她今早在宾馆休息，下午再去兄弟饭店实地考察。

她正疑惑程易尘为什么不直接给她发消息，非要这么剑走偏锋地在前台留言之时，她手机响了起来，来电人正是程易尘，她一边接通一边往回走。

"醒了？"

"嗯。"

"看到字条了吗？"

"嗯。"

"我这边有个早茶会，结束之后大概会到中午，你想吃什么？"

她现在没有一点胃口，光是听到"吃"这个字就不舒服，她如实说没胃口，程易尘也没再强求，临挂电话的时候，程易尘叫住她。

电话里能听到陈晔说会议马上就要开始了，程易尘让他们再等等，说话间，喻青措已经回到房间，她脱掉鞋子，赤脚踩在松软的地毯上，像没骨头的折线木偶，再次倒进床里。

"我昨晚上说的，你想好了吗？"

昨晚上她要走，程易尘拽着她手腕跟她说了很多，她困得要死，有些记得，有些都忘了，但也不是全忘了，就有一件事记得很清楚。

她不语，程易尘那边再次响起陈晔的催促声，他言简意赅："没想是吧？那今天给你休息一上午，你就只能想这件事。"

她哑语，有人竟然这么理直气壮地命令人，她很想回骂他你算老几，凭什么命令我？可是她身体没有一点力气，倒在绵软的床上充电，脑子一帧一帧过着昨晚上的画面，过滤着他说过的信息，最后从一些凌乱的碎片里拼出一句完整的话。

是的，二世祖说要和她结婚。

回忆越来越清晰，她临阵脱逃直接挂断电话。

这不能怪她，哪有人会在醉酒的时候说这些？这简直就是不可理喻。她才不要想，不，是想都不用想！不可能！

前台小妹再次敲开她的房门，送来护胃养胃的药，临走之时小妹夸她好漂亮，她礼貌地笑了笑说谢谢。小妹面露难色："说这些可能有些失礼，但还是想说……小姐姐你男朋友好细心，他怕打扰你，特意在前台留了便笺，要你看到后让我们联系他。"

前台小妹说完就躬身离开，五星级酒店的服务越来越人性化，她站在门口感受着脑袋宕机的感觉，揉着凌乱的发丝又回到床上。

空洞的大眼睛望着天花板，她翻来覆去又在回忆昨晚上的千丝万缕……

当时应该是这样，有人说他后悔了，喻青措眉心皱了下又舒展开，骂他有病就去看医生不要在她这里寻开心。

那人从凳子上站起来，再次箍住她："我只想知道那时候到底发生了什么？能让你当年坚决要分手？喻青措，我不相信是因为你那四眼班长。"

她搪塞他过去的事就不要再提。

那人揪住继续追问："喻青措，我不信你心里没有我。"

到这里的时候，喻青措已经招架不住，她几次往门口走，但都被拽住拉回来，她不看他，亦不愿意迈进他编织的网里。硬的不行，他来软的。

"你竟然可以和二婚头相亲，何不回头看看我？在你身边所有人都能排在我前边？"

她被呛得毫无还手之力，因为喝了酒脑袋变得沉沉的，她要挣开程易尘的手臂："我嫁谁都和你没有什么关系吧？"她想了半天只能回呛这么一句话。

"怎么没有关系？你跟别人结婚我就搅局。"

有人胡搅蛮缠起来，她根本不是他的对手，她只得发出一记威胁："你敢！"

"你看我敢不敢？到时候我就让所有人知道你和我谈过恋爱！"

有人在宾馆里苟了一上午，中间几度昏睡过去，临近下午一点才算缓过来劲儿。

碎片式的梦压根儿没停过，几次三番梦到被人围追堵截在墙角处，好几下都感觉自己已经失声叫了出来，可梦里边的光景偏不遂人意，声音硬生生在喉头处又被憋了回去。

喻青措再次睁眼看向天花板，这几天在宾馆里看得最多的就是天花板，都快看出暧昧的气息，她从床头翻到床尾，床单是最大受害者，皱得没眼看。

不是很想承认，但确实存在的一件事——程易尘在撩拨她的心弦，最起码让她思绪一直没办法平静。

这时，她在床头的手机振动了起来，等到第四下振动，她才像一只软骨虫一般，往床头挪移过去。

毫无意外，还是他打来的。

"喂。"

"还没醒？"

"醒了。"

"醒了就收拾下出来吃饭。"

她饿到这个点儿，确实前胸贴到后背，可一想到等下要二人独处，她又一时失语，程易尘抛出的桩桩件件选择权都在她，可偏就这岔路口让她犯了难。

"喻青措，你脑袋瓜子里又在密谋什么？别磨蹭了，等下还要去见客户。"离酒店还有两个路口时，他点了一脚油门，宾利轰鸣声顺着电话内线传到喻青措耳朵里。

喻青措在床上瞬间清醒过来，朝着电话骂一声神经，随后直接撂断电话！好烦！好烦！她就是脑子不清楚才会想东想西！

洗澡、换衣服、化妆，涂睫毛膏时，门铃响了一下，不用看猫眼就知道是谁，她拿着睫毛膏去开门。

薄荷香先他主人一步钻进喻青措的房间，这香气和他主人一样！一点也不礼貌！

她自始至终就没看他，又勾脚回到房间的穿衣镜前，她倒是蛮喜欢这个穿衣镜，光线好，柔光打出来看着妆面也干净。

程易尘抻抻西装裤脚，脱下西装外套，往她身后的沙发上一坐，屁股沉得像回自己家客厅那般随意。

她从镜子里瞪他一眼："看什么，没见过？"

"我只是好奇，你们女生化妆的时候，为什么表情要那么狰狞？"他表述得一点也不详尽，但是喻青措听明白了。

关于这点，女生都这般默契，画眼线、画睫毛之时会抿住嘴巴，把人中拉得长长的。

"你们女生？所以你还看过谁？"

"跟我结婚我就告诉你。"他懒懒散散弯了下唇，一脸得意。

又来！又扯这个话题！

"你想得美。"怎么会有人能这么不要脸！

今天他俩去的是一家老字号，和程记建店的时间差不多，只不过他家走的是粤式口味，程记是上海菜，两家菜系上有所不同，但是经营理念相似，老字号都是从建国时期杀出来的血路，实打实地做实业，这家蜀粤楼的老板和程老爷子也认识。

到店门口，喻青措抬眼看过去，就被浓浓的广式风格吸引，幻彩的霓虹灯，老式的烫金招牌，底板有大片的浮雕图案，已经是下午两三点的时间，上座率还在七八成。

进门就是抓耳的粤语歌，大厅里密密麻麻都是人，蜀粤楼老爷子上了年纪之后，长女接管饭店，四十来岁的年纪，打扮得很是干练，见面和程易尘、喻青措握手，随后带着二人上顶楼的包间。

上菜顺序和程记不太一样，程老爷子讲究先填饱肚子，再喝酒，所以起先会有热菜打底，待客人五六分饱之时，拌木耳、拍黄瓜、油炸花生米这类凉菜再上桌，目的就是为了让客人六分饱之后再喝酒，保肝又养胃。

蜀粤楼没有这样的顾虑，走的是快餐路线，饮酒的不多，加之广东天气原因，食客贪凉，所以上菜顺序正好相反。

说话间，服务员已经陆续上菜，各式各类的碗碟，分量不多，但是胜在精致，两个钟头前喻青措的肚子就已经咕咕作响，可看了眼桌上还在聊天的二人，她也没好意思动筷。

分泌的唾液已经快到嘴角，她不知咽了几次口水之后，一旁递来一双筷子，她顺着筷子看向程易尘，他还在和蜀粤楼的老板交谈，自始至终都没有朝她看一眼。

递筷子的人手又往前伸了伸，示意要她接下。

她接下的瞬间，被蜀粤楼的老板看到，她连忙用广普说自己聊得尽兴，一时竟忘记招待了，要喻青措赶紧试试看。

喻青措礼貌谢过，绯红爬上脸，夹了块垂涎已久的烧腊。早就听说广式的烧腊只有当地才能烧出来最正宗的口感，尝过之后才知道这话一点也不假，看似被油脂包裹住，但肥而不腻，入口爆汁，每一口都在味蕾上跳跃，精准地狙击着她的需求！

她忍不住连声赞叹，蜀粤楼的老板又把水牛奶菠萝包往她面前推了推，酥脆的菠萝包每咬下去一口都有爆汁的牛奶，这一刻喻青措第一次感受到美食的冲击力，万花筒在她头上炸开，两眼都在冒着小星星。

程易尘夹了一块鹅肉到嘴里，满意地点点头，一顿饭下来，他心中有了七七八八的想法，三人移步至楼下的办公室。

两家是世交，只是小辈们第一次见面，蜀粤楼在广州当地赫赫有名，但一直没有打开省外的市场，他们试过水，但是线上效果不大好，所以想趁着这次机会借一把程记的力。两边都是带着目的来的，味道不成问题的情况下，分成可以另作他算，但在最后定菜之时出现了一些分歧，合同暂未敲定，双方握手表示回头再思忖思忖。

出了门，喻青措没忍住问出口："所以你为什么要撇开他家烧鹅？明明口味那么优秀！"

她光是说，口水都快流出来了。

街上来往人多，程易尘扶了把她的肩膀，将人带到路的里侧走，他避开人群，笑了笑："你猜下，用你的商业头脑分析分析。"

喻青措想了下，意会："你是怕和我们的烤鹅撞车！"她惊喜地说出内心的答案。

二人走到车边，程易尘拉开车门坐进去："我又不是什么圣贤之辈，为他人作嫁衣这种事不等同于断我自己财路？"

程易尘提醒她系安全带，她后知后觉发出感慨，老奸巨猾！

在车上，程易尘和另一组同事简单对接了下这两天的工作情况，那边主要负责答谢几个头部客户，备的礼品悉数送了出去，程易尘了解了情况说辛苦了，今晚上碰头聚餐。

来广州两天了，进度条已经拉满一大半，喻青措还没能静下来好好观赏这个城市，她在车上走马观花看着这里的风土人情。印象中的广州就是夜生活丰富的城市，小吃摊、夹脚凉拖、广州塔、各种美食的聚集地，和上海是完全不一样的存在。

她稀奇地打量着市井，目不暇接。

程易尘放慢车速："喜欢这里吗？"

有人沉浸其中，一时之间难以自拔，没有听清楚他的问话，程易尘难得好脾气地重复一遍，喻青措脱口而出："喜欢……"

她还没来得及展开手舞足蹈地细说，程易尘的电话又响了起来，他单手着着方向盘，打开车上蓝牙外放，程老太的声音从那边传出来："易尘！你在哪儿？"

显然，不光是喻青措，程易尘也听出程老太话音里的颤抖和急促，她不由自主地坐正身子，程老太一向稳重，这般慌张定是有原因。

"爷爷恐怕是不太好了，速回！"

有一年暑假，家里几个工人集体请假回家割麦子，那时候麦子还要人工割，农忙时节根本走不开人，程老太也是在农村待过的，所以咬咬牙让大家都回家忙去了，就留年纪大的张姆妈在这边做饭。

可天不遂人意，偏逢台风过境。那几天程老太发话，家中谁都不得出门，安全要放在第一位，程老爷子吃住都在饭店里，庆福路的小辈们就剩下喻青措、程姿和程易尘。

那时候距离送鸡汤事件刚过去一个月，喻青措见到程易尘就躲，有时候她准备推门，听见隔壁有动静就赶紧撤回去，以往的斗嘴场景没有了，庆福路二楼安静极了。

平时不显，这时候程老太才发现庆福路有多寂寞，有天她实在闲不下去了，发动二楼的人全部下来去清扫泳池，美其名曰强身健体。

喻青措倒是听话，只是那两个程姓人权当耳旁风，程姿那时候待业在家，也不着急找工作，一天天跟浪荡子似的，成日都在打着越洋电话，问就是还要出国。

程老太不屑，撇撇嘴。

台风离开，天放晴，后院露天泳池里一池子落叶垃圾，程老太实在看不下去了，说什么也要清扫干净，她指挥喻青措去二楼把家里唯一的男丁抓下来。

喻青措站在原地扭捏两下，还是硬着头皮上楼，她站在离自己房间一墙之隔的房门口，手抬了又抬。

这时，门从里边用力拉开，吓得她心脏提到嗓子眼儿，干吗呀！干吗一惊一乍！

她满眼怨念，门里边的人笑得倒是爽朗，春风拂面，他歪着头，只露出半张脸。

干吗呀！又干吗这么笑！太犯规了！好不容易平复好的心……

程易尘和喻青措加之陈晔订了最近一班飞机，车留给了在广东的同事。

下了飞机，就有司机来接，三人直奔医院，推开医院VIP套间的房门，里边有照顾的保姆，还有程姿和程老太。

程老太一见到程易尘，快步迎上来，本来已经风干的红肿双眼再次蓄满泪水："你可算回来了！"

喻青措见不得这种场景，搀扶着程老太，满打满算也就不过几天的光景，可是感觉老太太已经瘦了一圈，肉眼可见的憔悴。

程姿正在拧着毛巾，眼神在陈晔脸上一扫而过。她这几天孕吐反应越发明显，特别是在医院里，一点消毒水味都闻不得，几次都跑出去干呕，好在程老太现在的关心点不在她身上。

几人往套间里边走，程老太絮絮叨叨："这几天有几家媒体闻讯赶来，好几次人都堵到了房门口，刚刚姿姿才赶走几个，真是作孽！"

程老爷子身上插着各种管子，脸上戴着呼吸机，双目紧闭，面色比上次看起来苍白。

程姿拧干毛巾过来给老爷子擦手，程老太给她腾开位置："那天我正在客厅里忙张，突然听到瓷碗落地的声音，那会儿我心就一下提到胸口，赶紧往屋里跑，可谁知道，谁知道他已经晕过去了！都怪我照看得不好，身边没个能搀扶的人，我又抬不动他！"

老太太越发激动，眼泪肆意决堤，喻青措递过去纸巾，沉默到此时的程易尘才开口，声音沙哑又低沉："家中那做活的人呢？"

"都在前院忙着，就算在身边又能怎样，都是一帮老骨头，出了意外有几个能背得动呢？上个月就跟你们说过让你们回家住！一个个心都往外飞！我生你们养你们图的是什么！"

话头原来在这里等着！

喻青措低头掰弄着手指，程易尘有些烦躁，先是朝陈晔挥挥手，知会他给熟识的几家媒体打招呼，近期不要派人来蹲点儿，待老爷子身子骨恢复，一定会给大家说明情况。

程家老门老户，老爷子一手打出来的金字招牌，认识的人脉资源都一一张罗给了程易尘这些小辈，平日专门都维护过的关系，此时不必多言语，定知道这话里是什么意思。

陈晔给程老太打过招呼，先出门打电话，没一会儿工夫，程姿说去前台叫护士换水，也走出房间门，喻青措看了眼一前一后出去的人。

程易尘大刺刺往对面的真皮沙发上一躺："说吧，没外人了。"

程老太手里攥着苏绣雕花手绢，正往脸上揩泪，闻言动作一顿："说什么？"

"说你这老太太一天到晚脑子里都在想些什么！"

程老太不是什么会说谎的人，但她腰板子挺得直直的，自己给自己洗脑！她并没有说谎，不过是把老爷子晕倒的情景说得夸张一些，但……总归不算说谎的嘛。

"你简直好笑伐！我哪里想什么！莫名其妙！"程老太一激动，腔调里夹杂着上海话。

喻青措看得一惊一乍，暂时还没看明白祖孙俩葫芦里卖的什么药，她去一旁倒水。

老爷子身子骨在退化这是事实，可是主治医生都是顶尖的团队，吃喝拉撒都由专人照顾，程易尘虽然嘴上从未说过什么，可是老爷子那边的所有情况都是他一一对接，出差前一天他还接到团队传过来的体检报告，暂未恶化。

哪能两天光景就要上黄泉路呢？接到电话时，他就起了疑心，可是他也不敢贸然笃定，来的路上又给主治医生发去消息，医生回复，偶发的晕倒，这样的情况不大严重，住院观察即可。

"老小姐，你压根儿就不会说谎，一说谎就用你的手绢挡住眼，模样心虚极了！"浑不懔直接称呼奶奶"老小姐"。

程老太眼看事情败露，整个人都有些气急败坏，拿着手绢直接朝他脸上丢过去："小赤佬！没良心的小东西！"

到了这一刻，喻青措才听出话音，人也跟着放松起来。她给程老太端去水杯，心里感慨自己看人是真不大准，这会儿再看，奶奶好像也并没有瘦……

程易尘躲开程老太的眼泪兜子，偏头："想让我住回庆福路，你大可以直说，找了一圈说客，又演这么一出戏，真拿我当傻子捉？"

祖孙俩齐齐看向喻青措，她抿唇不语，不和任何人对视，"咕咚咕咚"喝水，模样乖巧又无辜。

程老太眼看援兵败阵，自己的肩膀头子也不直溜了，怨声载道。

"让我回庆福路可以，股份大头要转给我，别一天到晚防着我，让我干事又不信任我，那我不干！"董事会那一帮老骨头眼光不行，可现在他手中的股份与董事会持平，老爷子拽着大头不撒手，尽管他再有一身力，说出来的话也没有震慑力，人家根本不听，这让他十分憋屈。

程老太刚想回话饭店里的事她说了不作数，程易尘直接打断："那不然我不干了，叫程北至、程南风回来接班吧！"

浑不懔这时候不叫大伯不叫爸地直呼其名，气得程老太就要抄家伙丢这个浪荡子："这个时候你气你爷爷！"

"我气了十几年了，看不上我又只得使唤我，到底谁才是夹生米？谁才是瓮中鳖？"二世祖也不提高腔，只是模样狠厉，信心坚定。

他早就忍够了，这破饭店愿给谁给谁罢了！他不翻身的话永远矮人半截儿。

一周后，程家儿女聚齐在庆福路。

喻青措和程易尘去接老爷子出院，住了十来天医院，回来要带的东西真不少，有些消息不胫而走，去探望的人也多，礼品更是两辆埃尔法才勉强装得下。

上次见李茹已经是五六年前的事了，后来李茹再回庆福路时，喻青措也搬出去了，确实是好久没见了呢。

没人知道曾经她和李茹单独聊过，更没人知道她俩之间的渊源。出于礼节，喻青措把老爷子送到庆福路，就找了个滴水不漏的借口要走。

庭院里程老太再三挽留她，更是埋怨程易尘给喻青措派的任务太多了，程易尘在院子里点着烟，把烟蒂按进程老太的花盆里，闻言阴阳怪气道："可别赖我，不想留的人是硬留不住的。"

老小姐没品出他话里的阴阳怪气，倒是朝着他背上拍过去："哎呀！我好好的水仙！"心疼极了。

铁艺门"吱呀"从外推开，先是闻言有人笑着低语，还未来得及反应，声音的主人们便映入视线，程姿激动地叫着："妈，二哥和嫂子回来了！"

喻青措听到程姿的话，后背一僵，空落落的院中心，除了遮天蔽日的树荫，压根儿无处可藏。

她更未察觉，程易尘正流连于她发僵的脊背和红一阵白一阵的脸颊，他像是在思考着什么。

"妈，我们回来了。"

"哎哟！回来怎么不提前说一下，我好派人去接你们！"程老太开心地在原地直拍手，见儿子儿媳可比见神仙还难！她每个月去庙里拜拜还能遇见仙家呢！

李茹上来给老太太一个贴面礼，从包里掏出首饰盒递到老太太手里："没事的，我和南风就当是忆旧。"他们凌晨就到了，下了飞机闻到独属于上海的气息后，李茹突发奇想和程南风来了个半日行，上海的变化真的是太大了，不用导航他们压根儿找不到路。

老太太拉着儿子儿媳不愿撒手，带着人往前厅走，一见面就怕再分开似的，赶忙问这次回来能待多久。李茹笑着回应，这次会常住，老太太激动得泪光闪动。

程老太刚迈出前脚，后脚才想起来什么，赶忙招呼程易尘："傻小子！傻愣着干什么啊！过来啊！"

已经走到游廊处的四人，回望着呆站在树荫下的两人——面无表情的程易尘和尴尬至极的喻青措。

程姿跑过来，拉着喻青措就往前厅走："傻了？树底下不热啊！"

李茹眼睛上下打量着喻青措，说不上不礼貌，但让喻青措多少有些不舒服，那种被支配的感觉又一次提到嗓子眼儿。

不对啊！自己现在又没和她儿子谈恋爱，凭什么怕她呢？

行至交会处，喻青措突然开口："阿姨，叔伯好。"笑靥如花，她大方又得体，这几年的光景交替，她相信，她早就不是那个被人拿捏的喻青措了。

那事后来，程南风知道了，对妻子提出过不同的见解，说何必介入儿子的感情呢？李茹何尝不是受够了封建礼教的束缚呢？自己都不愿意做的事，为什么要强迫程易尘去做。只是那时候李茹正一门心思扑在自己的海洋物质研究上，她没吱声也没反驳，缺席程易尘成长的这几年，她满心愧疚。

折腾到最后，喻青措还是被留了下来。老爷子因为儿子儿媳的回归，也高兴得多食半碗饭，喻青措能看出来李茹一直在刻意亲近程易尘，只是他一直不冷不热地回应，让人挑不出毛病，但又缺了点儿味。

吃到一半，程老太感慨："庆福路好久没有这么热闹了，回来好啊，都回来才像家呢。"

程南风给母亲夹菜："易尘不是一直在陪您吗？"

不提这还好，一提老太太的闸口就被打开了似的："都说儿大不中留，我看这孙子大了照样不中留，从回国到现在，满打满算在这里住的辰光五个手指都用不完。"

李茹夹菜的手指一顿，自己在外这几年也常给程易尘打电话，有时候他会接，有时候不接，但值得一提的是，儿子从未主动给自己打过电话。

"那你现在在哪里住呢？"李茹给程易尘夹了一只虾。

"离公司不远的一个小区，上班方便。"

这个话题好不容易被提起，老太太可不想错过，她想继续敲打敲打，争取今晚上就能把这话头说死了，欲要开口，程老爷子拦住，那日在病房他睡得浅，程易尘高嗓子提得呛，一字不落地都飞进他耳朵里，他几次伸手想要拨开氧气罩，都没能提起来劲，这小子越发猖狂！

程老爷子拐杖朝程易尘扬了扬："一会儿吃完饭来我书房，我有话和你讲。"

说完，老爷子就被保姆推走先离席，老大家的二人相视一眼，不语。来的路上，方琳还问程北至，你爸不会把饭店的股份都给程易尘吧？

程北至还回撑她，别合计老爷子手头上的东西，该怎么分老爷子心里肯定有数，不说别的，他们从未过问过饭店的任何事，现在就算是把饭店给他俩，他俩也不会打理，还不如得些房产比较好。方琳一脸的不愿意，骂他烂泥扶不上墙，还不如一个外姓的小毛丫头！

程北至还反问她，怎么老跟一个小丫头过不去，她都说了是外姓人，到底碍着她什么眼了？

方琳突然急眼，质问他是不是不管什么时候都站在别人那边？

程北至烦方琳不是一天两天，她成天张嘴闭嘴外姓人，说了一百圈，她抱回来的儿子不也是外姓人吗？只是这话他不敢提，说到底还是程家亏欠了方琳。

书房内，程易尘主动给老爷子斟茶。

现在程老太数落得厉害，晚饭后的茶叶水也被换成了安神的水，程老爷子只得听老婆的话，给什么喝什么，不敢挑剔，不然又是一阵数落。

从叫他来的那一刻，程易尘就知道老爷子要说什么。

"成家立业，不管从什么年代开始，都是先成家后立业。"

啧，开口第一句就是他不想听的，他抿口茶水，眉毛更是蹙成一团，这是什么玩意儿真难喝，不免有点心疼老爷子了。

"你那天在医院的不满我都听到了，我是老了，但没糊涂。你小子心性急躁，凡事都坐不住，我还没死呢，全家都等着我立遗嘱！"

程易尘随手拿了红木架上的摆件，在手里来回把玩，他当然知道那天老爷子没睡着，他也是故意高声说的。他打趣："对，您长生不老。"

老爷子闻言抄起拐杖就要揍他，他赶紧闪开。

老狐狸和小狐狸对阵交锋，老狐狸从身后的抽屉里掏出一份文件撂在小狐狸面前："废话不多说，想拿剩下40%的股份可以，得先结婚。"

有人找机会开口离开，有人就想多待一会儿，看顺道能不能打探出来点什么消息。

老式钟表敲出第九声闷响后，喻青措攥着老太太的肩膀："奶奶，我想先回去了，"

"早着呢，再不济等下让败兴种送你。"

小胖子最近要入学了，方琳想让他去附近的一家外国语小学，但入学有硬性规定，她正在突击辅导小胖子写作业，就这也不愿意错过任何一个能接话的瞬间："是啊，青措，着急回去干吗，你难得来一趟，等下让易尘送你，你们两个从小形影不离，不是玩得最亲的吗？怎么长大却生分了呢？"

李茹听到大嫂这么说，面上没有任何动静，毕竟是跟濒危物种打交道的，喜怒不形于色，是能坐得住的人！程姿抿着果汁，在餐桌下踢了踢陈晔的裤腿，陈晔夹住她脚踝，示意她老实点。

"大伯母这话说的，哪双眼睛看到我和青措生分了？"二楼缓步台有个身影从书房走出来，他手臂处挂着西装外套。

方琳从来不缠程易尘的事儿，左不过是因为知道这个侄儿的脾气，只是今日没承想他早一步出来了。

方琳笑着打趣："是嘛，你们不常回来，我这个做大伯母的也不了解情况，亲近好啊，亲近点儿好，做兄妹的就是要互相帮扶。"

"又是谁说的我和青措是兄妹？没亲没故的做什么兄妹？大伯母是

喝醉酒了吧。”

程姿看戏似的，撑了撑陈晔的肩膀："这小子……这是要跟家里人摊牌？"

陈晔叫她小声点儿，程姿把最后一口果汁喝尽："论辈分，你是程易尘小叔叔，可是你这大侄子比你有种多了！"

方琳被噎得说不出来话，老太太眼看着火势有蔓延的趋势，赶紧拉了拉喻青措的手，要他俩先走。喻青措提上包，跟众人告别，刚走到门口处，李茹跟程南风也跟了出来，李茹朝程易尘开口道："你爸喝酒了，我们也坐你们车回去吧。"

喻青措手指顿了顿，捏紧包包的手柄。程易尘看了一眼她，刚想开口，程姿从里边跟出来："二嫂二哥坐我的车吧，我今天没喝酒哦。"说完，她还朝程老太晃了晃手里的车钥匙。

程老太站定在门口叮嘱自己这个不上道的小女儿："对嘛，以后就应该像今天这样。"她打量着小女儿素面朝天的脸，又看了眼她的平底鞋，"早就跟你说过开车不要穿高跟，说了多少遍都不听，今天怎么这么听话？"

程姿没理会程老太，挽着李茹的胳膊就往车库走，李茹只得跟上。

待人都走尽，喻青措才缓缓出了一口气，她发誓再也不要参加这种场合。

一道打火机摩擦钢制硬壳的声音响起，随后程易尘猛吸一口烟，脸颊处有些凹陷。他看了看身边的喻青措，缓缓开口："说说看，当年我妈跟你说什么了？"

月黑灯下，两道身影僵持。

纤细倩影要走，高挑那个拽着她腕子来回拉扯，晚上十点的上海，夜生活还未开始，过路人不少，带着岁月笨重感的小洋房，养眼的一对小情侣，怎么看怎么讨喜，惹得路人频频回头。

程易尘只是猜测，但试探性的问话一出口，有人就露出了马脚。

他说过的，喻青措从小到大都不会撒谎，现在还是这个样子，被拆穿只会恼羞成怒地前言不搭后语。

"你在说什么，听不懂。"她转身就要走。

程易尘移步挡住她的路："你说完我就让你走。"

管天管地的！跟他妈妈一样讨厌！

"我在庆福路的时候，你也在啊，你妈哪有时间跟我说话。"她转过身背对着程易尘，"再说了，现在说这些重要吗？"

"重要，"他喉咙发紧，"这对我很重要。"在国外的几年他过得一点也不好，那种自我怀疑，自我否定让他一度困住自己，可现在告诉他，困住自己的事情原来另有其因，这对他来说当然很重要！

喻青措唇齿几张几合，于他来说不好过，那她何尝不是很难熬呢？

她不想被人驻足观赏，转身就往程易尘车子的方向走，程易尘身上倒没有二世祖的陋习，但对车讲究，车库里好几辆好车看心情轮番开。

他眼看硬问是问不出来什么，不再纠缠，但这事肯定没完。

李茹到家还在因为刚才的事情心存不悦，她剜了一大块面霜在手心焐热，对着洗手间的镜子涂抹脸颊："你没看出来吗？全家人都在给那俩孩子打马虎眼，别人不好说，程姿是绝对知道他们在谈恋爱的事。"

程南风在客厅泡脚，早年长期泡水加之久站，让他膝盖积水，为此还做过手术，从那之后，他每晚都要药浴，他们今晚上住的这个房子离庆福路不远，是上下独栋小别墅，他知道妻子不愿回庆福路住，所以大多时候回来都在这边住下。

程南风正戴着眼镜看报纸，闻言从镜缝里看过去："嗐，说不定程姿就是单纯顺路才送我们的嘛，你就不要想太多了，再说了，那孩子当年不都跟你承诺过已经分手了吗？为此易尘还去了国外，都五年过去了，你还在紧张什么啊？"

他抖落抖落报纸，接着往下看，李茹伸头埋怨："你是什么都看不明白，你看不出来今晚上你儿子的眼睛都快糊青措身上了啊？"

"你都说了，是咱儿子看人家，那又怪那小姑娘什么事呢？"

李茹没再回话，程南风说的倒是不假，她知道自己当年棒打鸳鸯这事做得不光彩，且从程易尘的反应来看，他大概率是不知道这件事，不知道程易尘要是知道了，以他的性子，又会怎么和她这个妈闹起来。

养儿子有什么好的？翅膀长硬，还是要飞跑的！

程姿到家，换了拖鞋，去儿童房里看了眼正在熟睡的儿子。

她对着儿子额头亲吻一下，因为有混血儿的基因，他的头发是金色的，长得漂亮，不止一次被过路的小姐姐合影。

看到儿子不免想到她那该死的前夫，她很想喝一杯，但是摸了摸肚子，算了……哦，对了，肚子里还有一个。

虽然是已经决定要做掉的，但是孩子还在一天，就暂且尊重孩子一下好了，她收起冒出来的酒瘾。

她平躺在沙发上，任由窗外的月光洒在周身，难得的静谧，她一手抚摸着暂时还平坦的小腹，一手划拉着手机，音量开到最小，感受短视频给她视觉上带来的快乐。

一条微信消息弹出来，是孩子爹。

是肚子里这个孩子的爹。

她没着急回，身为漂亮女人，就是要欲擒故纵一下，不能秒回。

她感觉过了挺久，已经又刷了好几个视频了，退出来一看时间才过了三分钟……她叹了口气，说服自己，算了，是肚子里宝宝想回的，不是她想回的。

陈晔问她睡了没有，她回还没有。

刚发出去没一会儿，陈晔的电话就回了过来，她不止一次地嘲笑过陈晔作风老派，这年头还有谁会打电话呀。

"怎么还没睡？是积食了吗？"今晚上程姿吃了很多肉，像是要把前一阵子孕吐吐出来的都给补回来似的，他在餐桌上轻轻捏她手心，提醒过她很多次，但程姿都佯装听不到。

她胃里确实撑胀，但是她也不想这个时间自己再单独下楼遛弯。

不言而喻，听筒那边传来陈晔轻轻的声音："下来走走吧，消完食再睡。"

什么时候开始喜欢陈晔的呢？她自己也记不得了，但上学的时候她就很依赖陈晔，毕竟用青措的话说就是，陈晔从小就像大人，这很大程度弥补了她的安全感。

她虽然是程老爷子最小的闺女，出生的时间也正正好，不像大哥二哥还跟着父母过了几年吃不饱的光景，她生下来家里的饭店就已经做大做强，从小就是锦衣玉食不愁吃穿，但随之而来的反面就是，程老爷子整日不着家地忙碌，能弥补给她的除了钱就是钱。

说起来外人可能会觉得她矫情，但是在这一点上，她和她那个便宜侄子程易尘有强烈的共鸣，他同样是个爹不疼娘不亲的可怜蛋。

"你在楼下？"她赶紧起身往楼下看，果然看到陈晔的车子，像是知道她会看似的，他从车窗里朝她伸手。

今天是他知道她怀孕之后两人的第一次单独见面，晚上人多，一直没能说上话。

这几天，陈晔一直在想着这件事，以至于见客户的时候他频频犯一些低级错误。

他把车窗都降下来，让车里的烟味散尽，然后看到程姿缓缓朝他这边走过来，路灯昏暗悠长，随着她的移动，脸上的光影也时明时灭。

他仿佛看到了她十八岁那年……

那时候，他来程家有一阵子了，有事就跟着老爷子走南闯北，没事就会待在庆福路的二楼，他的房间就在程易尘对面，和程姿的房间离得也不远，尽管如此，从来到现在，他和程姿说过的话不足五句。

他本就不是爱主动攀谈的人，程姿又是那样骄傲，就算擦肩而过，也从来不往他身上瞥一眼，他甚至怀疑，程姿可能压根儿就不知道他长什么样子。

是从什么时候改变的呢？就是这年夏天。

程姿长得漂亮，是很有攻击力的漂亮。她大胆明媚，学校里喜欢她

庆福路畔

的男生太多了，他不止一次听到程姿半夜在走廊尽头打电话的声音，笑得咯咯的，那声音穿透几层墙壁也能钻进他心里。

那天，他送老爷子去饭店，又折回家取东西，开车往庆福路上拐时，意外看到一个身影。

他眉毛皱了皱，现在正是上课时间，她怎么会和几个女生在这里？

等车子靠近，他看清楚站在程姿对面的几个女生，挑染的长发，穿得不伦不类，用现在的话说就是非主流装扮，有几个女生手指上还夹着烟，上手推搡着程姿。

他把车子靠路边停下来，快步走过去。

"程姿，你就是不要脸，不要脸的狐狸精！"

程姿背对着他，他看不到她是什么表情，但她张嘴就呛了回去。

那女生眼瞧着被激怒，抡圆胳膊就朝着程姿脸上甩过去，陈晔快步上去把程姿往后一拽，那女生的巴掌甩了空。

这是他第一次和程姿离得这么近，近到他能闻到她身上淡淡的橘子香气，程姿显然也没想到他会在这里，一脸诧异地仰头看着他。

"哟，就是不缺男人啊，又勾搭一个啊？"为首的女生阴阳怪气，后边人跟着起哄朝他们吹口哨。

陈晔从小可不是什么安生孩子，上学时打架打得邻校都知道他这号狠人。要不是太让人头疼，也不会早早就被送到庆福路跟老爷子学本事，可是出来这几年，他越来越觉得这种打打闹闹的行为蠢极了。

"嘴巴放干净点！"他厉声朝那女生吼回去，看起来凶狠又野蛮。

说到底还是年纪小，一时之间她们没能看出来陈晔混的什么路子，气势上明显退缩起来。

那女生还想说什么，身后有人拽了拽她，示意往陈晔开的车上看去，一辆保时捷，这可吓坏了没见过世面的非主流们。

估计是看惯了古惑仔，临走前那女生还指着程姿的脸，放出来一句自以为很彪悍的话："你给我等着！"

陈晔也是后来才知道，程姿在学校从来不说自己爸爸是谁，所有人都知道她有钱，但没想到她能那么有钱。

待那群女生走了之后，程姿张着的嘴巴一直没合起来，她流连于陈晔身上来回打量："你原来这么爷们儿？"

嗯，这是程姿第一次正眼看他。

喻青措回到家一直翻来覆去睡不着，好不容易睡着了，又一直在做着光怪陆离的梦。

喻初一白天睡多了，晚上跑酷，搞得厨房里也跟着丁零当啷地响。她睡意彻底被打散，披散着头发起来去找猫，打开手机上的电筒看了一圈，发现是酱油瓶倒在厨房灶台上，她扶正瓶身，转身看向跷着腿舔毛的肇事者。

它睁着水汪汪的大眼睛，一脸无辜地看着她喵喵叫，好吧，这么漂亮她下不去手揍它。

喻青措撸着猫往卧室走，夜里起风了，她关掉空调，打开窗户，感受自然风穿过皮肤的毛孔。

脑海里浮现出那个人，她转身愣神，喻初一趁机逃跑，手心里没了毛茸茸的触感，那双眼睛也跟着清晰起来。

今晚上程易尘在质问她时，双眼通红的模样，她看得真真切切，她怕再僵持下去，自己也跟着不战而败。

临走时，程老太拉着她要她也回庆福路住。

"好青措，奶奶知道你的心意，但倘若你能回来住，奶奶定是开心。"她算不出程老太是真心这么想的，还是说看出来点儿什么端倪，试图让她当诱饵，去引出背后那条大鱼。

第二天，她化了淡妆，遮了黑眼圈回到饭店，早会时先和同事们对接一下出差的情况，又各个部门巡视一下，最后回到办公室。

直播方面已经陆续稳定，品控方面有专门负责的人员，她只需要最后考核签字即可。

和前一阵子忙得脚不离地有所不同，这突然闲暇起来，她竟有些无所适从。

她掏出手机翻找到一条短信，一条已经被压在一堆验证码短信里的消息：青措，我是喻蓝时，方便回个电话吗？

短短几个字，她看了好几遍，她手指点了点杯沿上滑下来的水渍，无意识地做着小动作试图拖延时间。

上个月，也就是程记因为那件事爆火后，她的照片被曝光在网上，可能就是因为这件事让她再次被喻家人注意到。

最终，她回拨过去。

程易尘从公司出来已经是下午四点，时间尚早，他拐到健身房，健身房在二十一楼，斜对面是一家咖啡厅，他一身休闲运动装扮，戴着套头款的AirPods Max（苹果品牌头戴式无线耳机），就这么猝不及防地在拐弯处看到玻璃窗里边垂着脑袋搅着咖啡勺的喻青措。

耳机里的电子乐燃爆了，和面前的画面背道而驰。

昨晚上恼羞成怒能跳起来捶爆他的人，现在像只孤零零的小狗，他挪移脚步，这才看清楚坐在喻青措对面的人。

脸生，但也不完全脸生，眉眼处和喻青措有些相似，但是看起来更加成熟稳重一些，从穿着打扮上来看，应该就是附近上班的白领。

他突然想起来什么。

程老太提到过，喻青措有个亲姐姐，莫非……

其实，喻蓝时每年都会联系喻青措，大多时候是发短信，因为喻蓝时知道自己这个妹妹的心性，打电话她不会接的。

喻青措完全可以换号码，再或者拉黑喻家人，但她没有，姐姐像是她和喻家的唯一枢纽。于是，喻蓝时就这么隔段时间给她发去一条信息。

"过得……还好吗，青措？"从坐下来到现在，喻蓝时的目光就没有离开过喻青措，早年间送走小妹时，她并不在家，正在县城上学，她学习成绩好，全家都把她当成希望，所以这种事从不跟她讲，怕她分心，等到她放假回来，一切都晚了，她闹过哭过也没用。

后来，她逐渐想明白，或许脱离这里本就是一件好事。

"还好。"

"还在饭店工作吗？感觉怎么样？"

"都还不错。"

几句没营养的问话下来，喻蓝时感受到喻青措冰冷的态度，她悻悻然点着头，自言自语道："那就好，那就好。"

骨子里流淌着同样的血，但此刻二人坐在这里，只剩下尴尬和沉默，喻青措瞥一眼，快速移开目光。她看着那张和自己相近的面容，却再也不能像小时候那般肆无忌惮地说话。

喻蓝时抿了抿唇："青措，那我就长话短说，我今天来是想跟你说，如果爸……联系你，问你要钱，千万不要给。"

她诧异地看着喻蓝时，喻蓝时肩膀垂下来："你知道的，他从前就有嗜赌的毛病，但那时候只是在镇子上小打小闹，赌的金额也不大，前几年奶奶跟着我来上海，小弟又去外地读大学，家里没人管他之后，他在老家就更加肆无忌惮……我已经帮他还了二十万，但他依旧不改，这就像是无底洞一般填不满。"

喻青措若有所思般点头，提起那个不靠谱的爹，她生分得像是在听路人的事，但听到奶奶、弟弟，她心口紧了一下："奶奶身体还好吗？"

喻蓝时脸上露出笑容："都是些老年基础病，不打紧，这几年一直跟着我在上海，看病也方便些，只是青措……奶奶总是念叨你。"

喻蓝时后半句话硬生生地吞下去，她很想说如果闲暇时能不能去看看奶奶，可如今的立场，她不可能要求青措能心胸宽广地接纳她们，她今天来就是做好了被泼咖啡的准备，所以穿了件深色的职业装，就算印上咖啡渍也不显眼。

好在目前为止还没被泼。

接下来的时间，喻青措听了奶奶的日常、弟弟的学业以及喻蓝时是怎么创立了公司，结婚又离婚的。

她大多时候不说话，但喻蓝时能看出来喻青措并没有很排斥她拉这个家常，甚至好几次有服务生上甜品打断她们聊天的时候，喻青措还会让她再重复一遍。

程易尘已经把器械都撸过一遍，玻璃门窗内的二人还在聊着，能看出来一开始紧绷着的喻青措有渐渐放松的趋势，她在笑，在凝神认真听。

程易尘快速去冲个凉，换身干净的衣服。再出来时那个位置上已经没人了，他问了咖啡馆的店员，被告知是刚刚离开，程易尘一边往电梯走，一边掏出手机。

喻蓝时公司临时有事，所以两人约了下次再一起吃晚饭，这次聊天没有想象中那么尴尬，但喻青措还是没能迈出去心里那步。

外边夕阳西下，喻青措漫无目的地走在老城区的街道上，路两旁是参天的梧桐树，随着步子挪移，有一下没一下的光影洒在她身上，路边有卖刨冰的阿婆，下象棋吵得不可开交的阿公，背着书包往家走的小学生。

她伸手让弄堂的风穿过她滚烫的手心。

身后不远处，有人也随着她的步调往前走。

程易尘随着她的动作，也伸出手感受风，他知道喻青措一紧张就会手心出汗，以前他总佯装嫌弃她，她闹着笑着偏伸手往他身上抹。他会单手擒住她手腕举过头顶，细细用唇啄她的脸颊。

亲昵的方式毫无章法，但她最喜欢这种亲吻，这种下意识地表达爱意让她眼眶起雾。

他跑神了。

程易尘掏出手机，给陈晔发去消息，让陈晔查一下喻青措家里人，停了下他又补充一条，要尽快。

此时的陈晔正陪着程姿在等着产检。

他们去的是私立医院，做B超的时候，爸爸是可以进去的。

"内膜和孕囊都长得这么好，不要有些可惜了啊。"医生态度温和。

程姿感受冰凉的仪器划过平坦的小腹，她一手攥住陈晔的手心，努力歪头想要看向显示器。

医生提醒："等下会把彩超图片发给爸爸妈妈。"

程姿这才回过头，她看向陈晔，他脸上没有表情，但是眼睛亮亮的，直直地盯着屏幕。

从知道怀孕到现在，她没有问过陈晔的意见，不对，好像从十八岁认识陈晔到现在，她都没太问过陈晔的意见，不过这也不能怪她，因为不管是从前还是现在，无论她说什么，陈晔都只会说好。

她能看出来陈晔眼中有不舍，不光是陈晔，就连她今天看过彩超图片后，身体里的激素也开始飙增，她对着这一团黑乎乎的团子开始动摇。

B超医生再三向他们确认后，才在电脑上开单子，穿着粉色半裙的护士引导着他们去预约明早上的人流。

坐到车里时，程姿看着陈晔轻声问他会后悔吗？

陈晔没说话，侧身帮她把安全带系上。程姿眼神一直在他脸上游走："你是想要这个宝宝的吧？"

他伸手拨弄她额前的刘海，不管长到几岁，程姿在他心目中始终是个小姑娘："没有。"

"你撒谎！"

"真没有。"

"陈晔你实话实说，兴许我会考虑留下这个孩子。"她坐没坐姿，双腿盘坐在副驾驶座，一点孕妇该有的模样都没有。

"好吧，我承认，我有点舍不得。"他打着方向盘出地下车库。

她早就猜到了！臭男人从来不说实话！

"但是如果你不想要，我还是会尊重你的意见。"程姿的身体，他没办法替她做决定，不，程姿的一切他都会顺着她。

瞧瞧这话说得多有水平，拐着弯儿说他想要宝宝！

程姿从小就喜欢逗他，她就喜欢看他隐忍克制的模样。她讨厌虚伪的人！她十八岁那年的生日愿望就是撕下身边人的虚伪面具！所以那次在梧桐树下，陈晔替她解围后，她就突发奇想，她突然很想看看这个沉默寡言，对爸爸鞍前马后的人，真实的面貌是怎样的。

鬼马少女恶作剧般地谋划着这一切！

后来，在一次晚宴上，在人头攒动欢声笑语的餐桌下，她褪掉方头玛丽珍浅口鞋子，赤裸着脚，钻过他的西装裤脚轻轻勾上陈晔的小腿肚……

彼时的陈晔正在认真听老爷子讲他年轻时候创业的事，难得老爷子开心，饭桌上全家人也跟着应和。

冰凉小脚攀上西装裤的一瞬间，他就打了个冷战，他面上没有任何表情，仰头把口中的红酒咽下。

他没抬眼，没对视，气定神闲的模样让对面的程姿没来由地生出一股胜负欲。

她紧紧盯着他的脸，不错过他任何一个表情。

他喉结上下滚动，耳根发红，但面上却是那般毕恭毕敬。

她大脚趾撩起他的西装裤脚，"嗖"地钻进去，像条流离失所的小蛇。

陈晔终于有了反应，他清清嗓子，眼神带着警示意味看向始作俑者。

程姿低下头，叉子卷着盘中的意面，嘴角勾着邪恶的笑意，她就喜欢看老实人出糗，况且她并不认为二十郎当岁就能做爸爸心腹的人能有多老实。

她不与陈晔对视，但脚下动作也不停，突然，一双大掌擒住她的脚踝。

陈晔手上的温度直贴她皮肤，热辣滚烫，她感受着那种酥酥麻麻，身上像是过电流一般让她清醒。

她使了些力，但没能如愿离开，显然力量悬殊，有人不费劲就能让她计划全乱。

老爷子举杯邀酒，所有人端起酒杯一饮而尽，程姿动弹不得，几次试图挣脱无果后，也不敢有太大的动静。

她气急败坏地瞪着陈晔，某人脸上不疾不徐挂着浅浅的笑意，对视间，程姿恼极了！

宴席结束，程老太催促坐在原地不动弹的程姿赶紧离席去休息，程姿就是不说话，咬着牙说自己没吃饱，程老太讲她难伺候极了！平日闹着说要减肥，今日却又说吃不饱。

众人离席后，张姆妈又来催促程姿，只见三小姐突然破口大骂诅咒陈晔。

张姆妈一脸茫然，他俩平日都不说话的，什么时候结上仇了？

镜头慢慢往下拉，只见那三小姐的脚踝被绑在桌角上，那绑脚踝的红绳，还是程老太在寺庙里给她求来的平安绳！那赤脚丫边上只有一只小红鞋，另一只早就不翼而飞！

穿过游廊，后院小花园里，有人一手插着口袋，一手拎着一只单鞋，慢条斯理往房间里走去……

谁知道呢！也许就是从那天起吧，绑住脚踝的红绳，也桎梏住程家三小姐的心！

Chapter 05

"你以后不管什么事都要和我说。"

"以后对我好点儿就行。"

喻青措钥匙刚插进锁口里,喻初一就"喵喵喵"地跑过来,蹭着喻青措的小腿,难舍难分的模样让老母亲包都没来得及放下,心甘情愿奉上猫条。

她赤脚踩在阁楼间的木地板上,另一只手伸长按开落地风扇,一猫一人好不惬意。她搂着喻初一碎碎念时,门外响起了敲门声。

她有些诧异,快速把猫条往前捋了捋,喻初一吃得头都不带抬,她边往门口走边问:"谁呀?"

门那边迟迟没有发出来声音,她手腕刚搭上门把手,门外传来一道声音:"是社区的工作人员,姑娘把门开一下。"

她隔着猫眼看出去,确实是戴着红袖章的居委会大妈,就在她开门的瞬间,对门阿婆的房门也快速合上。

居委会大妈伸头往她房间里看,喻初一闻到有生人的气息,快速往沙发底下钻,居委会的大妈伸手在鼻子前扇风,一脸嫌弃地说道:"有人举报你家宠物晚上叫,来回跑,扰民。"

喻青措看到对门紧闭的房门,心里瞬间明朗,昨晚上初一确实跑酷,但那动静绝对算不上扰民的程度:"阿姨,你也看到了,我就这一只猫,这弄堂里挨家挨户都养狗,那狗的动静不比猫大得多啊?"话外音就是为什么只管猫不管狗!

谁人都不说，偏就揪住她批评，她次次好声好气退步，对门阿婆越来越过分，楼上的狗每天叫个不停，那阿婆都不说什么，偏偏每次都只讲她的不对，这分明就是挤对她！

"那我不管，有人投诉，我们就要来处理协调。"

瞧瞧说得多好听，这阵仗能是来协调的吗？她气不打一处来，一副任由你们协调处理的表情。

"宠物证件有吗？"

她斜靠在门框上，闻言心里有些慌。喻初一就是她捡来的，上班时间又那么忙，她从没让初一出过门，所以心存侥幸，自然而然……没证。

居委会的大妈从她脸上看出来端倪，随即得理不饶人："闹半天没证啊！没证这可不行，现在正在创建文明社区，要积极响应号召，规范化养宠物，你这没证，我们可要扣猫了。"

喻青措一听，瞬间着急了。

程易尘一直跟着喻青措进到弄堂口，上次来这里还是他喝醉的时候，只记得那楼下大门"吱呀吱呀"都生锈了，他觉得这里一点也不安全。

他在弄堂口点上一根烟，准备抽完就走，一个五六岁手持风车的小胖子在弄堂里来回穿梭，大风车在他手心里飞速转动，转出五彩斑斓的光圈，小胖子开心地咯咯笑。

他也跟着勾了勾嘴角，突然，楼顶上传来几声高调，小胖子仰着下巴往上看，他也顺着抬头看，几道尖锐的熟悉女声传入他的耳畔，他眉心一皱，把烟头熄灭，长腿一迈往门洞里走。

小胖子站在原地看了看程易尘的背影，又举着风车跑了起来。

待程易尘上到三楼转身台的时间，喻青措的声音越来越清晰："你敢！你凭什么拿我猫！我要报警！"

另一道声音响起来："姑娘，你年纪轻轻，说话没轻没重的，你现在住在这个社区，就要接受社区的安排，你没猫证，我当然是要收猫了！谁知道你这猫身上有没有什么细菌！"

喻青措横在门前，挡住居委会大妈的身子，不让她往里进。

喻青措面红耳赤："我的猫可干净了，我明天就去办猫证，你现在是私闯民宅！"

"哎！你怎么说话呢！我在这社区工作三十年了，不管去哪家，人家都让我进，怎么你家就进不得！"

眼看着居委会大妈耍无赖，她一点办法都没有，这时候一道声音插进来："就算收猫也是城管收，挨不着社区什么事体。"他一口标准的上海话呛声。

喻青措看清楚来人，一脸的诧异，他怎么这时候过来了！

居委会大妈在片区里见的人多了，她看人先看穿着打扮，面前的小伙子显然不是他们弄堂里的，一身名牌瞧着不简单。

大妈语气上弱了几分："你又是谁？"

"我是谁也不用跟你汇报，猫证我们会自行办理，就算社区不满意也只能规劝，您现在强制上门，到底是谁不懂法？"程易尘三两下就把老太太糊弄住了。

对面门依旧紧闭，但喻青措知道，就是对面阿婆举报的！

眼看着自己不占理，吵闹声也引得楼上楼下挤满看戏的脑袋，居委会大妈悻悻然只得提醒他们尽快办理去社区报备，随后才离开。

喻青措大力关上门，接一杯水一饮而尽，好久没和人吵架，都生疏了！她刚才怎么没想到那么撑对方呢！居委会大妈凭什么收她的猫！

喻初一从沙发底下探出脑袋，跑到程易尘身边，嗅来嗅去。

哦，对！屋里还有个大活人！

她转身看向他："你怎么来了？"

程易尘把初一抱到怀里，小没良心的在他怀里咕咕翻肚皮："来帮你吵架，喻青措，我看你就是窝里横，成天在我跟前妙语连珠，一到关键时候说不到点子上。"

喻青措放下水杯，快步走到他跟前，一把将猫夺回去："关你什么事，赶紧走吧。"

他屁股沉，坐在沙发上就不起来："你就这么对你恩人的？"

"呸！"她佯装啐他。

程易尘没躲，表情回归严肃："对门老太太举报的？"

她睁大眼睛："你怎么知道？"

"这还用猜吗？"上次他来，那阿婆就跟查户口似的，眼神一直在他身上游走，加之喻青措提起过几次那阿婆睡眠不好，稍有动静就来敲门，联系以上种种不难猜出来。

喻青措松开手，喻初一趁机跳下来，又回到程易尘身上，显然，它对这个外来入侵者很感兴趣。

喻青措垂着脑袋，像是斗败的公鸡："她明显就是冲着我来的，跟喻初一没关系，就算我明天办了猫证，她还是会各种举报，我现在上楼都小心翼翼，就这她还是不满意！"

他双手交叠在脑后，听着她的抱怨，想了想说道："那你怎么不搬家？"

"在看房子了，可是一直没找到合适的。"搬家太难了！

眼看话题引到了他想要的节骨眼上，他继续说道："那你可以先回庆福路住。"

有人猛地回头。

程易尘："瞪我干吗，我好心帮你出主意的。"

"那你怎么不回去住？"

"你想让我回去吗？你想我就回去。"他模样痞里痞气往她脸上凑。

喻初一横亘在二人之间眯着眼睛甩尾巴，太舒服了！太舒服了！被大手顺毛就是舒服一百倍！

喻青措没想到他猝不及防地靠近，赶紧又转回身子："我管你回不回！"

程老太准是听了败兴种的墙根话，第二天一大早，喻青措的手机就响个不停。

彼时，喻青措正蹲点在直播间，等处理完手头上的事体，才回拨过去，一瞧，已经中午时分。

"青青，先收拾几件常穿的衣服回家住吧。"

有小妹询问她包桌餐标事宜，她捂着话筒回话，待说完后才又把手机贴在耳朵上："奶奶，怎么了？"话说完，她才想起来昨天的事宜，要不提，她差点就忘了这事。

"你心真是大！我都听易尘讲了！"程老太一着急满口上海话，尾音拖得长长的，"不管怎么样，这几天你先回来，听话，不然我都不敢想，昨天真动起手来那可得了？"

什么动手？昨天就算吵得急头白脸，那也离动手差得远。

见她不说话，程老太继续妙语连珠："弄堂人多，什么人都有，居委会的那帮子只会和稀泥，对门再住个天天盯着你、提防你的人，我听完心都提到嗓子眼了，你赶紧回来，不行我派车去接你好了伐。"

"别别别。"她赶忙叫停，再聊下去，估计这个班都不用上了，现在就能把她带走。她隐约觉得老太太如此紧张有些反常，于是她略施小计，单纯的老太太就原封不动地复述了一个更惊险的故事版本。

砸门，夺猫，推搡，变态邻居，冷漠路人，和被排挤的她。

所有人物倒不增不减，只是情节严重好几个度。

"听奶奶的，赶紧回来住！添一碗饭一双筷，我还是养得起的！"说完，程老太就霸气撂下电话。

喻青措瞧着黑掉的屏幕，一下子就想起来中间那传话的人！她想都没想直接拨过去，没等那边说话，她就先说道："你跟奶奶说什么了，你老吓她干吗！"

那边愣了一下，随即说道："青措姐，是我，谢可，小程总现在在开会。"谢可隔着玻璃门看向正倚靠在老板椅上的程易尘。

喻青措尴尬一笑，随即客套几句挂断电话。

刚才中途，谢可进去送咖啡，听到里边唇枪舌剑，而自己的老板抿唇一句话也不说，一脸没睡醒的架势，临走前还把手机递给她，要她充电。

严格来讲，老板的电话是不能随便接的，可是打来电话的备注是"青阳辣"，她以为是下边的供货商，哪里想到自家老板会这么给老板娘起名字的！这不好说，到底是浪漫还是独属于二人的小情趣……

见有人进来，谢可赶紧问陈晔总监在哪里？她自己真应付不来。

来的同事放下文件："陈总监请假了，今天一天都不会来了。"说完便离开。

谢可心里感叹，这可怎么办，没了陈晔这个主心骨，等下要怎么面对里边的爷。

陈晔一大早就到程姿楼下，等了好一阵子，她都没有下楼，他只得上去接应。

她房门上有他的指纹，是她当年出国临走前给他录进去的，说是要他帮忙打理房子。

他来之前两人明明已经约好了时间的，客厅里没人，楼上房间没人，厨房、厕所都没人，他眉头皱紧，掏出手机准备打电话时，瞥一眼楼上房门半掩着的小杂物间，他没有一丝犹豫地直接走过去。

他知道的，她心情不好的时候，就会待在这里。

果然，一推门，程姿正坐在一团杂物中忙碌，她看起来很忙，但完全不知道在忙什么。

程姿看到陈晔进来，一点也不惊讶，招呼他坐，这里边看起来无从下脚，他捡起各种各样的纸片铁盒，勉强腾出来一个空地坐在她对面。

她挺念旧的，上学时候的东西都没有扔，课本、小字条、信件、同学送的小挂件，去国外时在大街小巷上买的纪念品，桩桩件件都是回忆。

她拿着浅草寺求来的雷门御守，在陈晔面前晃了晃："知道这是什么吗？"

陈晔看了眼时间，老实巴交地说："不知道。"

程姿瞪他一眼："这你都不知道，呆子。"她继续慢悠悠地整理东西，陈晔不是想要打断她，可是这样子下去，二人是铁定赶不上预约的手术。

他从她手里接过御守，认真看了看说道："是后悔了吗？还是……害怕？"

程姿手里突然没了东西，肩膀也跟着颓下来，假装忙了一上午，在这一刻被人看穿后，情绪突然瓦解。

她瞬间红了眼眶："我突然感觉我好自私。"

她当初不顾家里人的反对，突发奇想地结婚生子，现在明明喜欢的人就在眼前，却一直不愿意正视自己的需求，一味地压抑自己，她感觉自己的生活就是一团乱麻，没有人可以替她做决定，她好想躲在谁的肩膀上哭一哭。

陈晔习惯了她情绪的波动，不慌不忙地从身后抽出纸巾擦拭她的眼泪："不是的，你非常好。"眼看着口头安慰起不到效果，他拢着她后背往自己怀里拉，让她下颌紧贴自己的脖颈，手掌心在她后背摩挲，试图缓解她的紧张不安。

他能感受到滚烫的眼泪往他肩膀上砸，感受到程姿情绪渐渐稳定后，这么多年来，陈晔第一次替她做了个决定："别害怕，剩下的事交给我。"

程易尘开完会出来，脑仁儿嗡嗡疼，董事会一帮老古董竟然内讧起来，吵得不可开交，真是活见鬼！他越发觉得得尽快拿到老爷子手头的股份，等到那会儿他就不必听这些废话。

小助理谢可见到他，一副见了鬼的模样，打了个冷战。

这助理来这儿已经几个月了，还跟呆头鹅似的！见他像见了活阎王，他一屁股坐在办公室的位置上："陈晔呢？"

"陈总监请假，今天不来。"

陈晔来公司这么久，请假的次数屈指可数，就算有事也是忙完就回来了，今天这种情况倒是难得一见，他隐约想起来点儿什么……

谢可见状赶紧递上手机："哦，对了，小程总，上午华泰老板打来电话约您看地，我已经帮他登记时间，还有蜀岳楼的老板致电想和您洽谈直播供货的事。"

说话间，程易尘已经拿到手机，他解锁看到最近通话里三五个已接电话，里边夹杂着"青阳辣"。

他坐直身子，无视谢可的汇报："喻经理打电话说什么了？"

谢可站在原地，抬眼看着西装革履、一身名牌高定的财神爷，几度张嘴试图还原真实场景："青措姐说……说你给奶奶说什么了！"

显然，她还原度很逼真，音调都起得一样高！话音一落，她就后悔了，她怎么敢这么跟财神爷讲话的！

谁知，程易尘嘴角一弯，身子往前坐了坐："她真的这么说的？很生气吗？"

啧，谢可现在笃定她的老板有受虐倾向，她点点头。

程易尘摆摆手叫她出去，谢可麻溜地走了，她今天竟然大声给老板说话了！感觉还不错！

喻青措又忙完一阵儿，接到程易尘电话的时候，气不打一处来："干吗！"

"吃炮仗了？"

"有话说话。"

"看来你真吃炮仗了，青措。"他一点也不恼，一副欠揍的语气。

喻青措佯装挂电话，程易尘赶紧示弱："还生气呢？我不说严重点儿，你能愿意回庆福路吗？"

她就不明白了："你老想着攀扯我回庆福路干吗？"

"我不光想攀扯你回庆福路，我还想跟你结婚。"他说话轻巧极了。

"又来！"她又想到出差那几天的暴风雨，整个人脸颊红透。

但话说回来，弄堂确实不宜久留，搬家迫在眉睫，可是看房子这种事，不是一周两周就能敲定的，地段、费用、人工，这都要好几天来衡量。

正当她沉默思考时，办公室有人推门而入，前台小妹着急来传话："姐，你怎么没接电话？"

她正在打电话，可能是占线，她还没来得及解释，小妹接着抢话，脸上严肃又凝重："前台来了个中年男人，他点名要找你，说是你父亲，还嚷嚷着说你不下去他就叫媒体过来！"

喻青措猛然间想起喻蓝时前几天给她的忠告，不用想就知道是怎么回事！她赶紧站起来往外走，顾不上程易尘在电话那边叫她名字，也没时间解释，径直往楼下跑。

在喊了第五遍喻青措的名字后，电话被直接挂断。

程易尘低骂一声，拿上车钥匙就快步往电梯方向走去。

现在不是饭点，食客不多，喻青措一路小跑到前台处，果然看到一个男人背影，一时之间五味杂陈……那人佝偻着脊梁，比以前更瘦了，头发花白，挽到手肘处的敞口衬衣松松垮垮挂在肩头。那人听到动静后也转身。

喻青措感觉全身的血液都往脑袋上走，她喉咙被紧紧遏制住，她甚至忘记呼吸，忘记去做表情管理，来的路上她想过，她现在长大了，早就不是当年那个任人宰割，任人拿捏的喻青措了，她可以独当一面了。

可是她错了，当这一幕，当这个人再次出现在面前时，昔日的画面再次涌现，全部暴露在阳光下。

那年，她哭着喊着说自己会听话，她说她会好好学习，她说她不再和弟弟打架，她说她每顿都只吃一点点，保证家里粮食够用，她求爸爸千万别把她送走。

她想起来了！地里青草香，山头化粪池的味道，河里鱼虾的腥气，山间地头老式拖拉机散发出来的汽油味道……所有的一切的一切，她都想起来了。

回忆的味道先一步击垮她，她步子沉得迈不动，那佝偻的背影转身，穿过人群对上她的目光，那人笑着叫她的名字……

程易尘赶到的时候，人员已经转移阵地。

前台小妹给他指路到会议室，他火急火燎迈着步子就往楼上走，可走到一半，他脚步慢了下来。那天让陈晔整理的资料，他已经看过了。喻华明，男，五十六岁，没有正经工作，在当地也是出了名的游手好闲之辈，不良嗜好就是赌，为此家底已经被掏空。

以他对喻青措的了解，她定不愿他插手此事。他想通之后，掉转方向，往喻青措办公室走去。

会议室内，十几年没见的父女俩隔着三人距离，面对面坐着，她双眸垂得低低的，满脸的倔强，不与他对视："说吧，来找我干什么？要钱没有。"她开门见山直接说道。

喻华明不怒反笑，笑起来牙齿上常年吸烟留下的牙泽尤为显眼："你长这么大还是没变啊，说话跟你妈一样冲，我找你能干吗啊？我不兴来看看我姑娘了？"

"你说什么都好，别提我妈。"

"哟，脾气倒是见长啊，我刚听到他们叫你什么来着？喻经理？都当上经理了，过上好日子就忘了你爹我了？跟你姐一样是白眼狼！"

喻青措内心绝望，这就是她的原生家庭，纵然她拼尽全力向上摸爬滚打，可一见到喻华明，她整个人就又被打回原形，身上的光鲜亮丽一同被夺走。

她痛恨他、厌恶他，身上却又流淌着和他一样的血脉，这让她感觉到不安。

喻华明四下打量着会议室，身子往椅子上一靠，像在自己家那么舒坦："本来想跟你叙旧呢，我看你也没这个心思，那我就直说了，当年生你养你也是费了我不少钱的，说白了，没有你这个爹也不可能有你，一百万，给我一百万我就不缠着你，以后我们父女俩的情分一笔勾销！"

果然，五分钟不到，就有人坐不住了，虚伪面具也被自己揭下来，喻青措觉得可笑极了，只是她不知道该笑自己只值这个数，还是该笑这该死的局面。

"我哪里能拿得出一百万？喻华明，你想太多了！我一分钱都不会给你！"喻青措拍桌子站起来双手叉腰，怒目圆睁瞪着面前的无赖。

喻华明瞬间翻脸，泼皮无赖什么都不怕："不给？不给你就等着我闹吧！别以为我不知道你住哪里？老子生你下来，又想办法给你送到有钱人家过舒坦日子，你还有什么不知足的？你感谢我还来不及！要不是我，你还不知道在哪个山沟沟里种地干活呢！"

"你再大喊大叫，我就叫保安了。"

"你叫啊，正好我也让饭店的人看看他们堂堂正正的经理，竟然是个不养自己亲爹的白眼狼！"

在刺耳的叫嚷声第三次传到程易尘耳朵里的时候，他终于坐不住了，起身就往会议室走去，他神色严峻，步子迈得又大又急。刚才说好不过多插手她家事的，可现如今他是一点儿也记不住了。

到阶梯处，一个身影先一步从侧面跑到他前面："不好意思，借过！"

擦肩而过的瞬间，程易尘就看出来她是谁，喻蓝时，她怎么会在这里？

会议室门没有锁，喻蓝时按着前台小妹的指引，径直跑进去，她接到喻青措电话的时候就预感不妙，没来得及跟助理交代，就往这边赶来，原本干练的发髻在上楼梯的途中也松散些许。

她大口喘着粗气，双手撑在办公桌上，死死地盯着喻华明。

喻华明起先有几分意外，随即又回归吊儿郎当的模样："哟，没想到我们父女三人能在这个时候相见啊，这场景真是我做梦都不敢想。"说着话，他就要掏出手机来拍照，无赖模样挥洒得淋漓尽致。

喻蓝时懒得和他废话，看清楚喻青措无碍后，直接上前去抓喻华明的胳膊："跟我走，别在这儿丢人现眼。"

喻华明一把挣脱开喻蓝时的手，用力拉扯间，喻蓝时穿着高跟鞋一歪，她顿时跪坐在地毯上，喻青措见状赶紧上前搀扶，门口处程易尘快步走过来拦在喻华明面前。

喻青措的愤怒值到达顶峰，她忍无可忍，直接上去就要撕拽喻华明，她此时已经顾不得什么颜面，顾不得程易尘还在场！

叫他看清楚也好，这就是她破烂不堪的童年，这就是她爬满虱虫的原生家庭，她双眼通红，一把擒住喻华明的胳膊，她不知道从哪里来的力气，扯拽住喻华明的衣领，另一只手朝他身上抓挠，铆足了劲去捶打他。

尖长指甲划破皮肤，喻华明痛得直喘气，回手就要朝喻青措脸上甩巴掌，手臂还未落下，就被手疾眼快的程易尘拦住，反手将他按住。程易尘倒是没敢用力，于情于理……这也是他未来岳父，咳。

"打人了！打人了！不孝女联合外人要打死自己亲爸了！"喻华明被按在桌子上还不老实，表情狰狞，都变了模样。

程易尘按住他的手臂又多了几分力，喻华明龇牙咧嘴不敢再吱声。

喻青措头发披散在肩头，长指甲隐隐渗血，保安在这个时候闻讯赶来，同时赶来的还有后厨的小梁。

早在喻蓝时走进程记的时候，小梁就认出了她，于是跟在保安后面一起上楼。

小梁很有眼力见儿地搀扶起喻蓝时，喻蓝时低声说谢谢，目光并未在他脸上有太多停留，等到小梁轻声提醒，她才发现自己手肘有好几处擦伤。

喻蓝时拒绝了小梁的帮助，站起来撩撩头发，拍拍身上的灰尘。临走前，喻蓝时叮嘱喻青措："以喻华明的性子，他定不会就这么结束，如果不介意，最近还是先换个住的地方，先住我那边好吗？我们相互还能有个照应。"

喻青措看了眼被保安赶走的喻华明，心里说不出的滋味。今日闹得这般难看，她确实需要换个地方避避风头，可是喻蓝时住的地方离自己上班地点太远不说，这突然拉近的关系让她浑身不自在。

还未开口拒绝，有人便抢先一步替她答复。

"没事的，青措这几天会回老宅住下，奶奶已经帮她安排好房间了。"

喻蓝时这才把目光移到程易尘的身上，她当然知道他是程记接班人，今日见他如此护着小妹，心里跟着宽慰些许，看来程家人对青措也是挺好的，悬着的心也放下来："那好，青措，有事和我联系。"说完便离开。

小梁看着喻蓝时离开的背影，心里五味杂陈的，她终究还是忘了他……

回到办公室，喻青措才发觉自己浑身战痕，细高跟也断开，报废一双品牌高跟鞋，指甲缝里还在渗血，披头散发的，衣服领子也敞开着。

她注意到程易尘目光游走在她敞开的衣领处，没好气地伸手拢了拢已经惨不忍睹的衣服，登时想起来什么，又忽然抬眼："谁说我要回庆福路住了，干吗又替我做决定！"

"你到底是烦我，还是烦有人插手你的人生？"

"有区别？"

"区别大了！"程易尘也窝着火呢，"你遇事从来没想过寻求我的帮助，从来都是想要自己解决，要不是我今天跟过来，你想怎么样？再跟你爸打一架？"

"别提，他不是我爸！"

横挑鼻子竖挑眼之际，门被推开，陈晔提着小型医药箱，目光扫视一圈开口道："看看这里边有没有用得上的。"

见着有人来，喻青措下意识地躲了躲，程易尘察觉到她不舒服，直接提过医药箱："行了，你先出去等，给我就行。"他接过箱子就赶陈晔走，转身气全消了。

他倒是想得明白，喻青措这模样见他不躲，见陈晔却躲起来，这说明什么？说明她心里下意识还是跟自己更亲近，想到这儿，他火气也消了几消。

喻青措实在看不明白，上一秒还扎着架子要吵架的人，这一秒脸上又带着臭屁的笑容："你干吗笑得这么突兀？"还怪吓人的。

程易尘没理她的问话，自顾自地拉过她的手，从箱子里翻出碘伏，拧开盖子准备帮她消毒："老实点，别动，我可是第一次帮别人上药，旁人这辈子都没这待遇。"

喻青措瞪他一眼，但也没再继续挣扎。

不置可否，遇到她之后，这位爷确实改变很多，以前眼高于头顶的人，现在也能蹲下身子给她系鞋带，虽然嘴上从不饶人，但大小事都顺着她来。

他小心翼翼地用棉签擦拭着周围的淤血，精雕细琢的模样让她眼眶发酸。恰到好处的分寸，他不多过问刚才的事宜，不会给她带来不适，只会在关键时候出手，她必须得承认，她的心跟着跳动。

觉察到氛围微妙，程易尘朝她手指尖吹气，柔声说道："青措，我想你生活得更好一些，我不想你过提心吊胆的日子，眼下的境况你也看到了，弄堂实在不是一个好的居住环境，今天的事动静这么大，就算我不与老太太说，老太太早晚也能听到风声，她常讲你就是她没有血缘的小孙女，你舍得她替你担心吗？"

他温热的唇齿吹出的气息，撩拨着她的心弦，她人跟着酥酥麻麻，脑袋瓜子的转速明显跟不上趟，她垂下双眸。

程易尘继续靠近："好吗，青措？回来吧，就当是为了自己的安定生活，嗯？"

鬼使神差间，喻青措耳畔刮来阵阵空调凉风，带动的发丝一下一下刮着耳畔，她小幅度地点点头。

程易尘嘴角扬了扬。

傍晚时分，喻青措的全部行李先她一步抵达庆福路，这时她甚至还没有下班，程老太抱着喻初一，指挥着搬家公司的人往楼上整理东西。

　　喻初一倒是讨人欢喜，在老太太的怀里悠闲地甩着大尾巴，时不时双眸看着老太太喵喵叫，程老太心都化了，一直对着喻初一讲"猫猫受惊吓了哦"，模样像极了在跟不懂事的小孩子说话。

　　程易尘在单人沙发上处理工作上的事宜，纵使今天忙到脚不离地，但他还是在某人点头的瞬间，就叫陈晔去联系靠谱的搬家公司。她皱眉问他有这么着急吗？他挂了电话一脸轻松的模样，说"有，当然有，省得有人下一秒再反悔"，夜长梦多的亏他可吃了不止一次。

　　喻青措下了班，还像往常那样上天桥去路对面的地铁站，一时之间惯性使然，走到一半猛然间想起来，庆福路是在相反的方向，这才又折回去到公交站台前。

　　庆福路晚上灯火通明，拐进路口，两边都是citywalk（城市漫步）的年轻人，在弄堂里常年和阿公阿嬷相处，突然之间喻青措还有些不适应，大学之前还没有citywalk这个概念，但这条路也是出了名的游客聚集地。

　　法国梧桐，昏黄路灯，上个世纪流传到现在的小洋房，再加几家网红餐馆，来往的文艺青年络绎不绝。

　　是程老太来开的门，尽管这几年喻青措不愿多提喻家的事，可程老太始终和青措奶奶保持联系，今天下午刚和老姐妹通过电话，听闻今天的事体，程老太心里七上八下不是味儿，这孩子当真是受苦了。

　　程老太拉着青措上下打量，叮嘱以后有什么事千万不要自己硬扛："凡事多和奶奶讲，再不济给易尘说，他总归是家里的男丁，能帮上忙的。"

　　今日之事她本就惊魂未定，老太太这么一宽慰，她心里泛出酸楚之际，泪腺差点决堤，程老太拢住她的手夸她是好孩子，探出身子朝她身后看："怎么败兴种没去接你？"

　　本来他说了要去接她的，但她说什么都不肯，再加之程易尘临时回总部处理点事宜，就没再坚持，庆福路离饭店只有几站路的距离，一路上都是人员密集的地段，任喻华明再大胆也不敢一天之内闹两次。

"没事的奶奶，这么大点儿路不碍事的。"

二人往客厅里走，刚走上几步，她就听到一记熟悉的声音："你怎么连这么简单的古诗都记不住？我昨晚上不是已经帮你预习了吗！"是大伯娘方琳的声音。

程老太贴着她耳朵解释，小胖子新学校离庆福路近，这几日放了学都是在庆福路吃完饭写完作业再回家。

喻青措闻言点点头，程老太说蒸锅上还在炖着盅，要去看看，要喻青措先上楼休息休息，等下下来吃饭，喻青措说自己不累，也跟着往厨房里走。

说好听点儿，是庆福路附近的小学好，再说直白点，方琳跟程北至已经打好算盘珠子，这老爷子指不定哪天断气，现在两人都搬出来住且在饭店里没有任何股份，说到底太被动，给小胖子转学也是为了离程家更近一些，能时刻盯着些动静。

方琳侧身往外边看，眼睛滴溜溜地转。喻青措正掀锅，身后声未到笑已到的方琳便开口："青措丫头回来了啊，现在是越发出挑了。"

蒸锅是大口径的锅，胀起的烟雾直扑面颊，盅里的汤汁香气瞬间扑鼻而来，烟雾氤氲间，喻青措笑着回应，再怎么说也是小厨房待过的，她从冰箱里抓一把枸杞，熟练地往盅里添，方琳倚着门框说她漂亮能干，指定能嫁个好人家。

她一句也没回，方琳光是一张嘴就能满场说，张姆妈洗着黄豆芽说要再做一道毛血旺，这川菜是囡囡最爱。

话毕，厨房里有短暂的平静，蒸锅上发出滋滋的水雾声，张姆妈一向很得意这个蒸锅，说现在上海大街小巷都难得找出来这种铝锅，老物件了，一起锅能布满全场菜品。

小胖子不知道什么时候沿着门框冒出来，黑着脸，一脸不情愿。

方琳推搡叫他把古诗再默一遍，小胖子讨价还价嚷嚷道："老师只让背下来，又没说默下来！"张着嘴就又哭起来。

方琳嫌烦上手就去推搡程一谱，叫他出去哭。

蒸锅还在滋滋冒着热气，腾起的雾气有一人多高，程一谱一个没站稳，朝着锅边倾倒过去。

离程一谱最近的就是喻青措，她手上一紧，下意识地就一把拽住程一谱。

接下来，整个庆福路都能听到方琳的尖叫声和众人的惊呼声。

等到程易尘回来时，迎面和家庭医生打了照面，药箱里散发出淡淡的青草香，他闻出来那是烧伤药膏，他小时候皮，没少用这个药膏，对这个味道格外敏感。

他预感不对劲，眉毛皱了皱，边走边解开衬衣袖口往手腕上挽。

正厅里，张姆妈给喻青措涂着药膏，嘴里喃喃道："那是厨房，你们母子俩在那里吵什么，今天要不是青措拦着，底锅里的热水浇灌到程一谱身上还得了！"

有人眉毛皱得更紧了，一步上前，一把将喻青措的手臂拽过来，嫩白的腕子上有一处不大不小的红痕。

他听明白了！又是方琳！他强压着怒火扫视正厅在座的人，最后对着喻青措说道："跟我出来！"

张姆妈叹口气，这下又有得闹了！作孽！

喻青措压根儿不知道程易尘是什么时候站在她身后的，她被突如其来的人影吓得一哆嗦："哎哎，干吗呀？"

事发突然，她是下意识地去拽程一谱，虽说她对这对母子没什么好印象，可在风险发生的一瞬间，她评估了下，这一锅滚水浇在程一谱身上，后果不堪设想。

她手腕只是擦着锅沿，根本不碍事的，是家里草药用完了，张姆妈再三劝告，才让家庭医生跑一趟腿脚的。

倒是这二世祖突如其来的脾气，着实吓她一跳，她被拽着手腕到客厅正中间，这阵仗惊得所有人都看向他。

154

他朝着程老太开口："如今这庆福路也是不如当年啊，还要喻青措给做保镖的！"

程易尘声音不算大，但有十足的震慑力，起先喻初一还扬着尾巴这里闻闻那里嗅嗅，此时也被吓得往沙发底下钻。

喻青措赶紧去拉他："你别发疯了，不打紧的。"她声音小，是怕其他人听到，可这到了程易尘耳朵里听起来像是胆怯求和。

程老太赶紧跑过来："你又说什么疯话呢！一回来就不得安宁哟！医生说了，不打紧的！"

"你要真嫌家里人手不够，跟我说啊，用得着给她叫回来？"

程老太这才听明白败兴种话音，她嘴巴几张几合，喻青措撇开他的手："不是奶奶，你别朝奶奶发脾气。"

这一闹，人都跟着没有食欲，程易尘不由分说就拉着喻青措往外走，他步子大，惹得身后人要一路小跑才能跟上他的节奏，一直穿过长廊到花园里，他才停下步子。

这也不好讲，她知道程易尘是向着她，怕大伯娘又给她使绊子，这不怪程易尘，毕竟从小到大，这样的场景，他们一起经历过无数次了。

程易尘自顾自地点烟，腮帮子都凹陷进去，她坐到秋千上荡漾，这秋千是从小伴着他们长大的玩物，吱吱呀呀。

月光柔柔，今晚倒是凉爽，待他抽完一大截时，她小声开口："真没关系的，事发突然，顺手的事。"她在职场上工作这么多年之后，才发觉有时举手之劳能避免一场撕破脸的战争，其实是很划得来的，树敌才是最傻的冲动。

程易尘"喊"她一声，拉过一把椅子坐在她跟前，伸手扯了扯秋千，让秋千停下来，他双手抚上她秋千座椅："你不用说，我也知道今晚上会是什么情境，方琳自始至终有歉意吗？她无非是惧怕我闹一出，你以为我不知道她为什么舍近求远地把小胖子调到庆福路附近的学校？"

喻青措嘴巴微微张开，明媚的双眸在月色里散发着静谧。都说程易尘是玩心大的二世祖，却无人说他傻，他生活在这人心隔肚皮的庆福路，某种程度上和她一样都拥有着察言观色的本领。

他攀附上她脸颊，她往后挣了挣，但那双大手强势地桎梏住她的脖颈，他拇指摩挲着她双唇，动作实在算不上温柔："你知道的，青措，我见不得你受委屈。

"从小，你在大伯娘那里受委屈，都会跑我这边哭鼻子，起先我是看不惯大伯娘，找借口给她添堵，可时间久了，不知道从哪天开始，你的痛苦也是我的痛苦。"

他的腿大剌剌地张开，一手拽着秋千绳将人往自己身体上引，二人之间，近到她能闻到他身上淡淡的薄荷气，夹杂着雪茄香，她知道总部有间雪茄室，他抽不惯雪茄，奈何商界合作的大佬喜欢，有些事他必须亲力亲为。

他太忙了，忙着从上一场会议里抽身，只为了回来瞧她一眼，等下他还要再继续陪第二场。

陈晔的电话第三次打来，他不接，但也没有挂断，出来前他招呼陈晔顶着，他终究不放心家里的事体，可今晚上还是撞见这样的画面，他不能时刻护着她。

她能听到他口袋里手机的响动声，在这安静的月色里嗡嗡，让人想忽视都忽视不得。

她被他撩拨得软下身子。

"青措，我想有个自己的家，我想你出现在我的家里，再见之后，我在你面前说过太多次想和你结婚，我不知道你有没有考虑过，但今晚上你必须考虑，我要你，只能是你，况且我不信你对我没感情。"

他说完不给喻青措反应，捧着她脸颊凑近……

喻青措躺在庆福路二楼的床上，依旧觉得不真实。

熟悉的室内摆设，熟悉的天花板，熟悉的绿植，熟悉的阳台，她辗转反侧难以入眠，刚才在花园里，她平静地接受了程易尘的吻。

说不上是排卵期的驱使还是自己内心声音的呐喊，总之，她没有拒绝。印象里，他们接吻的次数并不少，但那时候的程易尘总显得很是急躁，青春期使然，让他总是急于探索下一步，显得没有耐心极了。

黑暗中，她伸手摸索出枕头下的手机，突然的亮光让她眯着眼睛去看屏幕。

已经凌晨一点了，入睡再次失败，从科学角度来说，下一个困觉周期会出现在两点十五分左右。

她脑袋里有爆炸的烟火，她划拉着社交平台，再次想起程易尘朋友圈里那张被删除的照片，她确定那就是她的大学校园，按时间线推断的话，他中间是有回国来看过她的……

正梳理时间线，她听到有脚步声从她门口路过，短暂停留后，一墙之隔处传来关门声。

她和程易尘共用一个阳台，玻璃门推开出去转身就是程易尘的房间，两间卧室几乎是一模一样的布局。夜里的声线被放大，她滑动手机的食指愣在半空中，看样子有人今晚也睡庆福路。

尽管知道那人没有隔墙的千里眼，她还是把手机锁屏。

今晚上从花园里回来后，程老太叫住她，欲言又止的模样，她已经猜出来程老太想问什么。

大家都知道程易尘脾气不好，但在场所有人包括张姆妈都能看出来，程易尘那护着她的模样真真不好讲。怎么看怎么像八点档泡沫剧里护着女主角的痴情郎。

程老太一挥手说算了，改天还是她来问败兴种好了，喻青措是她眼皮子底下长大的姑娘，她观念里没有门当户对的想法，加之败兴种的性子，她总觉得有人能瞧上程易尘就得给菩萨磕头上香的程度。

可她终归只是程易尘奶奶，中间还是隔着个当妈的，至于李茹怎么想……她就不得而知。

喻青措不知道几点睡着的，睁眼感觉没睡饱，还是有些贪床，她仍旧闭着眼睛，忽然感觉有毛茸茸的触感轻扫过脸颊，不用想一定是喻初一，她皱眉伸手轻推，但并没有感受到喻初一的存在。

不久之后又有人戳了戳她的肩膀，她这才觉察不对劲，睁开眼，程易尘正穿着黑色睡衣站在她床前，应该是刚洗过澡，头发还半干。

她睡意一下子被吓没了，取下眼罩"噌"地坐起身："你进我屋干吗！"

大早上的还没开嗓，说出来的话沙哑带着腻人的腔调。

程易尘用毛巾擦拭着垂下来的头发："我就是来提醒你一下，距离你的回复还剩十二个小时。"

神经！简直是神经病！

她有些起床气，掀开薄被下床就去洗手间洗漱，洗脸刷牙结束后再出来，程易尘还没走，正用着她的吹风机吹头发，见她出来，他放下吹风机。

她瞪了他一眼："你怎么还不走啊？"她现在人清醒大半。

"想好了吗？"他答非所问。

"我能问为什么这么突然吗？"她有些不明白，他刚回国之时整个人都是带着恨意出现在她周围，她不相信程易尘能这么快不计前嫌。

他坐下来，不打算瞒她："实话实说吗？"不知道为什么，他人也跟着紧张起来。

"老爷子要给我股份，但前提条件是要我先成家。"

喻青措瞬间气不打一处来，合着这么久以来，是把她当筛子打呢！她顺手拿起身边的小毛巾丢向他："免谈！我不当傀儡！更不当挡箭牌！"

好家伙，算盘珠子打得叮当响，算计到她这里来了！

程易尘伸手接过毛巾，上边还有凉凉的水渍和她身上的香气。倘若今日不说明白，日后他们俩定会因为这事吵架。

"你先别着急，听我说！"

喻青措已经走到门口，又折回来，她倒稀奇了，这败兴种接下来会怎么解释！

"喻青措，我喜欢你，我不信你看不出来这一点？我不想结婚也是事实，但如果是和你结婚，那我可以接受，况且眼下我结婚又能拿到股份，我为什么不能和你结？"

喻青措刚想打断，他起身把她拉过来："你先别说，你听我说，"他继续，"我不觉得你能找到比我更好的人。"

瞧瞧这人多自恋！说得多冠冕堂皇！

她一句也不想听，站起来就要走，程易尘不松手："你属兔子的？你老跑什么，我话还没说完。"

"你说的是人话吗？"她一句也听不下去！

"你要是不喜欢我，为什么不说出来李茹跟你说什么了？"他私下都不愿叫李茹一声妈，毕竟他也没能从李茹那里感受到一丝母爱。

这话倒是让急着跑的小白兔停了下来，她嘴硬："因为没必要。"

很好！有人在无声无息间已经着了他的道，上了他的船："所以李茹真的和你说了什么？"

他双眸深深地看向喻青措，她的每个细微表情他都不愿错过。上次他就觉察不对劲，他妈一定是和喻青措说过什么，但他怎么问她都不肯开口。

意识到自己说漏嘴，她手心攥得紧紧的。她的沉默已经能说明一切。

程易尘双手摆正她的肩膀："是她要你和我分手？"以他对喻青措和李茹的了解，这简直就是女魔头和灰姑娘的翻版故事，李茹说话向来不显山不露水，定不会直白地让他俩完蛋，一定是从更高的层面压制她。

喻青措能看到程易尘眼睛里带着的怒火，这个时候她才恍然大悟，什么合同，什么先成家，目的就是为了套她的话。

贼得很！

李茹回国有一阵子了，除了会会老友，大多时候都赋闲在家，前半辈子太忙，这眼见退休的日子她决定慢下来。

接到程易尘电话邀约时，她又意外又震惊，没多想就到了附近的咖啡厅。

母子二人见面的次数本就不多，这么单独相处更是一个手就能数过来，咖啡厅里边，程易尘早就静候多时。

李茹拉开椅子坐下来，笑意爬到脸上："吃过饭了吗？"现在是下午时分，她问了一句没营养的废话。

程易尘点点头，不打算拉家常，他开门见山直接说道："我要结婚了，和青措。"

这组大喘气的倒装句让李茹一愣，随即又笑道："谈多久了，怎么没跟我说呢？"

"谈多久你不知道吗？"他手指把玩着打火机，烟瘾上来这一刻，憋得心里堵。

"我怎么会知道呢？都说女大不中留，依我看，儿子大了也是不中留的。"

他把面前的咖啡一饮而尽，并没有打算过多停留："行了，我今天来就是跟您知会一声，仅此而已，公司里还有些事，我就不多留了。"

"站住！"李茹声音不算小，一心急什么模样都表露出来，"你爷爷奶奶也同意这门婚事吗？"

"我跟谁结婚，不用跟任何人交代。"

李茹脊梁微微颤抖，尽管程南风提醒过她很多次，不要过多插手孩子们的事体，她也确实有听进去，可短短几日竟传来这样的消息。

"你们之间的差距太大，终究是不会幸福！"她现在终于明白她儿子为什么不在家说这件事，偏偏选一个公共场合，小兔崽子要的就是她颜面尽扫！

"那你和我爸呢？当年你们差距不大吗？"

"就是因为如此！我才执意不想让你们在一起，我受尽苦楚与白眼，多少人背地里是如何议论我的，你保证那姑娘能和我一样抵抗住这些闲言碎语？"她此刻有些崩溃，"如果你真的爱她，就不该让她跟你承受风言风语。"

李茹当年家境普通，不过是研究所里一个寂寂无名之辈，和程南风在一起后，是程南风力排众议要娶她为妻，程家在上海从人脉到资源再到财力，都是她遥不可及的程度，起初，高高在上的程老爷子从不愿与她同坐一桌吃饭！她受尽委屈，生下孩子以后就果断随程南风去南海。

"我知道你对我有怨！你以为我愿意撇下襁褓中的你独自离开？倘若我当年选择继续苟且在庆福路，你觉得有你爷爷在的一天，能有我的活路吗！"李茹情绪彻底崩盘，她本不想把后代人拉进上一代人的恩怨里，可她再隐瞒下去，恐怕这儿子也终将与她反目。

咖啡厅里小范围的安静下来，大家把目光投向这个干练没有皱纹的贵妇人和这个西装长腿帅哥身上，小声窃窃私语编织出一段豪门恩怨。

李茹眼眶泛红，太阳穴青筋暴起，她倔强又不安。

"我不是程南风，喻青措也不是你，我不会让我的妻子受任何人非议。"他得承认，他第一次听到李茹女士内心真实的想法，他心里有些颤动，但她妈妈有一点错了，他不会逃避，他更不会撇下自己的孩子不管不问。

说完，他便起身离开。他不想再待下去，他也不想看李茹换一种方式来替自己的自私开脱，他更不能原谅母亲背着他和青措说那些话。

总之，他就是要娶喻青措，谁说都不行！

程南风听着李茹细数刚才咖啡店的事，咂咂嘴巴说道："你拦不住的，何必硬拦？再和你儿子结仇？"

经由刚才那一战，李茹才隐约觉察到终是自己轻看了这两个孩子，年轻时她也坚信相爱可抵万难，可真迈入柴米油盐那一步，光是身边人的议论都能让你溃不成军。

程南风见她不说话，就猜出来她在想什么，抚上妻子的肩膀说道："放轻松一些，你自己都说了今非昔比，现如今凡事不还是易尘说了算，那小子心里有分寸的。"

另一边，旋涡中心的女主角从早忙到晚，她不知道有人背着她已经去打下了江山，待推开庆福路大门时，家里静得反常，只有张姆妈在厨房里忙碌，瞧见喻青措回来，她赶忙贴面小声说："易尘今天把老爷子气得不轻，你今天先不要去后院。"

喻青措一脸错愕，她放下包赶紧问："怎么了？"

张姆妈刚想开口说，程老太就从身后过来了，她拿着手绢朝她摆摆手："你可算回来了！你赶紧上楼看看败兴种吧！真是造孽！我怎么净生些这样的倔头驴！真是造孽！"

程老太接连一串感叹的话给喻青措吓一跳，她顾不上细问，就先上楼去往程易尘的房间，她习惯性地从自己房间的阳台进，推开落地窗，屋里没人，浴室里有水声。

"程……"

浴室门被推开，程易尘半裸着上身，裹着白色浴巾走出来。她没来得及闪躲，一眼就看到他嘴角处的瘀青，算不上破相，但他皮肤白皙，那痕迹看上去还是挺明显的。

四目相对，二人站在原地，谁也没避开谁。

四个小时前，程易尘从咖啡馆出来就直接回了庆福路，尽管陈晔一直给他发消息让他先把私人事缓缓，但他没理，直接无视工作上的电话。

他知道，过了今天，不等他开口，老爷子就会从旁人的嘴里先一步知道这些事，转述的会不会变味儿？这很难说。

程老太瞧见他回来，咂咂嘴，不禁感慨太阳打西边出来了，败兴种这一周回家的频率比上半年回家的频率还高，她不知道该开心还是该心寒。

程易尘无视程老太阴阳怪气的话，直奔后楼，老爷子这几天换了个理疗团队，调理得还不错，最起码精气神还算足，笑着夸他这次找来的理疗团队深得他心。

没寒暄几句，程易尘就在他对面沙发上坐下，双手撑在膝盖上："上次说的话还作数吗？"

老爷子抬抬手，示意理疗团的人先下去，他把电动座椅掉转方向，正面对着程易尘，一下子就明白他说的是什么："当然。"

"好，我想尽快结婚，但是该有的流程不能少。"他最理想的状态就是先领证，这个月订婚，下个月结婚，还是那句话，他怕变数太多。

老爷子闻言一怔，随后又笑了笑："这是看上哪家千金了，这么着急？你不会是为了要股份随便找个人搪塞我吧？"

"那倒不是，我还没有那么心急。"

老爷子一脸洗耳恭听的样子。

"那人你也认识，喻青措。"他平静地说完以上的话之后，就等着接下来的狂风暴雨，门外的帘子轻轻地摆动，他瞥一眼，看到老太太急匆匆逃离现场的身影。

老爷子的拐杖用力往实木地板上一凿，中气十足地发音："胡闹！简直是胡闹！"

看来他没说错，这个理疗团队确实不错，程老爷子都有劲骂人了，他一点儿也没有退却："我没有胡闹，我是认真说的。"

"她是你奶奶带回来的小孙女，对外都说是养孙女，这传出去简直是乱了辈分！"

"你自己都说了是养孙女，没有任何血缘关系，有什么辈分可言？"

老爷子被说得哑口无言，抄起拐杖就往他身上杵，他倒是手疾眼快地错开身子。老爷子气得够呛，剧烈咳嗽起来，程易尘见状端起红景天泡的水往老爷子嘴前送。

老爷子喝了一小口缓过来劲儿，见着人在跟前，抄起拐棍就往他身上打。

一个以为另一个会躲，而另一头倔驴根本没想过要躲，就这么不偏不倚地打在他嘴角处，力道不算小，瞬间红了一大片，程老爷子一惊，

163

拐棍应声落地。

谁说这豪门恩怨不动棍棒的？真着急起来，追根溯源人不过都是动物，返祖现象一点儿也不在话下。

程易尘伸手抚了抚嘴角，嫩肉处已经有血渍流出来，他不急不慌地抽了张纸巾擦拭嘴角，随后解开西装扣子，把外套撂在地上，拾起拐棍，硬塞到老爷子手里："您打，您尽管打，我今天不带躲的，但是打完了，我就得和喻青措结婚。"

这话简直要把老爷子气到伸腿！

听墙根的程老太再也躲不下去了，她掀开帘子就往里进，步伐快得犹如少女身姿，她伸手打在程易尘肩膀上："你要把你爷爷气死不成！"

程老太这两拳头无非是打给程老爷子看的，力度大，甩在人身上却一点儿也不疼，只有挨打的能瞧出来这不过是一通障眼法，唬住老爷子的障眼法！

有人腰板挺得直溜溜的，脸上一点儿惧怕模样都没有。

要不说这败兴种气人，从小挨打的次数也最多，旁的孩子要么跑，要么求饶，偏他骨头比谁都硬，只会让打他的人更加生气！

程老爷子又一棍子杵他身上，程老太在一旁急得直跺脚，都说谁家锅底不沾灰？但怎就这庆福路一天到晚不得安宁呢！

老爷子打累了，伸手抚上心口，败兴种依旧站得直溜。

程老爷子伸手指着程易尘："好小子……趁我病，要我命！今儿我看你是铁了心的要和我作对！我从小是怎么教育你的？到最后你却跟你爸一个德行！为了一个女人，你！没出息！"

程易尘伸手捡起地上的西装外套，掸掸上边的浮灰："打完了吗？打完我走了。"说完，他就要离开，走到门口，一手刚触上帘子，又像是想起来什么，顿住脚步回头说道，"哦，对了，该下的聘也得下，她老家没人了，就下到她长姐家就行。股份倒是先不急，我们领完证您再转也不迟。"说完，他头也不回地出了老楼。

房间里，程易尘垂着双眸，直接坐在单人沙发上，一脸的不屑："喻青措，瞧瞧你这没见过男人的样儿，你要再看下去，今晚上你就得睡我屋。"

她早就习惯有人狗嘴里吐不出来象牙的模样，没心思跟他斗嘴，躬身打量着他的嘴角："你被打了？"

她这样讲起来，好像很没面子，但，这是事实。

他没好气地拿过一旁的短袖往身上套，衣领不小心擦在脸颊上，痛得他龇牙咧嘴，好像有些肿起来了。

喻青措轻车熟路地去他书房的小冰箱里拿了冷冻的冰水递给他。

难得他有老实听话的时候，他接过来按在伤口处，伤口滚烫，触上冰水，瞬间缓解不少。

"怎么回事？"她开口问道。

他不愿多说，毕竟挨打也不是什么光彩事："撞树上了。"

"瞎了？"

"嘶，会好好说话吗？"

喻青措笑出声："奶奶说你是倔驴，一点儿也没说错。"

她笑得吱吱的，直接坐在他腿边的羊绒毛毯上。她以前就喜欢他房间的地毯，这张毯子能顶她好几个月的工资，她还笑过他小资腔调十足。

他沉迷于她笑着的双眸中。

对上视线，有人眼底里都是拉丝的深情，看得她有些不好意思，她低下头抻抻微皱的裙角。

"喻青措，这下你必须跟我结婚了，现在全世界都知道我们要结婚了。"

程易尘突然的认真，让她措手不及，她这个当事人还未点头，全世界又是从哪里来的？

"你得对我负责。"不然这顿打是白挨了，他厚着脸皮往她跟前儿凑。

今早上他在她房间里那么一折腾，搞得她白天上班也没心思，脑子里一直在想程易尘的话。虽然他大多时候歪理邪说，但不得不承认，她确实有点心动。

好吧，她得再次承认，她心里的火苗从未熄灭。

分手后，她一度很不好受，她总是找各种借口拒绝回到庆福路，直到有一天她从程姿那里得知程易尘要出国。

她在教室里假装毫不在意地滑动手机，导师说的话她一句也没有听进去，一遍又一遍看她和程易尘曾经发过的消息。

他们说好要有以后的，他们说好要生个宝宝养条狗，他们说好等她毕业就和家里坦白。

在一知半解的年纪里，大家都擅长轻易许下承诺和未来，每个人都觉得自己是例外，她也不例外。

她打断导师的话，她说家中有要紧事，请了假买了最近的一班机票，出了机场打车直奔庆福路。

她躲在洋房的铁艺后偷窥着花园里的一切。你不能让所有人理解你，除非你走他走过的路，她在想，或许分手那天程易尘也是这样在等着她……她隔窗遥望看着程易尘和家里人一一道别，她看着他隔几分钟看一次手机，看着他紧锁的眉心，似是不悦，似是遗憾。

一墙之隔的距离，好不容易压下去的思念全部翻涌起来，她像是在泄洪边缘徘徊的人，努力压制所有翻涌的水流，但开了闸哪能那么轻易关上呢？她只能看着洪水四处逃窜，扼住她的经脉，扼住她的喉咙……

眼泪决堤，一下又一下砸进草地里，如果思念有声音，那就是泪水浇灌草坪的敲击声。

程易尘提着行李往外走，抬头之际，她一个转身隐匿在灌木中。

见了面又能怎样？她总不能阻挡程易尘去奔向更好的未来吧？说不定他要恨死她了。

不，不是的，是一定恨死她了。

166

他那么骄傲的一个人，怎么可能回头呢，至少那个当下她是这么想的。

她听到一步一步向她走近的脚步声，她感受到他的停顿，他的气味，他的呼吸声就在耳边。

时间被拉长，被静止在这一刻。

片刻停留后，程易尘抬脚往车库里走，他终于走了，她停在原地大口喘气，在无声的寂静里她听到自己心底里的不甘心。

那个声音经过变幻延绵传递至今……

"试试看，喻青措，"程易尘挥舞着手心在她眼前晃动，"想什么呢，喻青措？考虑得怎么样了？"

她打了个冷战，从脚心生出的不舍不甘在这一刻化为具象，他明明是她学生时代的爱人啊！

她回握住程易尘的手，她决定给当年的遗憾一次机会。

"好。"

她回应得这么果断，程易尘反倒有些不适应，他双眼凝视着喻青措，压低声音又问一遍："不反悔？"

"你妈妈那边？还有爷爷那边怎么说？"

"这你不用管，我会处理好。喻青措，和我结婚的前提条件是，你得一直跟我过下去，半途离婚可不成，别想拿着我的血汗钱去养别的男人！"

她嘴角带笑瞧着这个当年就说要娶她的男人，嗯，就试试看吧，青措。

那天之后，程老爷子又叫过程易尘几次，但那小子半步退却的话也不肯说，最终老爷子摆摆手，终究是由着他去了。

这天又到了十五上香之际，程老太叫上喻青措随自己去寺里，在两丈高的红墙根下，程老太握住喻青措的手心，要她托底说真心话，这段情从何而起？

喻青措一五一十全盘托出，但到李茹那一段时，她一笔带过，程老太耳朵尖，又把话题引回去。

"所以如果不是二伯……易尘妈妈，你们当初也不会分开？"程老太慌忙改口，这门亲事真要是成了，那铁定不能叫二伯娘了。

庙里人头攒动，他们难得选在一片静谧之地，今日庙中的香火旺极了，火苗蹿得有半人高。

她小幅度点点头。

程老太脸上表情风起云涌，她一时之间不知道该讲这对苦命鸳鸯碰上李茹这个狠心的娘，还是该讲自己老糊涂，眼皮子底下发生这么多事体，她竟一点也未曾察觉。

罢了罢了……

她拉着喻青措和她一起上香。从前喻青措不往跟前去，今日程老太让她也给菩萨磕三个头，喻青措抬眼望着神像，心里平静至极。

如果菩萨显灵，就让程易尘平安顺遂。

磕完头，程老太去往寺庙后院按照全家生辰供上莲花灯。她已然到了这个年纪，前半生的大起大落现在都不作数，她要她的子孙后代都能心想事成。

方丈双手合十，一脸慈悲："施主家中近日可有喜事？"

程老太闻言一顿，慌忙点头："家中孙子估摸下月要结婚，还请师父能给批个好日子。"

方丈道喜，拿起笔写了几个时辰交由老太太手里，随后又补充道："此事不在男丁，全在添丁。"话毕便转身离开，留下一头雾水的祖孙俩。

小师父送她们走时，程老太终究没忍住，开口细问："师父刚才的话是什么意思？还请小师父明示。"

老太太每月都来，庙里的人都认识程老太，小师父坦言，方丈造诣高，他们不敢断言，随后手指向前方的香火处。

那火苗子生生不息！蹿起来映照得身边事物都跟着红红火火！是

大吉！

添丁？添丁！

程老太这才明白此意，瞥一眼喻青措平坦的小腹，喻青措一时还未反应过来，等到两人走出几步，她瞧见老太太笑得比蜜还甜的侧脸，一直叮嘱要她小心脚下。登时，她猛烈摇头："不是！没有啊，奶奶！"

神灵之下谁人敢撒谎？再加之喻青措猛烈摆手的模样，程老太这才相信喻青措的话，她一脸茫然，终究是没能明白方丈话里的意思。

喻青措挽着程老太下着石阶，老太太开口问道："最近都见姑姑了吗？"

喻青措猛一抬眼，她突然联想到方才的话，后背起了一层薄薄的细汗，随即实话实说："没有。"上次见还是在庆福路那晚，算下来程姿现在该显怀之时，显然程家上下都被瞒在鼓里。

老太太埋怨两句，随后和青措一起坐进车子后座。

司机在前边平稳行驶，后排老太太开口道："你和易尘是回国后又联系上的？"

"嗯。"

谁能想到自己当年带回来的小姑娘，竟然日后要成自己的孙媳妇，程老太颇有感慨，世间万物，谁算都不如天算。

"本想多问两句，你们是否真有意，可那天瞧见那败兴种挨了好几下棍棒都不肯松口，现在再问你们是否有意对方，属实是多余了。"这小子从小含着金汤匙长大，身上浑不懔的毛病不少，但能让他坚定且不低头的事真没几件。

喻青措听到后，身子停滞，她转头看向程老太："什么？"

老太太对上她诧异的目光，也是一愣，看样子这小子是半句话都没往外露啊。

晚上，程易尘应酬完回到庆福路，在楼下他习惯性地抬头看，那间屋子灯已经灭了，估计那人已经睡了。他今天敲定一个分量不小的合同，这几天也不算白熬，一高兴，也陪着喝了几杯酒，身上有淡淡的酒气。

他推开房间门，没有开灯，脱掉西装外套径直去往浴室，冲淋洗漱好，换了件睡衣走出来，按亮台灯。

落地窗前的羊绒地毯上，喻青措穿着睡裙席地而坐，小脸干净透亮，眼睑微垂，长发披散在肩头，她出口带着埋怨："你洗个澡怎么这么久？"

羊入虎口。

程易尘走过去也坐在地毯上，他身上带着洗过澡后的清爽香气，瞧见她，一天的疲惫都消失不见："什么时候来的？怎么没吱声？"他刚进门没往这边看，不知道她到底什么时候过来的。

"听到你回来，我就过来了，但你没看我。"

她现在说话软乎乎的，程易尘看在眼里，没忍住拉过她的手亲了亲："干吗不叫我？"

他的吻细细密密，让她跟着酥软。她抽回手埋怨他，借着昏暗的台灯看向他嘴角："爷爷打你，干吗不和我说实话？"

程易尘不老实，拉着她就往怀里抱："没什么好说的。"

她躲不开，就不敢乱动了，他身子很热，气息喷洒在她软耳处，她一时之间还没能适应这突飞猛进的进展，她双手撑在他胸前，留出一段能说话的安全距离："你以后不管什么事都要和我说。"

她看向他的嘴角，痕迹已经很淡了，但今天在车上听奶奶那么说，她心里还是紧张得要死，趁着老太太不注意，她还偷偷擦了把眼泪，从小到大还没有谁这么在意过她。

所有人都推着她往外走，只有程易尘坚定不移地只要她。

"以后对我好点儿就行。"他开口道。这几天旁的还好，就是去公司时其他人不敢明目张胆地看，又想偷偷看他脸颊的模样，让他有些烦躁。

这么说着话，某人双手不老实，在她身上四处点火，他被再次推开也不恼，笑着看向她。

她预感再留下去铁定要出事，手肘向后撑着地毯，速度起身。怀里的娇软一下消失，程易尘有些失落。

一个站着，一个坐着，他仰视着面前的人，这个下个月就必须得跟自己睡一个被窝的心尖人。

不急，不急。

她突然想起来什么，开口问道："你最近见过程姿吗？"

"怎么了？"

不知道是今晚月色正好，还是因为他的眼神格外犯规，总之他看向她的目光实在算不上清白，明明是在说旁人的话题，却让喻青措脸颊跟着泛起红晕，她侧过身子说了今天在庙里的事情。

等反应过来的时候，人又被拉进他的怀里，他密密亲吻她的太阳穴、眉毛、脸颊、鼻尖。

干吗呀！让她都没办法好好说话了！

喻青措伸手覆盖在他下颌线上，轻轻拉开距离："你有没有听我讲话嘛。"

"管得还不少，那两人加起来都快八十岁了，还用得着你操心？早点睡，明天要一起选婚礼用品。"

说完，他抱起她就往隔壁走，她吓得抱住他脖子，压低声音："我还没说完！"

这段时间，程姿都没有回庆福路，程老太不时打电话过来，她找了各种借口搪塞，要么是出差，要么是在工作室，每次都是不赶巧地推掉妈妈的各种邀约。

程老太埋怨她心野，也不回家瞧瞧爸爸，不知道是不是孕激素的刺激，这句话叫她红了眼眶，她随便搪塞个借口挂断电话。

程姿这几天的肚子像是喝多了酒撑胀的橄榄球，圆圆的，她擦擦鼻子走出衣帽间，楼下入户门传来声音，她轻盈地跑过去，一点儿没有孕妇该有的深沉。

从她怀孕之后，陈晔承包了她的三餐，有时候他忙起来来不了，也会提前跟她说，但每次只会一顿不来，这次算起来已经三四天没来了！

孕妇跑到玄关处，突然想起来自己还在生他的闷气，迅速换了个表情，她趾高气扬地看着换好鞋子拎着超市牛皮袋子的陈晔。

"我以为你反悔了呢。"

陈晔把纸袋放在导台上，洗手擦干净过来抱抱她："反悔什么？"

"那我哪里知道？说不定你就是后悔了，想要找更年轻的。"

一定是这样，不然今天怎么会只抱了一下？以前都还会亲亲她的！

陈晔又回到开放式厨房边，从纸袋里掏出牛肉和彩椒，他听这几天做饭的阿姨说，程姿一直嚷嚷着没有胃口，他特意去超市买了开胃的彩椒。

可在程姿的眼里，这妥妥就是男人的逃避！都说男人追到手就不会好好珍惜！可不是嘛，现在连看都不愿意看她了！

莫非是前几天对他发脾气的原因？

程姿从身后抱住陈晔，双手松松垮垮搭在他腰间，他能感受到她和宝宝一起抵在他腰间的踏实感，陈晔伸长手转身任由她正面抱着自己："乖，你先去看电视，我先做饭。"手上还在滴水，大中午的，他不想程姿饿肚子。

程姿不动，也不说话。

他无奈，够到旁边的毛巾把手擦干净，这才回抱住她，陈晔把她挡住脸颊的头发别在耳后，贴着她耳朵小声说话。

老男人太会了！程姿在他怀里笑得咯咯的。陈晔不常说情话，可是明明很会说嘛！她说要他以后每天都说，这样能促进宝宝大脑发育，虽然陈晔不知道她从哪里听来的歪理，但还是笑着说好。

正当两人甜腻腻在一起，门口处却传来一阵解锁声，二人一齐看向入户门。

"没锁？这孩子大白天不反锁门，姿姿在家吗？"程老太跟她讲过很多次，出门一定要反锁。

程姿张大嘴巴，一脸震惊地看向陈晔！

完了！老太太来了！

程老太手里提着的购物袋应声落地，袋中的苹果、橘子没了束缚，争先恐后滚落一地，最圆润饱满的那一个滚到程姿脚边。

程姿准备弯腰去捡，陈晔先她一步拾起。

程老太目瞪口呆，视线在他们脸上来回挪移寻找答案，最后定睛在程姿微微隆起的小腹上。

随着一声不大不小的唱叹，程老太一阵眩晕，此时，导台的男女慌了神，一个去倒水，一个扶着老太太往沙发处坐下。

程老太感觉天灵盖都在转动，这场景！这隆起的小腹！这柴米油盐的境况！这简直是被猪油蒙了心了！

"造孽啊！造孽！"程老太靠着沙发好一阵子才缓过来，她掏出手机想要告状都不知道该打给谁。

她嘴里接连念着造孽，可她自己也说不清楚到底是谁造孽，又是造了什么孽。庆福路上下接连出事，真真是连一天安生气都没有！她越想越生气，随即一把扯下附在额头上的湿毛巾，坐正身子："谁先说？"

"程姨……"

陈晔刚开口，就被程老太打断："几个月了？"

"差两天16周。"陈晔说道，关于体检的日子陈晔记得比程姿还清楚。

程老太暗暗掰手指头算算时日，四个月了！她两眼一抹黑，问了一句明知故问的废话，但她也不觉得自己在问废话，毕竟现在的庆福路没一个省心的，凡事她都得一五一十地问清楚！

"陈晔的？"

这下轮到程姿点点头。

程老太悬着的心终于死了，身子垂下来："晔子啊晔子，你让程姨说你些什么好呢！她胆大妄为，你也跟着胡来吗？"陈晔一向沉稳有加，她瞧着这孩子从小深沉，能指望，工作上从不出差错，怎就偏偏……天啊！

"不怪程姿，怪我没有从一开始先征求二老的意见，但我对程姿是真心实意的喜欢。"他面上无恙，让旁人也看不出来他到底紧张与否。

程姿歪头对着他笑，她对他的答案很满意。

程老太瞧见她这样更生气了："能不能有点女孩子的样子！你就是妥妥地被惯坏了！当年不让你出国，你偏一意孤行，现如今……唉！"程老太感慨，自己这个闺女什么时候才能让人省点心。

"你爸爸身体不好，昨天败兴种闹着要结婚，你倒好！今天直接生孩子！你们一个个真是孝子贤孙！自己给自己当家做主，谁人把我这个当妈的放在眼里了？"

程姿歪头："程易尘终于跟你们坦白了？"

"你这话什么意思？你早就知道了？"合着庆福路上下只有她自己一人被蒙在鼓里？程老太气不打一处来。

"知道啊，他俩上学时，我还帮他们打过掩护呢。"

"你！"程老太顺手抄起手边的抱枕就要向她砸过去，转念一想她肚子里还有一个，终究只是气急败坏地一拳打在棉花上。程老太重新躺在沙发上，自觉拿起湿毛巾搭在额头上，同时嘴里怨声载道一刻也没停。

陈晔双手在裤缝处握了握，要程姿去楼上帮忙找两日后体检的预约单子，程姿眼珠子骨碌碌转一圈，趴他耳朵上小声说："是不是像电视剧里那样支开女主角，跟我妈求和？"

陈晔笑着小声说是，并说导台有洗好的蓝莓，要她和宝宝饿了先吃一些。

求和场面并不会好看到哪里，他做好万全准备，择日不如撞日，今日是要表表决心。

程姿又腻了一会儿，才依依不舍地离开，这场面放到程老太眼里，简直是要蹬腿的程度！她不知道别人家都是怎么过的，又是怎么教育儿女的，怎么偏她家向来流行先斩后奏！

目送程姿上楼之后，陈晔站起身深深鞠一躬，随后才开口："程姨，我知道接下来我说的话可能会让您忍不住想要动手，但，我对程姿的心是真的。"

接下来的时间里，陈晔事无巨细地交代了他是何时对程姿动了情，又是如何在她回国之后二人走到一起的，他说得并不流畅，很多时候都是想到哪里说到哪里。程老太向来心软，瞧见自己从半大带出来的孩子，心弦跟着松动，心里终究是软下来。

可是，未来预设得就算再好，面前还是有无法跨越的鸿沟。

"你知道的，姿姿前边还有个孩子，你真的想好了吗？"

陈晔抬头看了眼台阶上那个还没来得及收起来的裙角，他知道有人一直在偷听，他坚定点头："我可以和程姿一起面对。"

他怎么能没想好呢？娶程姿，这是他二十来岁就想做的事了。

Chapter 06

"我没有不爱程易尘，我们的感情没有问题。"

"你刚才给奶奶说的我没听清，你再说一遍。"

下午五点的时候，厨房通知试菜，喻青措叫了几个同事跟上一起去包间。

刚坐下不到一分钟，前台打电话说小程总突然来了，现在估摸已经上楼了。包间里的人听到喻青措手机里的话，都交头接耳起来。

喻青措挂了电话摆摆手，说要大家放松，她去到走廊上亲自迎接。待程易尘上到四楼转身台的位置，他就看到喻青措的身影，三步并作两步朝她走过来，他拉着她的手，说她现在的模样像一块望夫石。

尽管现在不是饭点儿，走廊上没有人，可她还是被吓得不轻，等下被员工看到不知道又该怎么传。

程易尘闹她："马上就要结婚的人，现在还不说，难道准备结婚当天再说？"

从那晚答应到现在，她整个人都迷迷糊糊的，一时之间还不太能适应这个角色的变化。她小声说："反正今天先不要说。"

程易尘顺着她说好，她说："大家都知道你来了，你要不要一起试菜？"

算起来他确实很久没有尝过老店的菜品了，她在前边带路，颇有老板娘的模样："对了，你还记得小梁吗？他好厉害的！现在直接跨过了好几级的考核，成甜品大师傅了！"

他一时之间没能想起来是谁，喻青措提醒，脑海中那个身影才重叠在一起，他带着疑惑问道："小梁是不是和你姐姐认识？"

说话间，喻青措的手已经搭上门把手，她思索一下，没听喻蓝时提起过此事，她摇摇头说没有吧。

程易尘若有所思地点点头，那天喻华明来闹事，他来得晚，明明看到小梁和喻蓝时说话来着……没来得及多想，包间门就被打开，里边人看到程易尘赶紧起身打招呼，程易尘说今天就是无事路过此处，让大家不必拘束。

饭饱后，大师傅带笑让小程总提建议，有人中规中矩说了自己的想法，喻青措让厨房记下来，随后试菜才得以结束，她给他发微信让他去门外等。

程易尘无奈地笑了笑，还是同意了，他在门外五百米的路边等着，从后视镜里看到喻青措一脸做贼心虚的模样往车子的方向来。

"磨叽。"

"我总要跟交接的经理说一下吧。"她一边系安全带，一脸疑惑地问，"我们去哪儿？"

程易尘卖关子："等下就知道了。"

车子疾驰在中心城区，没一会儿就到了商场，奢侈品都在一楼，看着门店巨大招牌的LOGO（商标），喻青措瞬间明白过来。

"干吗呀？"她在某书上刷到过这个牌子，最便宜的耳钉也要二十万打底。

程易尘拉着她："别在这儿拉拉扯扯，不然让人看到以为我强买强卖呢。"

喻青措小幅度跟上他的脚步，但依旧走得缓慢："你都没和我商量呢。"

他实在不明白买个戒指有什么好商量的："谁家结婚不买戒指？喻青措，你别说跟我结婚，你什么都不要吧？那我还嫌面子挂不住呢。"

谈恋爱的时候，小情侣们为了给这段感情盖上独属于自己的标签，都会互相买些信物，他也不落俗套地给她买过戒指，也是一个奢侈品牌，但他知道女朋友的性子，所以骗着她说是地摊货，喻青措这才欣然接受。

她虽然嘴上不再说什么，但心里还是有些别扭，她在这一刻突然感受到，她一时激动答应的婚姻，在方方面面都渗透着双方的价值观。

店员看到程易尘进来，直接叫了门店经理来迎接，大客户都有专门指定的对接服务员，服务员从后边拿来程易尘订的钻戒。

经理帮喻青措戴上的瞬间，她闭嘴了。

确实好看！好漂亮！

店员细声细气地讲解，喻青措一句都没听进去，在水晶吊灯的映衬下，钻石散发着夺目耀眼的光，各个切面都闪着她的眼睛！

有人微微倚靠着沙发，手指在下巴上点了点，瞧着喻青措双眼放光的模样，他朝店员点点头。

看样子有人欢喜得不得了！

与此同时，无人在意的宾馆里，喻蓝时双眼迷蒙，抑制住脑袋里迸发的火花，看着玻璃窗上映照出身后年轻男人的双眼，怎么看怎么觉得眼熟？

她猛然想起来，这是青措饭店里的小厨师。

第二天，喻蓝时坐在办公室里，脑袋嗡嗡作响，手底下的工作人员让她给签个过审单子，叫了她好几声，她才反应过来。

最近刚离婚，她必须得承认从身体到心灵上她都是空虚的，那种对过去的后悔，对当下的困顿，对未来的迷茫，都让她压抑至极，无可厚非，她需要释放自己。

昨晚，几杯酒下肚后，在朋友的怂恿下，她去隔壁卡座要了一个一直盯着她看的帅小伙的电话。

喻蓝时规规矩矩三十五年的时光里，她以小镇做题家的身份走到现在，没点胆识是不可能的。手底下的人明里暗里嘲讽她离婚活该，谁让她平日都是出了名的冷言冷语示人。

这话传到她耳朵里，现在又涌现在她的思绪里，像是赌气一般，她拿出气垫、口红补妆，上衣领子往下拉，头发拢到一边大着胆子走过去。

还不错，那帅小伙先是一愣，随后老老实实在她手机上输下自己的号码——梁允川。

酒吧里过了十二点，到了气氛最火爆之时，所有人必须贴着耳朵讲话才能听清楚对方说的什么，她红唇轻启，在这个刚认识不到一分钟的男孩耳朵上，她笑着说宝宝你名字好好听哦！

嘴角一张一合摩挲着男人的耳朵，从梁允川低下头的模样来看，他羞涩极了！

应该是不常混夜场的小男孩，喻蓝时突然觉得没意思极了，何必去拉人跟自己一同下坠呢，随即便找了借口离开，她怏怏然回到自己的卡座上，闷头把面前的酒一饮而尽。

她怎么就学不会前夫的浪荡劲呢？算了，装是装不出来的。

待到凌晨散场，三两朋友陆续离开，她叫的车还没到，她低头刷着手机讯息，胃里翻上的酒精，让她脚下有些飘飘然，一个趔趄差点摔倒之际，双肩被人扶正。

她抬头，一双干净的眸子映在眼底。

梁允川？如果没记错，他就叫这个名字。

她在口齿中反复回味了下，好像之前在哪里听过这个名字？还未来得及细问，他就提出送她回家的要求。

这时好死不死，前夫的电话打来，跟她要孩子抚养权，她在电话里咒骂让他跟他那个找事的妈一起离开她的生活，孩子别想！她借着酒精骂了一通又威胁一阵后才挂断电话。

可，那男孩儿还没走，双眼直直看着她。

她眯了眯眼，推开梁允川说她没兴趣包养小白脸。

手腕被攥住，梁允川启声："姐，你不记得我了？"

她酒醒几分，这才定睛在梁允川脸上来回描摹，脑海里突然跳脱出来的一段记忆让她一激灵，是他！

程老太现在哪儿都不想去，就愿意在家躺着，她问张姆妈就躺家里，天花板还会不会再塌？

张姆妈不明所以，摸摸程老太额头，确认她没有发烧，但不明白她为什么说胡话，她又说就算天塌了也挺好的，最起码不用面对这两件愁人的事体。

现在牌友叫程老太打麻将她也不愿去了，她怕旁人问起来什么，她不知道该怎么回答。

晚上，程易尘回家，他问程老太到时候去青措姐姐家要带什么合适，他对这样老门老户的周全礼数也是一知半解的。

"带什么？带着我的命去，你看合适不合适？"程老太坐在沙发上呛他，"你和你姑姑，不对，这全家都没有一个省心的，也没有能替我分担事体的。"

程易尘一下子就听出来程老太是在哪里吃了枪药，他坐在程老太身边："我不管，我先结，您到时候可别说程姿身子瞒不住，好让她先加塞的话。"

程老太一巴掌拍他大腿上："小赤佬！你早就知道也不和我讲！你们姑侄互相包庇！"

程易尘起来揉揉大腿，他说他可不愿意管闲事："再讲，我知道的时候，程姿肚子已经起来了，你是去让我揍陈晔，还是带程姿去打胎？"怎么看都不合适吧。

老太太想起来今日种种又脑仁作痛，她永远都讲不过这败兴种！

喻青措是吃过饭回来的，一推开二楼的房门，就看到程易尘大剌剌躺在她床上，她要他起开。

有人歪理邪说，说自己这是先丈量下看床够不够睡得下他。

喻青措瞥他一眼，问："今天怎么有空回来这么早？"说话间，她看了一眼手机，已经晚上九点多了，也不算早了。

她在他旁边坐下，两人离得近，他掰弄她的手指："怎么了？你想我忙得不着家？然后趁机养小白脸吗？"

"滚。"

"好了，我知道你离不开我，不养就不养吧。"

怎么有人能自说自话到这种地步呢！

喻青措突然想起今天奶奶给她打电话了，她忙到忘记回，她起身就要去后院问奶奶是什么事。

她刚起身就被拦腰抱着跌坐回床上，程易尘无奈道："九点多了，奶奶早就睡了，不用问，奶奶一定是要质问你知不知道程姿的事。"

她顾不上推开程易尘，猛地转身对上他的目光："所以！奶奶知道了？"离得近，近到他都能闻到她身上淡淡的香水味。

他突然说不出来话，只是点点头，手还在她腰间收着。

"那奶奶一定很生气吧？

"爷爷知道了吗？

"他们会责怪小叔叔吧！"

她一连串问了三个问题，程易尘可没有耐心回答："你坐我怀里担心别的男人？"

她推开他，不知道他为什么老揪着陈晔的飞醋吃。

也不是，他所有男人的醋都吃！

"你放心好了，你不相信程姿的脑子，也得相信你小叔叔的办事能力，他能让老爷子心甘情愿把闺女嫁给他，最后还倒贴钱财的。"

喻青措骂他庸俗。

"也不知道谁庸俗，看到大钻戒眼睛都直了。"

这轻描淡写的一句话一下子惹怒喻青措，她翻身下床就去柜子里找钻戒盒子。她不要了！她才不稀罕！

程易尘赶忙下床从身后攥住她双手往回拉，奈何喻青措也用了蛮力抵死不从："程易尘！当时是你要给我买的！现在又这样笑话我！"

"好好好，我不说了！是我庸俗！"

喻青措不愿意搭理他，接下来就冷言冷语下了逐客令，程易尘偏不走，他问她喜欢室内还是室外的婚礼？还说奶奶已经开始拉宾客了，程家散的人情多，社会关系也广，光是统计宾客的名单都得好几天。

她突然安静下来，随后小声说："程易尘，我不想办婚礼。"

她做的就是这一行，她常在台下看到各种各样的婚礼现场，笑的，哭的，温馨的，欢快的。

不知是见得多的缘故还是怎的，她觉得这样的氛围光是想想就让她觉得尴尬。

有人脸色暗了下来，他用食指和大拇指抵着她下颌把她小脸转过来："喻青措，你认真的？"

她还是点头。

他就知道！他早就应该知道的，她那么利索地点头，心里肯定不是那么想的！所以当时他就要她提出来婚姻交换的条件，他笃定喻青措没有完全心甘情愿嫁给他！

"我不想办婚礼，左不过还是因为我不知道在那个场景里我需要说什么，我也不知道要不要叫和我有血缘关系的人来。婚礼跟我爱不爱你又有什么关系？"

"你什么都不需要说，什么都不需要做，你就当个面带笑容的摆设跟我走个趟，有什么难的？"

"那我爸、我姐、我弟、我奶奶呢？我要叫他们来吗？"这样的场面却需要装出其乐融融的假象，她不想！

他耐着性子："想叫就叫，不想叫就等到回门那天坐下吃顿饭，再不济就都不通知。"他扶正她的脸颊，让她看着自己的眼睛，"喻青措，老爷子一辈子的交情都在这里放着，我不可能不为程记接下来着想，我也要打理关系的。"

她目光呆呆的，不知道有没有听进去他的话。程易尘害怕自己再这么说下去就该控制不住了，他起身去往落地窗前："早点睡，明早先去领证。"

他等不及了！一分钟也不能等了！再拖下去不知道又该生出什么变故了！

说完，他就推门回到自己房间。

"结婚也是要预约排队的。"她没忍住提醒，哪能他想什么时候结就什么时候结呢。

生意人盖棺定论的特质就显现出来，他又折回来，一脸不情愿："这你就别管了。"

关于领证这事，程易尘也没背着程老太，第二天一大早，他就和喻青措回到后院，进行明说要户口簿。喻青措当年为了方便上学，户口也迁到了庆福路这边一个房产名下。

这几天，程老太也想明白了，人是他们自己选的，阻挠得厉害了日后难免落埋怨，牛不喝水强按头也是上个时代的事了，她还规劝程老爷子也想开点儿。

只是，喻青措这孩子从小隐忍克制，又是吃过苦的，凡事都往心里放，那败兴种又是个嘴没把门的，她思来想去也不知道他俩这婚后日子能不能顺心。

罢了罢了，她放下茶盏，去楼上拿本子，有人气不顺拉着长脸，喻青措昨晚上也没睡好，眼下淡淡的青痕用了两层粉底才遮住。

程老太拿出户口簿递到喻青措手里，抬眼在他俩脸上找答案："你们这表情不像是领证，倒像是去打仗。"她还是没忍住开口提醒道。

小楼前的长廊里，三人围坐一起，今日辰光还早，太阳尚未完全露脸，清凉又惬意。

程老太看他俩扭扭捏捏的模样，猜出来几分，她不疾不徐地给他俩添水："过日子的路还长着呢，这才哪儿到哪儿？莺莺燕燕想做夫妻就得学会相互尊重相互妥协，特别是这当下的节骨眼，遇到的事多，也最能考验感情。"

程老太三两番话点醒梦中人，这两人终于不再拧着肩膀，卸下三分伪装。

"青措是好姑娘，我和你爷爷自然对青措是满意的，起先的不同意无非是怕外人道闲话，可事已至此，你们非要在一起，婚前问题如果不能解决，拖到婚后，那么问题依旧存在，也还是你们小两口之间的隔阂。"

程老太就差直接挑明说你们今天还是别扯证了，先把自己的问题捋明白再说吧。

程易尘今天是铁了心要领证，但他心里也有隔阂，从分开之后到现在，每一步都是他自己在坚持，纵然他再矜贵，在喻青措跟前他也是低下头颅，但他可没瞧出来她又有多离不开他。

他偏不语，他在赌……

程易尘不疾不徐地端起茶盏，又拿了块桂花糕塞进嘴里。

三、二……

喻青措说道："不是的，奶奶。"

听到喻青措开口要说点什么，他又拿起一块牛舌饼，往日他是不愿吃这种糕果的，但今天吃起来好像还不错。

"程易尘对我很好，一直迁就我，是我……我只是不知道……该如何面对喻家人。"接下来的五分钟里，她阐述了自己的想法。来庆福路之前，这个话题一直是她闭口不谈的禁忌，她从未想过会在这样的清晨，又因为这样一个契机，说出自己内心的真实想法。

"我没有不爱程易尘，我们的感情没有问题。"喻青措脸皮薄，她说完这话，特别是在程老太跟前说这话，让她浑身不自在。

程易尘赌对了，他等的就是这句话，虽然脸上还没有什么表情，桌子底下早就拉住喻青措的手。

程老太品口茶咂咂嘴："孩子啊，人总归是要向前看的，奶奶也不想强迫你必须和喻家人和解，可换过来讲，如果不办婚礼，外人该说我们苛责你，待你不好，你是程家明媒正娶的孙媳妇，不能从一开始就低人一等的。奶奶不光要给你们办，还得要办得体体面面的，至于你的顾虑，还是要你自己多思忖思忖。"

有人听到这里就已经坐不住了，他把面前的茶水清底，随后起身拉住喻青措的手腕："先领证，一会儿该过号了。"

喻青措跟跟跄跄跟着他走。

到游廊尽头，程易尘回头，程老太一脸早就看穿他把戏的神情，狠狠瞪了他一眼。

有人今早上借着去拿户口簿的名义，拉着脸带人过去后院，无非就是等着程老太做说客，他旁的才不管，管她要不要和解，想和解就和解，不想和解他就站在她这边和喻家人不对付。

他赌的就是刚才的那句话。他要听她亲口说出来，他才放心！

程易尘转过头勾勾嘴角，背对着程老太摆摆手。

到车库边上，程易尘心情大好，他替她拉开副驾驶座的门，一手撑着门框，一手按在她的座椅上，忽然拉近距离，双眼一瞬不瞬地盯着青措的双眸："你刚才给奶奶说的我没听清，你再说一遍。"

小羊羔上了套还不知道自己被卖了！

她反应过来是哪一句之后，偏头不理他："你不是说要过号了，还不快走？"

"过号也得给我顺延回去。"

从前谈恋爱的时候，喻青措就很欣赏他身上的一点，那是她永远学不会的自信，他可以随时随地表达他的爱意，会在有人的街道上亲吻她额头面颊，这种表达方式她很受用，但她就做不到。

可她今日一着急也顾不上旁的，顺嘴就给说出来了。

见她不再吱声，程易尘也不强求，他低头亲了亲她："不说拉倒，反正过了今天你是跑不掉的喻青措。"

他心情大好，关上车门就去往驾驶座。

他们到了民政局也没耽误，拍照、签字、盖章、发本，一气呵成。

红本本上是两个靓丽的年轻人，笑得比蜜还甜。

程姿是不想回庆福路住的，奈何程老太催促得紧，她只得先答应过去住几天。

早上陈晔来接她，她坐上车子就撒娇说接下来可能见面就不大方便了，总归是没有在自己小窝里自由："我们想你了怎么办？"程姿指了指自己的肚子。

陈晔把车子开到主路上，歪头笑了笑："我会常去看你们的。"他心里觉得，其实程姿回庆福路住也是件好事，有人照应着，他也更放心些。

她抚上微微隆起的小腹："我爸有联系你吗？"

就像在游戏里打怪兽，都知道程老太嘴硬心软，她是最好攻克的防线。真正难过的关还在程老爷子那儿，别看他现在身子不如从前，可教训起人来不在话下。

陈晔为了让程姿安心，他说他来处理。

另一边，两个大忙人领完证就各自回到各自的岗位工作，程易尘早上在电话里给谢可交代事宜时，就很不小心地放出他要结婚去领证的话。

谢可当时一愣，差点以为自己听错了，说话也结巴起来。

等到他下午再来公司，这个好消息已经彻底传开了，各个茶水间和抽烟室是大家传递八卦的最好中转站。

他们小程总归国至今从未听说有过恋爱史，身边常年只跟着陈总监，今日突然听闻自家老板先领证后办婚礼的重磅消息，员工立马冒毛，大家都对这个神秘老板娘很感兴趣。

"明星？哪家千金？"

"不能吧，要是明星不早就被拍到了？我听说是下边一个门店的经理！"

"不会吧？老板还挺接地气！"

越传越烈之际，中心人物出现，他踩在静音地毯上往自己办公室走，所到之处大家看他的目光都充满说不明道不清的挤眉弄眼。

一进办公室，陈晔就拐进来了，一边给他拿要签字的文件，一边说道："恭喜新郎官。"

程易尘抬眼看他："恭喜孩子爸。"

这以后辈分有得闹了，程易尘签好字给他递过去："老爷子那边交代了吗？"

陈晔点点头，事实上送程姿回庆福路也是老爷子的意思，无非是想借着这个由头见陈晔，当时老爷子知道后，拐杖在地上震得嗡嗡响，程老太怕他气到自己身子一直宽慰他。

这一连串的事体让家里这两人也跟着头疼。

陈晔中午在书房跟老爷子深谈，期间除了送茶水的姆妈，谁都不让进，程姿大着肚子来回伸头瞧，心里也跟着诚惶诚恐。

等到书房门再打开时，陈晔先走出来，程姿瞧见自己父亲摘掉眼镜按压太阳穴，她心里泛出一阵酸楚："爸……"

老爷子转头看向自己的小闺女，最后笑了笑没说话，嫁给陈晔，他也认了。

程老太有句话说得对，两个孩子速度快点就快点吧，最起码他在世之际能瞧见这俩讨债鬼有个安生的落脚点儿，兴许运气再好点还能见到外孙子。

也算值了！

程易尘可不想搞什么煽情，两个大男人也没什么可说的，旁的事不愿多打听。三两句打发走陈晔，程易尘自己掏出结婚证在手里看了看。

行，真金白银的合法夫妻！

接下来的一段时间，庆福路上下忙得不可开交，全在为程易尘的婚礼忙碌着。

上到程老太拉宾客，下帖子，量体裁衣，下到在家里帮忙的姆妈们停了手头上的工作，全力协助程老太，好不热闹。

程姿从回到庆福路之后就摊牌，她说自己先不着急办婚礼，原因是她不想大着肚子穿婚纱，程老太一听就极力反对，哪有先生宝宝再结婚的道理？

可是那次不欢而散后，某一天，程姿突然开始出血，当时她睡到半夜，照例起夜，坐在马桶上时，看到褪下来的睡裙上有小片血渍，她一时之间愣住了。她觉得自己一定完了，但又特别淡定地起身，敲开对面程易尘的房门。

起先，程易尘还一脸怨气，以为是程姿的恶作剧，拉开房门的瞬间，他看到程姿脸上细细的汗珠和憋红的眼眶，瞬间清醒，二话不说开着飞车就给程姿送到医院。

程老太和喻青措是随后赶到医院的，程老太在急诊室外吓得一直默默念经，好在最后医生说孩子无大碍，孕期出血也是正常的，只要没有伴随宫缩都不打紧，叮嘱孕妇要注意休息，那期间陈晔寸步不离守在医院病床，满眼都是心疼。

从那之后，程老太态度陡转，同意先不办婚礼这件事，同时为了方便照顾程姿，陈晔也住进了庆福路。

庆福路一下子又回到十年前人来人往的局面。

程姿肚子又大了一些，她现在走路孕相十足，但四肢纤细，人还是漂亮的。

她捧着一盒洗干净的蓝莓，一边往嘴里填，一边翻看着程老太买回来的布匹。

张裁缝在客厅给程老太量着肩宽，他说老太太瘦了很多，要助理重新记录三围尺寸。

程老太从落地镜里看了眼正在吃蓝莓的程姿，随后说道："是啊，家里近日喜事将近，人也跟着忙张得瘦了。"

张裁缝也听了些风言风语，但他人精不多嘴，他奉承这是双喜临门的好事，程家生意必定蒸蒸日上。

程老太也不愿多在外人那里表露出来不悦，她挑挑眉，夸张裁缝嘴甜，随后对着程姿说道："蓝莓上火，少吃些，你也过来让裁缝给做一件孕期能穿的旗袍。"

程姿撇撇嘴说不要："婚礼当天穿旗袍的都是长辈，我跟着凑什么热闹。"况且她也不喜欢旗袍，束缚在身上不自在。

程老太讲她没眼光，不知道随了谁。

这时，程易尘和喻青措回来了，程老太说回来得正好，中式的礼服送到家了，让他俩先上楼试试，正好师傅在，有什么不合适的赶紧调整。

喻青措应声说好，程姿大方地把剩下的半盒蓝莓递到喻青措手里，声音不大不小地说道："你吃，姆妈说多吃蓝莓生出来的孩子眼睛大。"说完，她笑嘻嘻地看着喻青措逐渐涨红的脸。

程老太骂她没大没小，一点也不像当姑姑的样子。

程姿才不在意，双眸笑成弯月，喻青措还没来得及开口，程易尘一手提着包装衣服的盒子，一手攥着喻青措的手腕就往楼上去，临了还说了句："那姑姑得多吃些，我们可用不上。"随后对着程姿眨眨眼，从动作到表情都在显示自己眼睛有多大。

程姿骂他没良心，还警告他："到时候生出来的宝宝眼睛小可不要怪我没提醒过！"

程老太说让张裁缝见笑了，张裁缝说姑侄关系能处这么好的不多见，这都是程老太的福气。

一上楼，程易尘就拉着喻青措直奔自己房间，随手反锁房门。

喻青措一脸诧异地看着他，他又看回喻青措："怎么了，程太太？在你老公面前换衣服犯法吗？"

从领证到现在，两人都忙得飞起，期间程易尘还出了个国，这两天才刚回来，一直在公司里起早贪黑的，今天才有空接她一起下班。

"犯法。"她一时之间还没适应过来。

别说现在了，就算是当年热恋的时候，她也没在程易尘面前脱过衣服，她总是拽紧仅剩下的小布料，小声祈求他关灯拉窗帘……说到底还是不习惯，她起身就往落地窗那边走，刚走出去没两步，又被程易尘拉回来，他反手把落地窗那边的锁头也扣下。

有人不说话，就用大眼睛恶狠狠地看着他。

几番僵持，他先妥协："好好好！不看不看！"他带着狠劲用力亲她额头，距离婚礼就剩半个月了，就看她还能躲到几时！

他拿了衣服往书房走，到最后也不许她回自己的房间，她朝着书房说道："幼稚！程易尘，你幼稚死了！"

中式秀禾不好穿，等到程易尘从书房出来时，喻青措只系好了秀禾裙子，慌忙拿起衣服盖住自己："你干吗！"

程易尘显然没试秀禾衣服，他换的是睡衣。

他径直朝喻青措走过来，神情没有一丝邪念，他接过她手里的秀禾上衣，帮她把身后的扣子系好。

这下倒显得喻青措有些大惊小怪了。

"想什么呢喻青措？"他在她身后系扣子，手上用了几番力度，她身子跟着一摇一晃，她在穿衣镜前瞪了他一眼。

秀禾服还是紧着长辈们的心愿，女穿凤男穿龙，他那件是普兰镶金，她这件是香槟色镶金，放在一起别提多养眼。

偏这一眼让程易尘来了兴致，他从身后越贴越近，落地窗映照着二人的身影，香槟色镶金绣色图案紧贴在喻青措的身上，把身形勾勒得凹凸有致，老裁缝连夜赶制出来的独一件就是极品。

她左右小幅度转动，秀禾裙摆上的流苏也跟着转，灵动又不俗。

真好看。

喻青措一时之间没再计较他的恶作剧，偏头问他怎么不穿上看看？

程易尘退开半步，神情专注地游走在她身上："张裁缝是常给家里做的师傅，穿上只能是再合身不过了，所以不用试。"做衣服的师傅是做秀禾服出身，只做私人定制款。

喻青措第一次穿这样的衣服，不免多看几眼。她努努嘴问程易尘："好看吗？"

"好看是好看，可是我觉得刚才不穿更好看。"

他是在说十分钟之前她衣衫不整的模样，她心情大好，不想与他多计较，只是抬手捶到他肩头，一拳不轻不重地下去，气氛暧昧些许。程易尘顺手把人拉进怀里，厚重的衣服硌着人终归是不舒服。

他抬手抻了抻她的裙摆，在她耳畔吹气："不在家这几日可有想我？"

她点点头。

程易尘顺道亲了亲她耳朵，对这个答案很是满意，门外有喻初一磨爪子扒门的声音，她起身要去开门，程易尘不肯，又把她往回拉了拉，他早就摸清楚了，对待喻青措不能商量，只能强硬一些，不然她会不好意思。

他大手一路往上游走，喻青措推开他脸颊拉开二人之间的距离，两人却直接跌倒在床上。

喻初一小朋友在门外听到动静，确认屋里有人后，直接喵喵叫起来，现在整个庆福路上下都是它的地盘。

他整个人贴在她身上，十指交叉举过她头顶，把人禁锢在怀里，细密的吻落下来，她说出来的话溃败不成词，断断续续的。

喻青措红妆加持，看得他今晚上感觉热极了。

这时，门外响起程老太的敲门声："张裁缝要走了，衣服还合身吗？"

程老太知道两人正猫在同一间屋子里，压根儿就没去敲喻青措的房门，直奔程易尘的房间。

有人瞬间没了兴致，无名火被浇灭，他用只有两个人的声音说道："办完仪式就跟奶奶说，咱们住后边的小楼，到时候谁都不许进来……"

喻青措看着有人憋红的脸，在他怀里笑得咯咯的。

再下楼时，客厅里好不热闹。

方琳和她儿子坐一起，程易尘爸妈坐一起，程姿和陈晔正准备落座，程老太坐主位，一旁有两个空位置，显然是给喻青措和程易尘留的。

程易尘也没想到今晚上能聚这么齐。

程老太要留张裁缝在家吃便饭，裁缝带着助理连连摆手，看到喻青措下来才问上两句，衣服可还满意？

喻青措没来由地脸红了几分，随后说很满意，很合体。

程易尘试都没试，也跟着说他那件很合身子。

张裁缝赶在上菜前起身离开，程老太胳膊顶顶程易尘："猫楼上干吗呢？张裁缝等你好半天。"

有人把目光落在喻青措身上，她避之不及，索性营造出来自己很忙的样子，要跟着姆妈去厨房分饭菜。程老爷子行动不便，就不跟着大家伙一起上桌吃。

餐前，儿孙都要一一去后院给老爷子问好。

程易尘不慌不忙按住要去干活的喻青措，一脸闲散地回答程老太的问话："上班太累了，一时间差点儿睡着。"

程老太倒是单纯，信了他的鬼话不再多问，偏程姿一脸笑地看着喻青措，连连竖起大拇指。

方琳斜眼看了看喻青措，这丫头早年间被她呼来喝去地使唤，但不乏从小就能看出她是个美人坯子，现在来看，身材和样貌都是一顶一的没得挑，来的路上她还和程北至嘀咕，偏这丫头飞上枝头，指不定心里有多会算计呢。

喻青措觉察到有人在看她，偏头对上大伯娘的视线，眼神算不上礼貌，但她还是笑着叫了声大伯娘。

方琳笑着收回目光，她诧异的是，那么挑剔的李茹这次竟然能点头同意，真是太阳打西边出来了。

吃完饭，李茹把喻青措和程易尘叫住，说要跟小两口聊聊天，方琳一脸看好戏的表情。

他们没走远，就在后院的游廊上，李茹给喻青措包了个沉甸甸的红包，又给送上一个碧玉项链，说是当年程老太给的，她基本上没怎么戴过，是程家的传家宝。

喻青措推辞几下没推掉，再强硬下去倒显得她有些小家子气了，于是只得接下。

程易尘一直没什么表情，李茹看了眼不往跟前凑的儿子说道："我和你爸年纪也大了，决定趁着这次回来就不再走了，前半生是我这个当妈的亏欠你，可你自己也是有主见有眼光的，你们走到一起也是你们两个人的缘分。"

月下黑，多么抒情的话，喻青措也相信这是李茹的真心话。

程易尘伸手够廊上的葡萄藤，用力一掰："是，多亏了您，要不是您早抱上孙子了。"有人拐弯抹角计较着李茹当年的棒打鸳鸯。

李茹没好气地看了眼程南风，程南风赶紧假装四下看风景，不和自己媳妇对视。

"行了行了，该说的不该说的我们都知道了。"程易尘摘下一颗葡萄，随即对自己亲妈下了逐客令。

李茹是花了钱也没能听上句好听话，走的时候也是冷着脸，倒是这媳妇儿还算是个活络性子，一直笑脸相迎。

直到程南风和李茹回到前院，程易尘才把那颗刚摘的葡萄剥了皮填进喻青措嘴里："笑笑笑，嘴都咧到耳朵后了！我看你对李茹亲近得厉害。"

她嘴里塞着葡萄说话含混不清地骂他有病，也不知道她是在跟谁的妈热络，不过还是看在他的面子上嘛！

"看来你很认同我妈当年拆散我俩的事？"

她嚼完葡萄到处找垃圾桶无果，程易尘很自觉地伸过手由着她吐出来葡萄籽，她也没犹豫。

"我哪有认同，你从头到尾拉着脸，我要跟你一样再不吱声，那也太难看了。"

程易尘突然停下脚步，转身正对上喻青措："这个家里任何人，从爷爷到姆妈们，都不需要你去热络地迎合，更不需要你去看谁的脸色，从前是这样，现在还是如此，你能明白吗？"

道理她当然懂，但这是从小到大察言观色养出来的习惯，现如今一时半会儿她真的改不过来。

两人正在你一言我一语斗嘴之时，前厅张姆妈跑过来看到游廊尽头的二人："小祖宗，到处找不见你们，打电话也没人接，原来是在这里！"

张姆妈一向沉稳，突然这般着急，喻青措一下子有了不好的预感。

"青青……喻家你的姐姐现在带着弟弟过来了，正在前厅和老太太聊天呢，老太太让我来跟你知会一声。"

喻青措一下子没反应过来，她没想到喻蓝时能直接来到家里。

她神色慌乱，待张姆妈走后，程易尘攀附着她双肩："想见吗？"他在征求她的意见。

她一时之间没能想好。之前虽说见过喻蓝时，但是此次喻蓝时直接来到家里还带上小弟，无非是奶奶的意思，估计也是听到她要结婚的事体才决定亲自来一趟。

她长吁一口气，一直躲下去不是办法，总归是要见面的，于是转身向前厅方向走。

还未进门，她就听到里边有细细的交谈声。这几日，庆福路门槛都被踏破了，生意上往来的人打听到程家继承人要结婚，都是提前登门送上贺礼，好多礼品没来得及收起来，就堆放在一旁。

"都是自己家人，来认门不必带上礼物的。"她隔着窗户，听到程老太的热络声。

"是奶奶和我的一些心意，不是什么贵重的物品。"喻蓝时回应着。

窗户间树影交叠，喻青措依稀可以看到喻蓝时身边有一个男生的身影，她离家时，弟弟还需要人抱着，现如今……

她僵直在原地，进退两难。程易尘看着她小脸惨白，随后握紧她双手："不想见就不见，让奶奶招呼就行。"

话是这么说，可到底……不再思索，她推门而入。

喻言前几日大学放假回到姐姐家住，今晚上吃过饭正准备出去打球，被大姐叫住说要随她一起去看个亲戚，他没多问，就被当成苦力去楼上搬东西。

奶奶期间给他塞了几个玻璃罐装的腌菜，说是要送的那家孙女爱吃，喻言还不满，他不喜欢老家这腌菜味，还说现在寻常人家谁送礼还送大酱的。

奶奶一巴掌拍在他肩头，要他只管去，别说废话。

就连一向和他站一起的大姐，这次也没多言语，他只得识相不说话。他临走前还问奶奶既然是旧识怎么没听奶奶提起过，奶奶怎么不跟着一起去。

喻蓝时扯扯他袖子让他赶紧走。

他就这么一脸茫然地坐上大姐的副驾驶座，直到车子开进庆福路的小洋房附近，减速之时，喻言才没忍住开口问道："这是哪家皇亲国戚？"

喻蓝时到门口才说，这是你二姐，她快结婚了，今晚上来她家里看看，就当是替奶奶满足心愿。

关于二姐的身世，一直是家里的禁忌话题，从前奶奶不许他提，只在某次喻华明喝醉酒提起来，他才知道还有这么个姐姐，但他去问奶奶时，奶奶还是不多言语，只说是自己亏欠她的。

直到此刻，喻言看着面前这个和大姐有几分神似的女生，才真实地感受到，他确实有个二姐。

很漂亮！他不由得睁大眼睛，跟在她身后的男人他在网上见过。

"几日未见，青措越发好看了。喻言，这就是奶奶说过的二姐。"

喻言倒是听话，老老实实叫声姐。他的目光游走在二姐和二姐身后的男人的脸上，不禁感慨他们好般配。

接下来的时间，大多时候是程老太和喻蓝时在交谈，没有料想的冷场，但也没有痛哭流涕的场面，大家只是在一个平静的夜晚避开伤感的话题，完成一场很有仪式的对话。

末了，喻言没忍住，掏出手机主动加上二姐的微信，他能看出来二姐并不反感他。

喻青措起身送客时，程老太拦住要一同前往的程易尘，使了个眼色，还是让他们姐弟仨好生聊聊，说到底打断骨头连着筋，一日不摊牌，留在心头就永远是块疤。

喻蓝时知道喻青措慢热，也没着急，毕竟她是代表上代人来认错，要有些耐心，只拉了些寻常家事，到最后也没提奶奶的事。她寻思这几日再约喻青措出来见几面，等到彻底熟络再提也不迟。

待人一走，方琳没忍住走了出来，她哑哑嘴对程老太讲道："这种腌菜伤胃，电视上都提醒了，腌制品要少食。"

程老太知道这是青措喜欢的口味，面对方琳的话她也没说什么，只说适当配米粥吃些是可以的。

眼见自己的挑拨离间没能受到老太太的重视，方琳又把矛头转到一旁的李茹身上："要我说还是弟妹有福气，找了个这么亲近的儿媳，还能吃遍各地美食，真是好不自在。"话里话外都在暗示喻青措是小地方出身的做派。

在门外抽烟的程易尘隔着窗户把话听得真切，他摁灭烟蒂，抬脚往屋里走，一进门把李茹吓个不轻。

他关门声带着力度，明眼人都能看出来这人是带着气性摔门的，他提提裤脚坐在沙发上朝着张姆妈喊道："张姆妈，给收拾几件我和青措常穿的衣服！我们婚礼前都回江边住！"

张姆妈在厨房里正收拾残羹剩饭，一时间没听清楚，伸头又问一遍。

程易尘的目光落在大伯娘身上："如今这庆福路倒是留不住自己人，容得下外人说三道四！"

喻青措不明白，她就是去门口送姐姐和小弟一趟，回来之后客厅里的气氛就发生了翻天覆地的变化。

程老爷子也被人从后院推了过来，喻青措刚进门看到各人站在各自的位置上，先是一愣，随后给爷爷问好，爷爷抬抬拐杖算是回话了。

程易尘起身对喻青措说："回来得正好，上楼收拾行李。"

她更诧异了，不知道这家里到底刮了哪门子邪风。

老爷子剧烈咳嗽，全家乱了阵脚，就连一向不参与其中的李茹也离开位置往跟前凑。

程老太给老爷子顺气，转头骂程易尘要给人气死。

程易尘语气不减，挺直腰板："到底是谁不想安宁？"

程易尘拉着青措就要上楼，刚才还一直拱火的方琳此刻在角落里一句话都不说，小胖子闹着要玩平板，也被方琳一把捂住嘴巴。

气氛就僵持在这一刻，喻青措想开口劝，对上程姿的眼神，又硬生生憋回去。

"到底现在这个家是没有我的容身之地？还是容不下喻青措？大伯娘这三番五次见不得我们好，到底是为了什么？"

方琳甩开小胖子的手，慌忙要解释："我没有你想的那个意思。"

"那是什么意思？合着从小到大每次都能是误会？大伯娘纵有不满，眼下我和青措已经是结了婚，老爷子老太太还未发话，你这个做伯娘的又有何不满？"

程易尘今天就是要给方琳难看，就是要她下不了台面，在门外一根烟的工夫他想明白了，倘若今日没能堵上方琳的嘴，日后他要是不在家，指不定会有什么样的风雨。

听着程易尘这么说，李茹心里也跟着一颤。

从小？这话该如何讲起？当年她狠心离开，无非是对庆福路上下的人有失望，她想过程易尘可能会在这个家里不大痛快，可她尝试着说服过自己，总归程易尘是程家亲孙子，再不济有老爷子护着。

可今天看来，程易尘的不满也快要溢出来了，她这个当妈的突然心里不是滋味。

方琳又想说什么，程老爷子拐杖敲地："好了！我还吊着口气没死呢！"

屋里这下安静极了。

陈晔抚了抚程姿的手心，程姿摸摸肚子里的宝宝，小声对宝宝说："大场面，不常见的，今日为娘带你开开眼。"

程易尘面上无恙，看不出来他在想什么。

老爷子又咯了口老痰，气顺了顺，对方琳说道："我知道你因为早年孩子的事一直对程家有恨，可这么多年了，我和你妈妈凡事都先紧着你家着想，对于你做的错事我们向来也是睁一只眼闭一只眼，可你做长辈的是不是也该有个度？"

那时，饭店成立没多久，方琳就有了第一个孩子，那时候程北至还不是一个不归家的浪荡子，而她又在饭店最好的辰光里为程家添丁，老爷子别提有多开心。

平日家里应酬多，来往的人更多，程老爷子带客回家，叫住儿媳带出长孙给客人瞧瞧，期间不知被谁传上了"百日咳"，那时候医疗水平落后，辗转各大医院，最后也没能留住孩子的命。

打那之后，方琳就再也怀不上了，小胖子也是她收养的毫无血缘关系的孩子。

这话题一说到这里，方琳眼泪就止不住，她心里也有苦，第一个孩子没了之后，她不知道灌了多少苦药汤，但凡听说哪里有看得好的医生，她必定不遗余力地去配合治病。

时间久了，程北至耐心也没了，两人为了要孩子这件事也是筋疲力尽。

从喻青措这个角度看过去，方琳额头上青筋暴起，她嘴角止不住地颤抖，突然朝着老爷子吼道："大孩子去了之后，全家上下没有一个人给我一句交代，你们最常说的就是孩子还会有的！可是呢！可是谁又有给我弥补！那孩子甚至还没来得及起名字！"

"你心里有苦，完全可以朝着始作俑者撒出来，你有苦就撒在喻青措身上，她又做错了什么？"程姿慢悠悠说道，尽管陈晔已经第三次暗示她要离开这个场合了，但她还是忍不住发声。

从前程姿要出国时就和父亲有了分歧，那时候她对老爷子说戳脊梁骨的话，是不是就因为她是闺女所以就不配继承家里的事？如果是这样，就请老爷子早点说出来，她好自谋生路。

老爷子勃然大怒，一气之下说再也不管她，随后撒手叫她去国外闯荡。

接下来的争吵有没有继续，喻青措不知道，因为她被程易尘拉着带到二楼。

程易尘从冰柜里拿出冰水大口饮下，今日之事他是有意为之，可最后他听出来了，这鸡飞狗跳的局面显然是上代人的恩怨，再待下去恐怕得拔出萝卜带出泥，搞得双方都下不来台。

他是铁了心地不让步，他怕自己再说出来的话让程家更是火上浇油。混账话在他嘴边几张几合，最后还是没吐出来。

喻青措知道他现在心里也不好受，只是双手抚上他肩头，从某种角度来说，程易尘和她也是同类人，都有着零碎的童年。

程易尘把她拉过来，面对面坐着："你怎么想？"

她第一次见大伯娘哭，她从前只觉得大伯娘讨厌，可今晚上看过来，她又觉得大伯娘是可怜的，孩子永远是大伯娘心头上的疤。

程易尘看出来她被带偏："方琳可怜，是老爷子亏欠她，可她不能也不该这么对你，从前她觉得你是外来的使唤你，现在她知道你和我结婚还这样言语，你觉得她是冲着谁来的？"

喻青措不知道该说什么好，今晚上楼下的战火又是几时结束她也不清楚，只知道接下来很长时间里就没再见过大伯娘。

程易尘也没再提离开庆福路。

喻蓝时回到家之后，和奶奶事无巨细地讲述了今天在程家的事，奶奶听到喻青措现在过得好也跟着放了心。

晚上，喻蓝时洗完澡又查了几封邮件后刚准备睡下，手机微信响了起来。

L：睡了吗？

她看了眼没打算回，等了一会儿又收到一条消息。

L：我在你家楼下。

她惊起，掀开窗帘，果然看到楼下有个身影正朝楼上看。

从上次之后，她就没再回过梁允川的消息，在一个黄昏的午后，她看到一个和小梁很像的背影，喻蓝时突然想起来，她和小梁之间不仅仅是在程记见过，第一次的相遇还要再早两年。

那时候她还没有离婚，还在为上家公司卖命，一天，手头上的大客户突然空降到她所在的城市。

为了尽快签约，她基本上奉行二十四小时的陪玩业务，晚上她带上公司两个能喝酒的后生仔一起挑了家规格还不错的饭店，准备一举拿下合同。

尽管期间她表现出来很多次她并不能喝酒，但客户话里话外还是显示出不满意，为了签约，她是真的拼，仰头三两杯的白酒下肚，客户拍手叫好。

后半场，她就撑不下去了，欠身退出包间，在洗手间里吐得昏天黑地。

她想过攒够多少钱就不做了，但谁会嫌手里钱多呢，千分之三的提成对她而言就是最大的诱惑力。

脸上的妆花了几分，她对着厕所外洗手池的镜子补妆，她发誓她不是故意听墙根，但奈何空荡荡的四下，只有她和另一个路人存在，那人打电话的声音一字不落地全部传到她耳朵里。

"钱够。

"在找呢，没事，妹妹上学的钱我来想办法。

"上海是大城市，来钱很快的，这家饭店抢着要我。"

她瞥一眼身旁的人，他说话声音不大，带着她家那边的方言，看样子又是一个想在上海站稳脚的年轻人。

她在生意场上这么多年，识人七七八八能看出大概，显然这个年纪不大的男孩是在对家里撒谎，兴许他还没有找到工作，兴许他已经身无分文但还在想着家里的妹妹。

妹妹。

没来由地，喻蓝时心里一阵抽搐，酒精的缘故，她开口说："其实可以和家里人实话实说的，家人就是要风雨同舟，不必太逞强。"

至于后面还说了什么，她自己也记不清了，她像是在对梁允川说，又像是在对自己说。总之，说完之后，她就又踉踉跄跄回包间继续下一轮血拼。

但那句话却深深印在梁允川心上，没有人对他说过这样的话，从来只会有人告诉他你身为家中长子就是顶梁柱，就要为家里做贡献，他像是被洗脑一般所有苦楚都往肚子里咽。

他又看了眼那个上一秒还眉头紧锁的漂亮姐姐，推开包间门后下一秒就笑脸相迎，他很好奇，不知道她又经历了怎样的遗憾。

婚礼倒计时第十六天。

这天，喻青措下班早，上后院去给爷爷问好，老爷子情况时好时坏，好的时候能站起身遛弯儿，不大好的时候说话都不清楚，这都是手术的后遗症，毕竟牵扯到脑神经的事情，连国内顶尖的医生也说不准，只说定期复查。

临走前，程老太还是给她叫到跟前讲了些话。按照礼节，程易尘是要去女方家亲自下聘礼的，程老太把礼金和各种要带的果条都备好，现下就等着喻青措发话。

喻青措想了想说道："那就按照奶奶的规矩来。"

听到喻青措松口，程老太明显也跟着松一口气，从大局考虑，她当然希望青措能不计前嫌和喻家和解，最后程老太连连夸她好孩子听话懂事。

喻青措回到前厅帮姆妈一起包礼盒，程家要来往的人太多了，后期要备的谢礼也不计其数，客厅都快没有落脚的地方了。

张姆妈瞧见喻青措挽起袖子要干活就连连摆手，说使不得使不得她们来做就好，喻青措辩驳张姆妈，都是为她婚礼做准备，她搭把手是应该的。

张姆妈眼看着拦不住，又想起来二世祖上个月发脾气，全是因为亲媳妇烫着腕子加之听了大伯娘不入耳的话，光是想想她就不寒而栗，等下被他看到，保不齐她这把老骨头也要跟着挨训。

喻青措当然看出来张姆妈的顾虑，要张姆妈只管放宽心，今日程易尘生意上有应酬，回来不知道该几点了，她现在无其他事体，做些下手活儿是应该的。

张姆妈双手在围裙上擦了擦，这才放心和青措坐一起包果盒。

这看起来简单，做起来却不容易，每样礼数里放什么，放多少都是有讲究的，包到晚上九点钟，张姆妈说其中一样礼品没有了，明日备齐再继续，青措这才离开。

喻青措上到二楼缓步台，正看到家中唯一的孕妇往楼下走。她刚想开口，程姿就捂住她嘴巴，要她小声些。

程姿错开身子要往楼下走，楼梯尽头陈晔追出来："不可以吃甜食，一楼冰箱里的也不可以。"

喻青措转身对上蹑手蹑脚的孕妇，她脸颊瞬间耷拉下来，一脸不悦但还是老实听话地拐回去。

原来，程姿前几天产检，血液结果说她血糖有些高，医生讲要控制糖分摄入量，不然不排除孕后期会有妊娠糖尿病的风险。

尽管医生又讲生完宝宝就会好的，陈晔还是有些担忧，程姿嗜甜，孕早期吐得一塌糊涂时，喝些饮料才能压住胃里的酸楚，从那之后每天都想喝些冰可乐冰雪碧。

但从体检报告出来那一刻，陈晔通通说了不。

程姿的不悦写在脸上，嘟囔着："哪有那么夸张。"但脚下还是往回踏着楼梯，楼梯被踩得咚咚响。

陈晔下了几步台阶去牵她手，跟她说话的语气温柔得像哄孩子一般："那明天带你去买木糖醇的饮料好不好？"

两人消失在走廊拐角处，喻青措没听到程姿的回话，但她看着这对不知道从什么时候就走到一起的人，还是不禁感慨起来。

一物降一物。

陈晔和程姿可不就是双向征服嘛。程姿年轻时候用老爷子的话讲就是脱缰的野马，性子又硬又不服管教。陈晔话虽不多，但她能看出来他骨子有着天然的不羁，可偏就这两个比谁都硬气的人，竟然能够毫无阻隔地走到一起，真是稀奇。

这时，她听到大门有响动，随后听到楼下张姆妈开口道："易尘吃饭了吗？"许是闻到了酒气，又或是在程家这么多年的默契，张姆妈又说道，"锅里炖了醒酒的汤，喝一碗吧。"

接下来的声音略显疲惫："好，姆妈帮忙盛一碗。"

谁说不是呢，她和程易尘落入旁人眼里，不也是稀奇的一对吗？从小打闹在一起，争抢得不可开交的二人，不也走进了婚姻的殿堂？想到这里，她转身向着楼梯下走去。

程易尘对于她还穿着白天上班的衣服这件事很稀奇，他以为她早就洗漱好在房间里躺下了。

他在她身上看了一圈："今天加班了？"

张姆妈在厨房热汤水，奶奶在后楼早就睡下，楼上的那对情侣也在自己房间腻歪，唯独这偌大的客厅里剩下她和程易尘。

她大着胆子，像树懒一样伸手挂在程易尘身上，突如其来的拥抱让他警觉："怎么了？白天遇到什么委屈了？"

她在他脖子里拱了拱，摇摇头，他身上有淡淡的烟酒气，不难闻，全部飘进她鼻腔里。确认两三遍之后，程易尘才放心回抱住她。

直到张姆妈从厨房里出来，她才从程易尘怀里退出来，她可不想被张姆妈笑。程易尘接过汤碗，让张姆妈先去休息，剩下的他自己来就好。

暖汤下到胃里，他才感觉缓过来，他嘴上没明说，但身边人都能看出来，小程总体恤陈晔有家属要照顾，所以这样喝酒应酬的场合都不太叫陈晔来。他就是这样的人，不多言语，甚至说出来的话像是扎人的钉子，但他从来不会苛待身边人。

他一边喝汤，一边看了眼角落里堆放的礼品。

喻青措顺着他的目光说道，她今天想好了，这几日程易尘如果有空，就随他去姐姐家一趟。

程易尘拿汤匙的手一顿，问她想好了没有。

她点点头，这么多年了，她也想明白了。

醒酒汤见底，有人头脑也跟着清醒些许，二人上楼，她说晚安，说明天见，程易尘没说好也没说不好，就顾自回自己房间。她也没在意，卸了妆就去洗澡了。

等到出来时，她一愣，自己床上躺着程易尘，他换了件睡衣，头发松软蓬松，显然是刚洗过澡。

听着半晌没下文的动静，床上闭着眼的人睁眼看向她："喻青措，你是在搓澡吗？"明里暗里嫌她洗澡慢。

她不回答他的话，反问他："你怎么来这里的？"

"当然是走进来的，不然呢？"

瞧瞧，张姆妈的醒酒汤就是好，有人缓过神来，嘴皮子也跟着恶毒起来。

她拉着他胳膊让他回自己房间，却被他反手一拽跌在床上，她轻哼一声，气氛变得更加怪异。程易尘把她抵在怀里，下巴放在她锁骨处："别动，让我充会儿电。"

于是，她就这么被他抱着老实不动。

他问她今天过得还好吗？喻青措就真的在他怀里像小学生写流水账

一般，挨个讲店里的各种情况，他大多时候就听她说，有时候会停下来帮她分析一下。

难得两人有这么平和的时候，喻青措也感觉到前所未有的心安，不知不觉就这么睡着了。

她睡觉不算老实，但今晚的每次翻身都感觉有阻碍似的，不像往常那般畅意，连着翻了几次，她像是被捆住双手禁锢住一般，等到她皱眉完全睁开眼，程易尘正一瞬不瞬地盯着她看。

二人近在咫尺，她伸手点了点他的脸颊。

程易尘起身坐正身子，缓缓开口道："喻青措，我准备买张三米宽的大床。"

她刚睡醒，脑子反应慢半拍，寻常人家双人床两米就足够了，为什么买三米的？

"你知不知道你睡觉极其不老实？"

以前谈恋爱时，二人很少在外过夜，就算是过夜，那时她心虚，半夜睡得不踏实，畏首畏尾，人也跟着收敛。

"……所以我让你回自己房间睡，你干吗不回？"

"就不。"他从洗手间伸头。

收拾好下楼，喻青措装上张姆妈煮好的玉米和鸡蛋，装了杯豆浆就出门了，程易尘早起说没胃口，程老太硬塞给他早餐，他连连拒绝，最后还是喻青措接过纸袋，说等下她给程易尘好了。

程老太这才放心，临走前又跟出来说，择日不如撞日，明早就去家姐家下聘。

程老太故意大声讲话，不远处的程易尘听得清楚，见人没动静，程老太又讲一遍。

程易尘这才偏头说道："知道了，知道了。"

老太太又跟过来叮嘱他："今晚上如果有应酬就放一放，别明早起不来，下聘一定不能过中午，不吉利的。"

“我娶老婆，我当然操心。”

程老太骂他白眼狼，最后喻青措摆手跟奶奶说再见。刚没走出去两步，程易尘又折回去：“奶奶，定的床换成三米的。”

老太太倒是没听出来什么，喻青措先红了脸，她摆手说没关系多大的都好，就按以前的来就行。

偏就程易尘态度强硬，一定要换。

老太太自顾自地说：“换了也好，将来有了宝宝可以睡得下。”

喻青措瞬间不知道说什么好了，倒是程老太幻想了下可以抱上重孙子的光景，笑得合不拢嘴。

程易尘：“您老想什么呢？当心太阳晒黑了牙齿。”

老太太心情大好，没揪着小兔崽子骂，让他们上班路上注意安全。车子驶出庆福路，副驾驶座的人一边剥鸡蛋，一边咒骂他不正经。

他倒笑得开心：“喻青措，你不是最孝顺奶奶吗？你满足小老太太心愿，给她赶紧生个重孙呗。”

程易尘话音刚落，副驾驶座的人就骂他厚脸皮。

现在正是上班的时间，到了程记门口，正巧遇到几个饭店里的同事，大家都看到喻青措在小程总的车子上。

之前就有传小程总对青措经理格外照顾，现在更是车接车送，等于是坐实关系了？

车里的二人也看到店里同事的眼神，程易尘没着急让她下车，在驾驶座说道：“等下我会让陈晔带人过来送喜糖给店里人。”

喻青措前几天就见着家里人在备喜糖，尽管提前有了心理预设，现在还是觉得紧张。

她没犹豫，说好，刚应下声，手还没有抠动门锁，又重新退回来：“我们这样会不会太突然？大家都还不知道呢，突然就要结婚了。”

程易尘就知道她会这么想，他抬手直接熄火：“那好，那我跟你一起进去，先让大家知道我们在谈恋爱。”

“别别别，当我没说。”她直接推门离开，程易尘在车里笑了笑。

他说等下他会和陈晔一起过来，喻青措拒绝了，发糖而已，先不要这么兴师动众。她说让陈晔把糖果放到前台，她叫几个关系近的店员一起发糖，省得他跟着过来，大家也紧张。

自从知道陈晔和程姿走到一起之后，喻青措就没再叫过陈晔"小叔叔"，不然那称呼真是乱套了。

程易尘没有强求，让她怎么舒服怎么来就好，有事情就给他打电话好了。

终究是喻青措低估了八卦的传播速度，早在领证那天，总部的人就已经小范围传出来，小程总的妻子大概率就是程记总店的经理，第二天总店就跟着传开了，只是谁也没有蠢到当面去说，所以根本不需要打什么预防针。

陈晔把糖果大包小包提到前台就离开了，众人纷纷猜测这是谁要结婚，送糖的人是总部下来的，还是小程总身边的人，联合今早上几个阿姨看到的光景，所有人心里明镜似的。

这是青措经理的喜糖！

果然，没过一会儿，喻青措就从楼上下来，叫上小梁和前台小妹挨个儿给大家发糖。

有几个阿姨大着胆子问喻青措是何时和小程总走到一起的，莫非是青梅竹马。

喻青措没说是也没说不是，被阿姨们开玩笑脸颊红红的，说到时候请大家喝喜酒。身后人都在讲两人在一起有多登对，有多养眼。

糖发得差不多了，就差几个今天没在店的师傅，等明天再给好了。

喻青措和小梁找了后院的阴荫地，开了两瓶冰汽水，一口下肚，冒烟的嗓子也跟着凉爽起来。

梁允川现在是总店的甜品大师傅了，工资比以前翻了好几番，就是人也跟着格外忙碌，有时候他还要外出学习，算起来两人上次见面也是两周前了。

汽水瓶上挂满水珠，顺着瓶身往下滴，石板凳上也跟着有一圈小水渍。

梁允川说道："刚才人太多，还没来得及给青措经理说恭喜。"

喻青措摆摆手，喝口汽水说谢谢，说起来二人也是因之前的契机结识，喻青措看中他身上的勤勉上进又能吃苦的特质，才能有小梁的今天。

玻璃瓶中的汽水见底，梁允川又把话题引回到上个月："青措经理是有个姐姐吗？怎么没听你提起过。"

闻言，喻青措手指一顿，饭店里所有人都知道她是从小就被带到程家的，所以大家都一致认为在她面前提这事是很不礼貌的，小梁来得晚可能有所不知。

"是，早年间我就出来了，所以和姐姐联系也不大多。"

梁允川若有所思地点点头："我和你姐姐之前见过。"

这下倒是喻青措显得尤为震惊，她扭头看着小梁，小梁只坦承二人第一次见面时，喻蓝时是怎么喝醉，又是怎么给他说那些话的，他眼中的喻蓝时是破碎的，是心事重的人。

喻青措向他反复求证，确认他没有认错人后，她陷入沉思境地。

从和喻蓝时见面到现在，关于喻蓝时的家事以及她是如何一步一步在上海站住脚的，她从来没有提过。其实也不难猜出来她是吃过苦的，但是听小梁这么讲起来，喻青措还是有所触动。

汽水见底，到了饭店开工的时刻，二人自动分开各自忙碌起来。

晚上临走前，喻青措给值班经理交代，明天她可能会休息一天，家里事情也多。值班经理朝她眨眨眼："一年365天都在店里工作的劳模，也该趁着这个时候好好休息休息。"

自从结婚的消息散开之后，她每天笑到脸都要僵了。

晚上，程易尘来接她下班，两人先去后院瞧爷爷。奶奶看到他们回来，就叫过来给他们看明天要带去的聘礼。

程老太心细，都用红布打结包好，大大小小加起来十来件。

正桌上平绒大红布盖着几摞厚厚的礼金，程易尘掀开看了看说：

"现在谁还直接送钱啊，搞得像暴发户做派了。"

程老太拍开他的手，讲他没缸高比缸粗："侬不懂！从前到现在，聘礼要摆得厚厚的高高的，这样才能显得我们欢喜新媳妇。"

一听说是寓意好，程易尘就说，那要不再添上几摆好了，喻青措赶紧摆手："够了够了，这就已经很能代表奶奶的心意了。"

第二天一大早，喻蓝时、喻奶奶和弟弟就在家里等着。喻奶奶把桌面擦了又擦，地上扫了又扫，喻言都能看出来奶奶在紧张。

九点左右，家里门铃响了，喻言跑去开门。

这么多年，喻奶奶一直在悔恨自责中度过，她悔的是自己年迈无力，悔的是自己教子无方，但倘若还是这样的光景再来一次，她还是会做出同样的决定，最起码，那孩子能在那个家庭里享受她这辈子都享受不到的生活。

门一打开，喻老太按着布艺沙发扶手缓缓站起身。

前天晚上，喻蓝时跟她说过好几次，大好的辰光，一定不能掉眼泪，可她瞧见走的时候还像是野丫头片子的人，现在长成亭亭玉立的大姑娘站在那里，还未开口说话，眼泪就先决了堤。

喻老太手足无措，看着程家来的人往屋子里抬聘礼，眼神自始至终都没有离开小孙女。

其实不到九点，喻青措、程易尘、陈晔，还有家里司机老陈就到了楼下，只是有人一直没预设好等下的见面场景，所以一直耽搁到九点钟，陈晔才忍不住轻声提醒，再晚上楼就不好了。

喻青措这才下了车子，每人提两样礼数，老陈又折回去把余下的聘礼带上楼。

开门瞬间，喻青措瞧见奶奶佝偻的脊梁，不知怎的，她突然释怀了。程奶奶一直娇生惯养，保养得一点也不像七十岁的人，而印象里，自己的奶奶一直是精气神很足的人，这几年的蹉跎，让她打眼一看就是受了苦难。

何尝不是呢，早早就去了的儿媳，不争气的儿子，到最后还是跟着孙女享了福。

放下聘礼，喻青措声音不大，开口喊道："奶奶……"

这一声奶奶，让喻老太瞬间泣不成声，她说她对不起青措。

瞧着自己心爱的人和她的家人哭作一团，程易尘喉咙也跟着发紧，从前年纪小，青措刚来家里时，他把她当作入侵者对待，就喜欢欺负她，和她对着来。

现在想起来，他自己当年有多混账。

待到屋里人都冷静下来，喻老太拉着喻青措和程易尘的手，讲前半生自己缺席喻青措的成长经历，往后没事要多来这边走动走动，喻青措说好。

喻老太反复叮嘱夫妻间要互敬互爱，同心协力才能经营好自己的小家，程易尘要奶奶放心。

到最后走的时候，程易尘按照起先程老太的交代，说按照家里规矩，下过聘就算是婚成，今晚上两家人要坐在一起吃饭，到时候会有车子来接。

喻蓝时说不必麻烦，他们自己过去就好。

程老太早就猜到这家人会这么说，三番五次叮嘱一定要去接，这才是对娘家人的重视，推让几番，喻奶奶说："好，就按男方家规矩来。"

从出家门到楼下停车场，程易尘一直拉着喻青措的手，她小手一阵冰凉又一阵出汗，他看着她哭红的眼睛，心里也不是滋味，单手揽过她肩膀："没关系，以后常来这边看看，再不济把奶奶接过去也行。"他说他再忙也会陪着她。

她点点头说好。

天还是那么个天，太阳还是那么个太阳，在一个平静的早晨，喻青措彻底和过往的自己妥协，心里的大石头也跟着应声落地。

Chapter 07

"程易尘，你到底在害怕什么？"

"喻青措，我很想你，我只是想要永远留住你。"

按照习俗，婚礼前新人要先和亲眷见面商量婚礼流程，顺便把答谢礼也送出去。

晚上，庆福路门口和游廊里已经挂起红灯笼，来家宴的宾客一路沿着红灯笼往客厅里走。

喻青措房间里，她身着车厘子红的旗袍，脖子上戴着程易尘妈妈给的项链，正由专业的化妆师给她化妆。

化妆师直夸青措底子好，配身上的旗袍绝美。

奶奶中间上来一次，看到喻青措的装扮，欢喜得不得了！她五官长相大气端庄，配这身红色别有风味。

"我就说你配这个颜色绝对好看！"

喻青措回握住奶奶搭在她肩膀上的手，直言道："我不大习惯穿红红色的。"她向来喜欢素净的颜色，衣柜里俏丽色系的衣服翻不出来几件。

奶奶连连摇头："漂亮得不得了，以后还是多穿红色。"说罢就拿起桌上的一套澳白耳钉，亲自帮青措戴上。

程老太在镜子里看着青措，直夸喜欢。看着时间差不多了，她催促青措下去，化妆师说还有最后的造型，就快结束了。

楼下人已经到齐，今天老爷子精气神足，又叫了家中几个待客的长辈过来。

喻青措下楼时，程易尘面上和亲眷说话，视线却从喻青措出现的那一刻便没有离开过她。喻蓝时和喻奶奶都说今天的青措漂亮极了，她被看得脸颊发红。

席上，程老爷子打趣道："喻言是家中男子汉，理应代替姐姐多喝几杯。"

喻言倒是实在，端起白酒杯真的一口闷下，随后脸颊涨得红彤彤，五官愣是强忍着一点儿也没扭曲，桌上一帮人笑得开怀，讲年纪小要多历练历练。

喻青措拦挡着，说他还是学生，慢慢来，以后再喝也不迟。

饭后，喻言喝得有些醉，倚在沙发上，程老太和喻老太算起来好久没见面，拉着手有说不完的话。程姿情况特殊，先一步散场，陈晔陪着她上楼休息。

门外游廊下，程易尘和喻青措送客，红灯笼映衬下的光散落在两个年轻人身上，显得格外养眼，来往的亲眷都说两人般配，是郎才女貌的佳偶。

站得久了，她穿着的尖头细高跟有些累脚，她小幅度转动脚踝，两脚来回交替，程易尘和客人说着话，不动声色地揽住她的腰身，借她一些力。

喻青措不习惯在长辈面前显示出亲昵的状态，弓着身子向后退，程易尘揽得更近一些，两个身子紧紧贴在一起。

她拗不过他。

李茹和程南风也从楼里走出来，喻青措迎上前，李茹笑着说道："这几天可能会辛苦一些，你们要照顾好自己身子。"

今天程易尘倒是没再吃炮仗，见着亲妈也是客客气气的，说到底还是心情大好就母慈子孝，又寒暄几句，李茹便和程南风离开。木已成舟，现在眼瞧着这两个孩子情投意合，做妈的也算舒坦些。

见车子走远，程易尘拉着喻青措坐在游廊石凳上，夜里还有些暑气，喻青措要他坐远一些，这样弄堂风才能过来。

有人今日桌上饮了些酒，都是长辈祝贺的喜酒，他推却不了，全部应声接下，现在身上滚烫，白衬衫的衣领扣子松开两个。

程易尘偏不遂她愿，双眼瞧着她，紧紧贴着她。

"喻青措，以后多穿红色好不好？"

"不好。"她故意和他作对，像极了小学鸡斗嘴。

他脸颊凑过来，离她嘴角还有毫米距离，气息带着淡淡酒气，又重复一遍："那，只穿给我看好不好？"

气氛陡转，她能察觉到不对劲，双手抵在他胸口，试图拉开安全距离。程易尘一手护住她脊梁，一手穿过她腿窝处，一用力，直接将人抱坐在自己腿上。

她看了眼近在咫尺亮堂堂的客厅，吓得大惊失色道："你疯了程易尘！"喻蓝时她们可能随时会出来！

有人霸道极了，在她身上四下点火，嘴巴贴近她耳朵又问一遍："那你说好不好？"

她被缠得没办法，连连点头，当下只想赶紧逃开，她可不想等下被别人调侃。

光是见着她点头，他还是不依，非得要她用嘴说出来好，这才依依不舍把人又放到石凳上。喻青措握拳用力捶向他肩膀处，骂他不要脸！

有人不服气，眉毛扬了扬："我看我自己老婆又不犯法。"

她刚想张嘴反驳回去，前楼客厅门由里往外推开，喻蓝时一行人往外走，身后是程老太的声音："今日沾了孩子们的喜气，我们老姐妹才能有机会坐下来好好聊聊，不如今晚上就在庆福路住下好了，无非是添床被子而已。"

喻奶奶连连摆手："以后就是亲家了，这亲上加亲，不愁没机会见面，明日蓝时还要早起上班，耽误不得。"

话到这里，程老太也没多劝，远处喻青措和程易尘顺着一路红灯笼走过来，程老太还反问一句："怎么黑灯瞎火的，你俩去哪里了？"

喻青措眨眨眼睛没回话，程易尘不动声色地岔开话题，问喻奶奶今晚上吃好了吗？怎么不再留一会儿？

喻老太越看这个孙女婿越顺眼，不由自主地笑得开怀："不急不急，过两日就又该见了，奶奶还等着吃你们喜酒哩！"

话已至此，程易尘便没再硬留人，叫来司机送喻家人回去。

晚上，喻青措洗漱好，换上大红色的睡衣躺在床上，脚后跟还在渗血，光今日这几个家眷她都觉得应付不过来，不敢想象结婚当日又会是什么样的辰光，简直要了她的老命！

程易尘现在大多时间洗过澡就要来喻青措的房间，每晚都要上演喻青措连推带拉赶人走的戏码。

今晚上仍旧不出意外，指针一拐，有人就推开落地窗往她房间里走。

喻青措早就见怪不怪，她皮肤白，脚后跟磨红的那块被他一眼看到，他一屁股坐在她对面，握住她脚踝凑近看。

喻青措躲了一下没有躲开，明知这人的狗脾气，她就没再挣扎，可有人要现在去楼下找张姆妈拿碘伏。

她这下坐起身来："姆妈这几天忙得厉害，早就睡下了。"今日为了喜庆，二人从里到外的所有衣物都是新的，新高跟鞋本来就会有磨合期，她告诉程易尘没关系，第二天就好了。

他低头往她脚踝上吹凉风，凉风顺着她脚踝的神经往上酥酥麻麻，暂时能缓解热辣辣的痛感。

他起身去洗手间把毛巾打湿，又回来摊开敷在喻青措脚踝上，她被伺候得舒服极了，她说她突然有些害怕婚礼当天："我怕我应付不来，这好像比在饭店工作还要累。"

"你不用说话，累了中途可以回来休息。"婚礼那天的名单也拉出来了，光是来往的人就多得需要包下一整个饭店，一桌一桌过酒他自己也知道有多累。

喻青措点点头，能偷懒就偷懒，她也不喜欢迎合不熟悉的人。

"那天你会喝很多酒吧？"

他双手在冷毛巾上揉搓，闻言，眉尾挑得高高的，看向她："应该会吧，怎么了？怕我应付不来？"

喻青措知道他酒量好，可是就算再好，几圈下来……光是想想就头疼的地步。

见她当真，他笑了笑："没关系，到时候会带人替我的。"他已经想好了，不大亲近的就共同举杯由人代替，实在推不开的就自己上。

没来由地，喻青措想到大伯娘，这几日都没见她来过，那晚上她痛哭流涕说出心里话，喻青措心里也不是滋味："大伯、大伯娘那边？"

毛巾已经被焐热，程易尘掀开毛巾，起身把毛巾丢回洗手间："已经下了帖子，来不来就看方琳自己的意思。"

他上半身从洗手间探出来："你倒是操心旁人？该操心的你不操心。"

喻青措被他吐槽，一脸疑惑："那我应该操心什么？"

有人洗过手又过来，直接贴着她躺下："操心操心我们今天没有完成的事。"

他指的是月下黑的游廊上被人打断的吻。

程易尘双眼带着侵略性，盯着她敞开的衣领处，大红色的真丝睡衣是程老太买的，码子选得有些大了，穿上松松垮垮。

与以往不同，今日她竟没有挣扎，由着程易尘的兴致来。

反常，一切都太反常了！他尽管心里想着今晚上的喻青措竟然没有骂他也没有打他，但他身上像是有火焰在燃烧，已经顾不上那么多，自顾自地脱下上衣。

突然……

喻青措笑得身子跟着颤抖，她来例假了！早上的时候就来了！

有人心火烧一半又被浇灭，他赤裸着上身，把头埋进她肩颈里，声音沙哑又克制地说道："喻青措，你最好祈祷婚礼那天我没醉得不省人事。"

婚礼前夕，入夜，喻青措下了班，照例去后院看看爷爷奶奶。

今天老爷子是在院子里吃饭，见人来了，二老热络地跟她说话，手头上要准备的东西都准备好了，奶奶把南边的小楼主卧也收拾出来，叫小两口住。

程老太着急忙慌加班加点地叫人拾掇，是生怕有人哪日驴病犯起来，又吵吵着要搬走，与其搬到江边，还不如住庆福路，离前厅远一些也能有小夫妻的空间。

奶奶给喻青措舀了碗绿豆凉粉，撒上桂花蜜，喝起来解暑气。

爷爷趁着程老太去厨房的空闲，问喻青措："和易尘最近相处怎么样？他从小性子被惯坏了。"

喻青措说相处得还好。

爷爷坐在电动轮椅上点点头，有一阵子的沉默后，他又问道："或许青措知道程易尘和我之间的协议吗？"

端着碗的手一晃，满当当滑溜溜的凉粉顺着碗边滚下去，她慌忙放下碗，抽着纸巾去擦地面。

姜还是老的辣，老爷子把她一系列的动作看在眼里，轻声笑了笑，没再言语，这时候程老太也回来了："快放着别动，没事的，等下会有人来收拾。"

这么一打岔，上一个话题也跟着不了了之，坐了一会儿之后，喻青措便借口离开，就连程老太邀请她去南楼看看，她都草草拒绝。

一离开二老的视线，喻青措就急慌慌给程易尘打去电话，拨通后电话铃声似是从身后传过来，她转身，廊下正站着程易尘，穿着正装，嘴角带笑地看着她。

他伸手刮掉她鼻头细细的汗珠，挑逗她是不是一日不见就想得厉害。

喻青措拨开他的手："哎呀，我现在没心思跟你开玩笑。"

程易尘锁了车，跟着她往楼上走："怎么了？"

两人一到房间锁上门，喻青措就把刚才的事情一五一十叙述下来。

程易尘松松领带，纠正她："所以你当时就应该表明态度，不是的爷爷，我爱程易尘爱得死去活来，没了程易尘我感觉整个人都无法呼吸。"他贱嗖嗖地学着她说话的神情。

喻青措拿起手边的软枕丢他："都什么时候了，你还有心思开玩笑，不知道爷爷会怎么想我，会想我们同流合污！"

"怎么想？你管他怎么想干吗，白纸黑字盖过人名章的协议，等到礼成第二天股份就划我头上了，他怎么想一点也不重要。"

喻青措拿眼瞪他："那是你爷爷，你当真想好要这么气他？"

"那他肯定也知道，一个被窝里睡不出来两种人。"

败兴种从小到大都没让人省心过，早年上高中时军训，不知道教官从哪里听说他是程家唯一男丁，拉练时对他管教得格外严厉，时间久了，连身边的同学都能看出来不对劲。

偏败兴种就不吃这套，不愿"阿谀奉承"，被按头背上不服管教的罪名，总之这样一来一往，他便和教官结下梁子。

喻青措那时候还在初中部，她课间从教学楼上看到程易尘被教官罚做起立蹲下，有人脊梁骨挺得直直的，身上早就被雨淋湿，顺着帽檐往下滴水，可任凭教官怎么训，他就是不愿意蹲下。

那天下着很大的雨，教学楼走廊上挤满了人头。再后来，她被老师叫去抱作业，走到半路，她听到楼上有同学叫着说，程易尘和教官起冲突了，她踮脚想去看，被里三层外三层的人群堵得严严实实，最后什么也没看到。

只是后来这事被老爷子知道了，老爷子在校董办公室里坐着，拐杖跺地，震得地板哐哐作响。

这事最后，程易尘没再回去参加军训。

那段时间，程易尘就躺在家里，喻青措放学要往他屋里去，才发现落地窗也被上了锁，她那几日只得在房间里小心听着隔墙的动静，确认他是不是还活着。

她也不知道自己在怕什么，她没有见过程易尘那么受挫，生怕他想不开。

后来过了好多年，喻青措在他怀里说她那时候害怕极了，只想替爷爷奶奶看着他。

有人浅浅吻着她眉心："喻青措，你放心好了，我肯定不死在你前边。"

她慌忙捂上他嘴巴，要他"呸"出来，埋怨他这么晦气的话可不要乱讲。

程易尘顺势吻上她手心，细细密密的吻像是雨点一般四下点火，让人身子也跟着绵软。

第二天一大早，司机老陈便在楼前等着，今天是程易尘和喻青措去试婚纱的日子，其实之前两人已经试过，款式也已经选好了，只是喻青措腰身那里有些宽，需要重新收紧一下。

有人从上车前就在打电话，大清早语气不算和善，听到底是在说晚上应酬安排的事情。

近几日，程易尘和她的工作能停的都已经停了，他也已经好几天没再应酬过，今晚上这么兴师动众地去安排，想必是很重要的人。

等到挂了电话，二人已经到了婚纱店。程易尘这才察觉到身边人已经好久没有说话了，带着讨好的意味，他主动解释今晚上要招待的人有多重要。

喻青措似听似不听，人在前边走着，店员夹道欢迎，没人不认识程家的小程总，店员不免都多看上几眼，有人已经交头接耳猜测喻青措是哪家的千金。

程易尘可不满意有人跑神，偏攥着她手又把人拉回到跟前，非要并行。

喻青措看到有店员已经在窃窃私语了，她怪他，但在外不想和他拌嘴，只是狠狠掐着他手心。

有人被掐反而笑得合不拢嘴。他要她先进去试婚纱，他在外边还要再打个电话。

今早上喻青措化了妆的，所以省去了化妆环节，店里人帮忙给她简单做了发型，三个人围着帮她穿婚纱，他在外边刚挂断电话，就有店员过来轻声提醒，新娘已经准备好了。

厚重的遮光帘一拉开，喻青措一身拖地长纱站在他面前，他双手背在身后一瞬不瞬地盯着他的新娘看。

店员很贴心地来询问新郎的意见，新郎往前走过去，店员很识相地回避，单独留下两人在大片落地镜前。

喻青措被他看得脸红红的，同时还没有完全从刚才的小插曲里走出来。

她推搡他走开，她说这下腰身很合适，她要换衣服了。

有人浑不懔睐着眼睛往她跟前凑："喻青措，你得进入我的生活里，你也得知道我的应酬，就像爷爷昨日那么问你，你应该坚定地说你爱我，是因为爱我才要和我走进婚姻里。"

"是你没有安全感，才要强迫我天天把爱你这句话挂到嘴边。"她反驳他。

他从身后抱住她，镜子里二人合为一体，他揽着她腰身，婚纱上镶满钻，沉甸甸又耀眼夺目，衬出她凹凸有致的曲线："那是当然，我天天听都不嫌烦。"

有人犯浑，她才不要跟着他一起沉沦，她催促他赶紧去试衣服，不然等下店员该笑他们了。

男式西装试来试去就那几个款式，无非随着新娘的婚纱做一些变动，做一个安安静静的绿叶就好。

随便一折腾就已经快到中午时间，早上怕老陈等太久就让他先走了，到这会儿，老陈正堵在来时的高架上，程易尘和喻青措在VIP玻璃包房内先等着。

她随意翻动着店内最新款的杂志，托腮看到合适的会给程易尘看看，让他参谋下。

玻璃房外有人经过，她余光瞥到已经走过去的人像是无意间看了一眼后，又折了回来，她略带疑惑地抬头，已经看到程易尘的目光也在看向那个姑娘，只是一眼，他便悄无声息地挪开眼神。

看起来是相仿的年纪，穿着热辣的短裤，烫着时下最流行的鬈发，店里是会员预约制，不对外开放，能在这里出现一定是和他家境相仿的千金。

那姑娘又顺着程易尘，看到她身上，在她脸上有一阵子停留之后，抬脚离开。

直觉告诉喻青措，不对劲。

那个女生和程易尘应该是认识的，但她歪头看向程易尘时，他脸上没有任何表情，仿佛刚才的事情根本没有发生过一样，他叫来店员，记下刚才二人选中的款式编码。

没一会儿，老陈来了，直到两人坐在车子后座上，她都没有询问他刚才那女生是谁。

以前喻华明在外作风不正派，常有风言风语传到她耳朵里，她那时候还小，就有人指着她鼻子骂，可想而知，母亲身为局中人，又背负了多少奚落。后来喻青措就在想，如果有一日她进入婚姻，她不允许她的婚姻有一丝偏差，纵使这个婚姻从一开始就不对等，她也不要过那种打断牙齿往肚子里咽的不舒坦日子。

用现在的话讲，她才不要雌竞！

她热血沸腾地想着，一旁有人扣住她的手："喻青措，又在谋划什么呢？"

程易尘说完，青措没打算搭理他，脸扭到一边看向车窗外。

有人来了劲，偏要老陈回庆福路，这下喻青措才转过脸看向他："我没有谋划什么，我现在要去上班了。"

他马上掏出手机给章荣经理去了电话，说喻青措现在有些事情不能回饭店，要下边的人先招呼下，有事打他电话。

其间，喻青措一直去拽他胳膊，但被程易尘伸手扣着。有人驴病上来，非要她说清楚。

老陈看起来像是习惯了似的，没多问更没吱声就往庆福路开。

程易尘欺身凑上来："喻青措，把你心里真实想法说出来。"

她没躲，抬眼看过去："所以你明知道我想的是什么，为什么还要我问你？你没嘴不会自己说吗？"

程易尘冷笑："我不知道你要问什么。"

喻青措身子靠回到后座椅上，这种毫无意义的对话她一句也不想多说。

程易尘伸手把领带松了松，他可没有让外人看笑话的爱好，有些事情还是关上门说比较好。

车子拐进庆福路，有人拉开车门攥着喻青措的手，穿过游廊往南楼婚房里走，路过游廊外的程老太给他们打招呼，他一副生人勿近的模样。

程老太想上前询问，被大着肚子的程姿拽住："您就别跟着添乱了。"

"你没瞧见败兴种的脸色吗？我这不是想去劝劝嘛。"

程姿又挺了下肚子，直接把妈妈的路堵死："拉倒吧，您孙子自己的媳妇自己能不知道疼吗？有事还是让小两口自己去解决得了。"

程老太这才收回脚。

喻青措是第一次过来南楼的婚房，都没来得及细看屋里装潢，就被程易尘拉进卧室里。

她坐在床上，程易尘坐在她对面的真皮沙发上，把外套脱下，白衬衣袖子往上挽。

"青措，我从前就说过的，我们之间不应该有隐瞒。"他当然知道今天喻青措看出来什么，他等了好一阵子，她的脸一阵红一阵白，但憋屈着什么都不问。

这又回到鸡生蛋，蛋生鸡的问题，一个憋着不问，一个偏想叫她问出来。

"程易尘，你是第一天认识我吗？"她从前就是这样的性格，你不问，我不说。

"当然不是，所以我希望你可以试着改变。"

她第一次见有人把心虚说得理直气壮，在她看来，这无意义嚼舌根的扯皮，不过是在为他自己开脱，她站起来就要走。

刚起身，又被程易尘拉住坐回到床上，她耐心彻底耗尽："你松手！是不是有病！"

也就喻青措敢这么骂他，从前对谁都和善的人，偏偏到他这里轴起来十头牛都拉不回来。

程易尘也来了脾气，扯下领带，恶趣味附体，把她推倒在床上，将她双手举高绑在头顶上。

喻青措睁大眼睛，伸脚朝他踹过去，红眼时候，敌我不分，程易尘攥住她脚踝，欺身压下去！

"程易尘！你是不是要死了！放开！"她把这辈子能想到的脏话都骂出来。

楼下二人听到南楼传来一阵阵的叫喊声，程老太揪着汤匙，一脸忧心忡忡地看向程姿："你确定不需要上去看看？"

程姿嘴角带笑，这辱骂声大多来自青措，肯定是有人犯浑："您就放心坐着吧，实在不宽心，站起来走走不听就是了，这小子浑不懔，难得能有人治治他。"程姿倒是愿意看程家男丁被统治的模样，光是想想就心里暗爽！

喻青措彻底没了脾气，这世上善的怕恶的，恶的就怕那不讲理的，蛇打七寸，有人拎着棍棒不知道朝哪儿下手，要不说这一物降一物！

"我不绑着你，你就要跑了！"

"你松开！我不跑！"

"你觉得我能信你话吗？青措，"他吻吻她眉心，"你有什么不

222

敢的？"

变态！这不是变态是什么！她有种一拳打在棉花上的无力感，实在是想不出来，有谁能在吵架时候还亲人家眉心的！

"行了，喻青措，你是不是就想问刚才的女生是谁？"

两人离得近，程易尘整个身子都贴在她身上，喻青措别开脸："没有。"

"张子晴。"他没头没尾地说了这么个名字。

他食指大拇指抵住喻青措的下颌，端正她的脸："奶奶提过的，在瑞士留学时，船舶业张老爷子的孙女。"

这几个关键词一出口，喻青措想起来确实有这么一回事。

程易尘和张子晴确实是没有联系过，也没有单独见过，他也是事后由别人提起来，才把名字和人对上号。

"留学圈子就那么大点儿，瑞士的华人留学生又少之又少，走到哪里说不定都会打上照面，所以你信我吗，青措？"

话题陡转，又绕到二人身上。对于张子晴，她是信程易尘的，以他的脾气绝对不会搞什么暗恋，如果真要是在国外看对眼，两人早就在一起了，何必等到现在呢。

他俩现在心里都无比清楚，张子晴只是一个导火索，说来说去，还是有人心里对她缄口不提这件事不满。

喻青措不躲了，迎着目光看向程易尘："程易尘，你到底在害怕什么？"

大眼睛看着他，这让他想起来年少时，爱意藏不住那次。

他放了学回家，先是习惯性地看向隔壁，隔壁静悄悄的，他下楼装作毫不在意去问张姆妈青措人在哪儿，张姆妈说刚才回来了，放了书包又不知道跑去了哪里。

起先，他没当回事，直接往外走，走到门口，突然瞧见门口参天梧桐下站着一男一女，不看不打紧，一看他一眼便认出那个发绳。

男生递出一封信给喻青措，瞧瞧，瞧瞧两人的脸都红得像猴屁股似的，程易尘一股子怒火上来，三步并作两步，走上前把喻青措一把拉到身后，顺手接过男生手里的信："几班的？学生仔就学人谈恋爱了？"

那男生先是一愣，随后看清楚程易尘也穿的是校服，撇撇嘴一脸不屑："你不是学生？装什么家长呢？"

有人驴脾气上来，一个步子迈上去，那男生看着比自己高两个头的程易尘，显然也有些怯生生的。喻青措见状，赶紧拦住程易尘："哥！快走吧！奶奶还在家等我们呢！"

男生一瞧两人是兄妹，便灰溜溜地走了。

从门口到二楼这段路，喻青措一直垂着脑袋跟在他身后，某人叫张姆妈别上二楼，他要给喻青措辅导物理！

张姆妈探头看了眼，还纳闷，以往不都是周末才辅导的吗？

门一关上，有人家长做派拿出来："喻青措！是让你上学的！你倒好，还学人谈恋爱！"

"我没有。"她确实没有，那男生缠着她很久了，她也是今天回家后才发现对方跟着她回家，她才匆忙又下楼叫他离开。

程易尘像是吃了炮仗，一句解释也听不进去，他光是想起来刚才她红脸的模样就生气，对他一天天凶巴巴的，怎么在外人那儿还红了脸！

他知道她最是在意奶奶的看法，佯装现在就要去告状，让奶奶好好瞧瞧她的好孙女已经会学人谈恋爱了！

"你不是也在学校招蜂引蝶跟那些女生说不清楚？"

"你哪只眼睛看到我和女生说不清楚了！"

她都不稀罕多说，有人走哪儿都是焦点，他要不学公孔雀开屏能有小姑娘往上凑吗？喻青措小声小气说着，有人像是暴躁驴一般跳脚。

末了，她联想到之前的种种，大眼睛带着神气劲儿看向他："程易尘，你该不会喜欢我吧？"

就是这双大眼睛！和那时的神情一模一样！他魂穿十年前，突然清醒过来。

喻青措见他良久没动静，又提了一遍："程易尘，你到底在害怕什么？"

"是啊，喻青措，我到底在害怕什么？"他支起身子，双腿调整一下位置，跪坐在她胯骨两侧。

"怕你受欺负，怕你受委屈，怕你被别的臭小子骗走，怕你忘了我，怕你半路相亲成功，又怕你跟别人结婚。"他抽出她衬裙里的上衣，双手探进去。

"松开！我叫人了！"她声音泥泞沙哑。

"你不是想知道我怕什么吗青措？在国外那几年，我过得一点也不好，我能在每个人身上都看到有关于你的影子，但她们都不是你。"

再次欺身而上时，他松开绑住她手腕的领带，裙子和小布料散落在一旁地上。

他双眼看着她："喻青措，我很想你，我只是想要永远留住你。"

她双手和他十指交叠，指甲死死扣住他手背。她知道他心里带着气，气她那几年的缺席，她不服输，眼睛盯着他看。

不过这次他明显温柔许多，轻咬她耳朵，她人也跟着软下来，再到最后她竟然接连颤抖。

从南楼下来时，月色已经降临，她裙子拉链被他拽坏，她把上衣拉出来挡住拉链，同时乜斜向始作俑者。

她嗓子干哑，程易尘开了一瓶气泡水，递到她面前，她摇头拒绝，不想喝带汽的水。

他看了眼喻青措手腕上淡淡的青痕，自己也心虚起来，老老实实烧水，可是喻青措一分钟也不想再待下去，要回前楼。

下楼梯时，她腿都在打战，程易尘上手扶她，被她一把打开："现在知道心疼啦！犯浑发狠的时候怎么不说呢！全天下男人都是一个样子！"

她一阵子牢骚，程易尘老老实实听着。

前楼客厅里，程姿正在吃着碗里的燕窝，她说过很多次这是燕子口水，是智商税，可是张姆妈和程老太都认定这对孩子好，一听到这个，她老老实实每天都喝上一盅。

程姿眯着眼睛看喻青措单手掐腰，姿势怪异地往楼上走，张姆妈拦着程易尘问他今晚上要吃什么。

程姿之前就听说程家姆妈工资比写字楼里的白领还要高，姆妈真该拿得多，程家人口多，每人回来也没个点儿，还众口难调，一人一锅的辰光简直不要太多。

程易尘步子都没停，跟着喻青措往上走，回头交代张姆妈随便什么都好。

程姿舀着"燕子口水"说道："姆妈不用管，有人早就吃干抹净了。"说完话，程姿还"哈哈"笑了两声，毫无疑问全部传到喻青措耳朵里，喻青措提着坏了的裙子低着头赶紧往楼梯上走。

多丢人啊！烦死了！

喻青措快步跑了两下，钻进卧室，反手就去锁门，有人在后边跟得再紧也被碰了一鼻子灰。

程易尘晃了几下门锁，里边的人就是不给开门。

身后传来关门声，他转身，看到手里拿着孕妇座椅的陈晔。

刚才某人的狼狈模样，被陈晔看得清清楚楚，陈晔嘴角带笑："怎么不走阳台？"

"管好你自己得了，"他故意看了眼陈烨手里的东西，"你好到哪里去了，奶爸？"

陈晔听着他的话一点也不恼，反而感到新鲜，迈步走到他身边，劝慰道："青措要靠耐心哄的。"

"你别一天天很了解我老婆似的，伺候程姑奶奶去吧。"

他越是暴怒，陈晔越是笑得肩膀都在抖，公司里天天趾高气扬的小程总，私下也是会站在老婆房间门口求原谅的人，这场景真是稀奇极了。

陈晔一走，程易尘又喊了两声青措后，折返到阳台那边，果不其然，落地窗上了锁，窗帘也被拉住，严丝合缝地，一点也看不到里边的情况。

他决定暂且相信陈晔一次，耐着性子先回自己房间洗澡。

洗完澡，他发现张姆妈把饭菜端上来了，他瞥一眼犹豫要不要叫隔壁的人。程老太听到动静，来到他房间里，像是巡逻一般，四下打量一番："怎么今天你也没下楼吃饭？"

他擦了擦头发："奶奶，您想说什么您就直接说得了。"

程老太也不再藏着掖着，顺势坐下来："跟青措吵架了？"小老太太今天下午心里起伏不定的，距离婚礼不到三天的辰光了，这两人别别扭扭的总归不是什么好事。

"没有。"他可不觉得他们这是吵架。

程老太反复确认，这才松了口气："青措心思细腻，凡事你要多与她沟通商量，别什么事都想自己做主。"

程易尘说知道了，程老太又叮嘱几句这才离开。

饭菜还在温着。他给喻青措打去电话，那边没挂断但也没接通，想了想，他去了趟药店，今天确实是他犯了浑，人到兴头上也没个轻重缓急。

他给喻青措发去微信消息，顺带拍了张药膏的照片，说挂在她门口把手上了。

起先她没回应，他走进自己的房间里，把房间门打开，时刻听着那边的动静，过了十来分钟，他听到扭动门锁声，于是抬脚起身往隔壁走去。

喻青措回来洗了澡就睡下了，困得浑身骨头都散了架，看到手机上两个未接来电，随后锁屏放到一边。不想理他！一句也不想回！

不一会儿，手机消息再次响起来，她面无表情地看了眼那张装着药膏的袋子的照片，袋子孤零零地挂在她房间门把手上。

洗把脸精神劲儿缓过来些，她决定把药膏拿进来，谁能跟自己过不去呢？

开门的瞬间，隔壁窜过来一记黑影，她吓得一哆嗦，有人已经先她一步挤进她的房间，她没好气地瞪他。

他这下老实极了，像是做错事的小学生，先一步递上袋子："医生说了，先用这个再用这个。"

她瞥一眼，有洗剂，有药膏。

"知道了，放那里就好了。"她指了指墙角处的实木矮脚桌。

有人像是没听见似的，手依然伸在半空中。她身体酸痛实在没心情，伸手去接袋子，刚触上塑料袋，就被程易尘勾住手，顺势把她抱到怀里，下巴搁在她肩膀上："不要生气了好不好？"

"没生气，你起来。"

"我帮你涂。"说完，他就作势要帮她宽衣。

喻青措警铃大响："程易尘！你敢！"她光是想想那个场景就无比难受！

程易尘笑："那你自己涂。"

她自己去卫生间一阵摸索，等到再出来时，桌子上摆满了饭菜。程易尘见着她出来，赶紧腾位置，像极了鞍前马后的小弟。

她确实饿了，坐下来就开吃，汤水热度都刚刚好，菜也可口，不知不觉半碗米饭下肚。

她抬眼，有人一瞬不瞬盯着她看，其实她早就不生气了，但就是不想给他好脸色，省得他下次还是顺着自己性子胡来。

"你不吃？"

听到赦免的话，他才拿起筷子："青措，以后我们不要吵架，你生气好吓人。"他装屄示好。

"你要不犯驴，我就不会生气。"她垂眼喝着汤。

"还疼吗？"

她想了想，诚实地点点头。

程易尘有些慌："我看看？"

"想都别想！"

"要不要给张医生打电话？"张医生是老爷子的御用医生。

"那你拿着喇叭给全世界都说一下好了！"

程易尘彻底没了招，拿掉她的汤匙："我就看一眼，看看严重不严重，"程易尘一直重复着这话，哄着她，又说，"除非你自己心思不轨，才觉得我跟你一样没安好心。"

"到底谁没安好心？"

"好好好，我我我。"他再三保证，真的只是帮她验验伤。

有人心软松了口，他光速去洗干净手，拿出医用棉签。

程易尘用棉签蘸了药膏涂抹在患处，黑灯瞎火的厕所里，冰凉凉的膏药碰到患处，让她跟着一激灵，手揪住他胳膊，不悦地催促道："好了没？你是不是故意的？"

他伸头过来，一脸严肃："喻青措，你觉得我是狗吗？都这样了我还能是故意吗？"

她腹诽，跟狗也差不多了，反正不是人！

她穿好衣服，拉着他去洗手，水龙头里的流水滑过手心，他附着在她手背上，小声说荤话，她拿湿手朝他洒水，气不过又擦在他睡衣上。

程易尘笑得开怀，抱住她吻她额头。

程家来往的生意人太多，光是婚礼就生生办了两场。

中午在自家酒店里举行，从化妆到造型再到敬酒环节，整套流程下来，喻青措感觉脚已经不是自己的脚。

程易尘看出她在强颜欢笑，过了几桌后，给人带到休息室，自己又领着招客陪酒的人接着走流程。

她在休息室里吃着酒店人员送来的吃食，谢可走进走出，随时给她汇报前厅的情况。

她夹一块肉放进嘴里，心里还是有些不大放心，谢可推门进来："小程总叫你放心吃，他今天没喝酒，都是身后人顶替他喝的。"

她卸下肩膀，悄悄把高跟鞋褪下来，赤脚踩在脚椅上。

谢可看着镜子里的喻青措说道："姐，你今天好漂亮！"

上次和喻青措单独相处还是在老板的休息室，好在她早就洞察到喻青措不久将会是她的老板娘。自认为相处得一直还不错！

喻青措笑了笑，今天早上她很早就起来了，折腾到现在胃里早就空落落的，她问谢可程易尘有没有吃东西。

谢可朝她打了个手势："我看到小程总刚才在文华天地老总那桌坐下吃了些。"

虽说程易尘要她在休息室放心待着，不用着急出来，可新娘太久不露面，总归是说不过去的。

这时，休息室外有敲门声，谢可打开门，门外站着程姿和Opal。

喻青措和程姿说话，她抚上程姿的肚子和小宝宝打招呼，期间Opal表现出小孩子的天真好奇，一直中英文掺杂着问东问西，逗得大家跟着笑。

Opal凑近喻青措，伸出小手摸摸喻青措的耳环。

不光是喻青措，就连程姿也发现了，照顾他的阿姨问道："看起来我们Opal也是很喜欢新娘子是吗？"

小朋友眼睛澄澈，今天也穿上了定制的西装，闻言轻轻点了点头。喻青措欣喜，顺势摘下左边的耳坠送给他。

程姿说她太惯着孩子了，她可没这么觉得，看到Opal跟她亲近，她也跟着开心。

没一会儿，再次响起敲门声，陈晔在门外没进来，跟谢可说前厅现在准备要过几个重要的客人，让青措准备一下也过来。

关门的瞬间，他看到程姿正脸颊带笑地看着他。

这几天，程姿进入孕晚期，受孕激素影响，情绪不大稳定，加之也不好好吃饭，这可愁坏了家中专门做饭的张姆妈。

本来今日人多，陈晔不大想让程姿跟着来，害怕忙起来顾不上她，可她从几天前就说一定要来散心，她想看喻青措穿婚纱的模样。她还说她在庆福路憋得心情都不好了，最后软磨硬泡，才提前讲好，去了之后一定要在他的视线范围内活动。

喻青措又随便吃了几口，在造型师的帮助下换上晚礼服，这才提着气往外走。

临出门前，程姿叫住她，以往经验使然，晚礼服长不露脚，可以换上平底鞋作弊，不然这么一轮走下来，人都要废了。

"可是我没带平底鞋。"

她话还没说完，程姿就把自己的鞋子脱下来给她："我记得咱俩一个码数吧？"她行动自如，一点也不像孕晚期孕妇该有的稳重模样。

"当心呀，等下小叔叔该讲我们了。"喻青措换上平底鞋，才感觉双脚着地有多舒服，高跟鞋简直就是美丽刑具！

她走出休息室，程易尘正在门口等着她。看到她之后，双眼明显柔和，他伸手拉着她，小声贴耳说："太漂亮了，怎么都看不够。"

俯身瞬间，他看到她只有一个耳环，还以为是有人换衣服时不小心掉了。

"哪里呀，Opal喜欢，我就送给他了。"她挽着他手腕往前厅走，松软静音的地毯吸附了大半嘈杂声。

"真大方的新娘子啊，一对六位数的耳环说送就送，难怪Opal喜欢新娘子。"

作怪精！戒指是他当时带着她一起去买的，后来的镯子、耳环，她都没有去，都是程易尘挑选的，她千叮咛万嘱咐一般普通的就好，那人嘴上也答应了，到头来……

讲真的，说不心疼是假的，可到底这耳环是自己亲手送出去的，她挽着的手抓了抓程易尘的胳膊。

程易尘宽慰地拍拍她手背："新娘子要笑，不然等下该讲今日的新娘子不好对付。"

她撇撇嘴，不满道："还要赔笑。"

她的小声被程易尘听到，他又拽着她手往上提了提："我只是这么一说，你还作上怪了，你要不想笑，谁也不敢说你的不是。"

前厅工作人员看到二人过来，引着他俩往包间里走。他俩刚进去，包厢内就热闹起来，喻青措扫一眼，这屋里坐着的年纪都不小，来客看起来非富即贵的不好对付。

觥筹交错，大家说着祝福的话，有喝红酒，有喝白酒的，程易尘随主家要求也混着喝，顶酒的伙计自始至终都没能替上一杯。

喻青措看得揪心，高脚杯里装的白酒，他眉头没带皱地仰头一口喝下，她现在有些理解程易尘的心境了，特别是这种抛头露脸卖命，眼都不能眨的场合。任谁都不愿再听董事会里老古董们的指指点点。

程易尘过了一圈，在上菜口坐着的一位年纪相仿的男人开口："程总有求必应，酒量见长。我听说新娘子也是总店里出来的经理，上次事件中一下子带着程记业绩翻了几番，想必也是能笼络场合的活络人吧！"

说罢，那人就起身端着白酒朝着喻青措走来，在程易尘身边顶酒的伙计开口奉承："今日新娘子还未喝酒呢，要不张总看我够不够格给张总提一杯？"

那个叫张总的摆明料到程易尘身后的人会这么说，错开身子打趣道："不着急，一个一个来。"

这场景似曾相识，还记得当时程易尘刚回国，分店一个男经理也偏要和喻青措碰杯，当时还因为这事她和程易尘大吵了一架，有人笃定她不把他放眼里，都这样了还一意孤行偏要喝下那杯酒。

当时怎么说来着？程易尘认定是喻青措不信任他。

那今日，她就浅浅看着程易尘笑，不语。

程易尘伸手拦了下身边顶酒的小弟，今日是他大喜的日子，他当者是客，不想闹大动静，可明眼人都能瞧出来这人是故意的。

无非是因为上个月的一块地皮，他家老爷子没抢过程家，程易尘拿下这块地，准备做一个高端会所，这个月已经动工了。

这要放平日，搁败兴种的性子，早在饭桌上撂挑子不干了。

现在，程易尘和颜悦色，按了按张总的胳膊："今日新娘子也受累了，早起到现在胃里都是空的，你看我程易尘够不够格跟你提一杯？"

他语调不快不慢，但说出来的话洋洋洒洒、绵里带针，喻青措能看出来有人在压着脾气。

姓张的和程易尘对视几秒，随后坐主座一个看起来年长的男人端起酒杯说道："今日是易尘大喜的日子，来了都是缘分，聚在一起，我们一起举个杯，张总看可以吗？"

饭桌上的人齐齐站起来举杯，能在这个包厢里坐主位的，想必一定是贵客，话都这么说了，姓张的也赔笑说陈总发话，哪能不行。

服务员给喻青措端来一杯果汁，大家点头碰杯，算是结束了这个小插曲。

从包厢走出来后，有人脸色难看到极点，但还不忘攥住喻青措的手，一边走他一边知会身后人些什么，随后拿出来手机给陈晔打电话，前半段说的是公司里的事，但她听到那句："给那狗儿子的合作都中断了！"

喻青措太庆幸二十分钟前和程姿换了鞋子，要不然她根本扛不住。

回到休息室，屋里已经没人，程易尘坐下来打开便携冰箱，从里边拿出一瓶水大口喝起来，刚在席间的几杯酒已经挥发，他身上有淡淡的酒气，连带耳朵也是红红的。

他松了松领带，一屁股坐在不吱声的喻青措身边，她太安静了，从刚才到现在一句话都没说过。程易尘看不明白她在想什么，五指在她面前晃了晃："吓傻了？"

他也太小瞧她了，不过是生意场上的醉鬼闹事，她可没有放在心上，左不过是在想程易尘每天除了上班，还要应付这种大大小小的腌臜事体，想来也是不容易。

"没有。"她朝他笑。

他被这笑扰了思绪，人一愣："傻笑什么，怪吓人的。"他又喝一口水。

这时，陈晔打来电话问他在哪儿，前厅已经有宾客吃好要离开，催促他出来送客。他刚没歇着脚又得出去，他说好，马上就过去。

"送客你就不用去了，在休息室休息好了。"

"那像什么话，哪有新郎官自己送客的？"她故意撩起裙角，露出自己的小白鞋给他看。

要说，提一点裙角就能看到小白鞋的全貌，可喻青措像是故意的，裙子提到了大腿根儿。

程易尘瞧着她恶作剧得逞的模样，喉结上下滚动，声音哑然："喻青措，你今晚上完了。"

送完宾客，喻青措又回到休息室，她换下礼服穿上常服。

她赤脚踩在休息室的椅凳上，粉嫩脚趾被修得圆圆的，裸色脚趾油更显脚白，被高跟鞋勒出的红痕格外清晰，甚至有些地方已经破皮。

她四肢无力地倚靠在座椅上，并没有什么形象可言。

突然，休息室的门被推开。程易尘走进来，他耳根有些泛红，西装挂在手臂处，白衬衣挽到小臂。

整个人看起来三分醉七分懒散。

喻青措实在没力气，不然她应该调整一下不太雅观的坐姿的。

程易尘来了电话，他接通夹在肩膀和耳朵处，同时取下腕表，松了领带，把西装撂到一旁的沙发上。

他没怎么说话，大多时候都是在听，随后挂断，把手机放在化妆台上。

"走吗？"

喻青措不大愿意地换了个更舒服的姿势："再等等吧。"别说程易尘了，就是她今天这么走一遭就笃定，一辈子只能结这一次婚，太要命了！

程易尘看着她犯懒耍浑的模样，笑了笑，在她对面坐下，捧起她的脚，揉搓着脚后跟。

她应该拒绝的，没上锁的休息室，随时会有人进来，可是……真的好舒服。

喻青措象征性地动了一下，随后放弃抵抗，程易尘看着她轻笑。

按理说，等下晚上回庆福路还要有一场家宴的，不过今晚上都是亲近的家眷，所以不必走那么多礼数。

程易尘手掌发热，捂了捂她的脚踝："今晚上吃完饭，你不必等我，直接回南楼先休息。"

"唔……"她舒服得连应声的力气都没有，鼻腔里发出的回应更像是在撒娇。

喻青措明显感到那双大手一愣，随后顺着她脚踝往上，连带发胀肿痛的小腿肚都按摩到。

"喻青措，你是不是故意的？"在他心口上四下点火。

她撩了撩裙摆警告他这里可是休息室，不要胡来。

有人犯浑，偏就不，他将她的裙摆撩高几分："我不应声，谁敢进来？"

"行行行，你最厉害。"她坐起身子，"小陈呢？"

"停车场等着呢，程太太什么时候休息好，我们什么时候动身。"有人扮伏低做小的架势上了瘾。

喻青措瞪他一眼，小腿抽离，他双手顺着她小腿肚一路紧贴下滑，在她脚掌心上挠痒痒。

不要脸！她最怕痒！

喻青措体内的睡虫一下子跑光："那快走吧，小陈该等急了。"

"你倒是体贴我的员工，我给他们发工资，酒我自己喝，回头车还要我自己开，再不济，还舍不得他们等我几分钟。"

喻青措收拾化妆台上的零散物品，抽空骂他："资本家作态！"

他双手撑在她身体两侧，滚烫的身体紧贴她后背："你知道今天席上的人都笑我什么吗？"

"还有人敢笑你吗？"

"那有什么不敢的？我私下还会给我太太洗脚按摩呢。"

"说得好像你很委屈似的，不想做以后可以不做。"

程易尘身子贴得更近几分，近到她能感受到身后呼吸的起伏，他牢牢将她圈住："喻青措，你是不是听不懂好赖话？"

她挣扎着往一边走，求饶道："好好好，你说你说，笑你什么？"

程易尘在她耳畔吹气："他们说现在有人能收拾我，以后都不要带我喝酒了，怎么办呢？"

喻青措从镜子里看了他一眼，那人眼神狭长深邃，一点也没有生气的意思，圈子里谁不知道程易尘的狗脾气，能这么说到他脸上的，无非就两种可能。

要么是熟人开玩笑，要么就是他很满意大家这么说，说白了就是他很享受被喻青措这么对待。

"那奶奶肯定很高兴，有人结了婚顺便能把酒戒了也是好事。"

"我喝酒当然不是为了我自己。"他眼神真挚，看得喻青措别开脸。

其实话一出口，她就自然想到今日席间程易尘眼不带眨喝酒的模样。她岔开话题，说收拾好了想回家休息了。

回到南楼，她妆都没来得及卸掉，倒头就睡，上一秒还在和程易尘对话，下一秒他身后已经响起均匀的呼吸声。

看着她睡着的模样，程易尘恍惚想到学生时代，那次看到有男生送青措回家，他的醋意一发不可收拾地爆发。

尽管他一直不想承认，但客观存在的一件事就是，从那天以后他更加关注喻青措，那种患得患失的疏离感让他很崩溃。后来，他索性摊牌，放学就在学校门口堵住她，偏要和她一起上下学，有男生靠近喻青措，他就眼神警告。

时间久了，身边的同学都发现不对劲，而喻青措在程易尘家里住这个消息也不胫而走。

当时喻青措身边那个胖胖的同桌，见到喻青措就躲起来，深知他们有千丝万缕的关系后，胖胖同桌都感觉无颜见她，在她身边叨叨程易尘一个学期了，竟然没有发现他们的关系！胖胖同桌笃定喻青措就是背叛者！

那时候班里传得神乎其神，什么样的版本都有，有说喻青措是程家的童养媳，有说喻青措是程易尘同父异母的妹妹……

程易尘没把任何流言蜚语放在眼里，该怎么做就怎么做，有钱难买他开心，他就要跟着喻青措回家。

有一天，她终于忍不住，在放学的庆福路上，她忽然转身，对峙着身后人："程易尘，你想报复我直说，不必这样整我。"

在他看来自己是护送她上下学，怎么他就成了尾随的流氓？

"庆福路是你修的啊？只能你一个人走？"他书包松松垮垮地背在肩头，眼神轻飘飘，满脸的不屑。

倒是喻青措气得鼻头红红的。

"那你先走。"她让开路给程易尘过。

程易尘站在原地不动，目光直勾勾地看着她。这下子猫也炸了毛，她吼道："以后在学校不许跟着我！那些流言蜚语我不信你没有听到过！"

"管天管地，我还能管得着人家嘴巴不成？"他确实没有哄姑娘的天赋，说出来的话能把人噎死。

现如今，她还在庆福路，他还在她左右，这不就是他日思夜想的未来吗？

前厅今晚上摆了三大桌，八仙桌配八张椅凳，人不多，都是自己人，程老爷子也穿上正装出席家宴。

老爷子开心，硬生生坐到散场，大家体谅程易尘中午喝过酒，于是晚上就放过他，倒是在大家起哄的应和里，喻青措没能躲过去，喝了几杯红酒。

后半程，程易尘向她使眼色，要她先回去休息，可是喻青措脚下已经飘飘然，脸上带笑，来者不拒，甚至还会主动邀杯，饶是不爱多管闲事的李茹都能瞧出来，自己这儿媳妇是喝多了。

瞧着她傻乎乎的模样，李茹也被感染地跟着笑起来，她碰碰程南风的胳膊，程南风扶扶镜框，给诸位亲友发话，不如今晚上让这两个孩子先散场，俩孩子今天是累着了。

在场的人都说能理解，让小夫妻先回房休息，他们还要再拉拉家常。

获得赦免，程易尘一分钟也待不下去了，拉着喻青措跟跟跄跄往门外出，走到门口，喻青措竟然还回头朝众人摆手说再见。

程姿一下子没忍住，笑出了声。

走到拐角处，程易尘突然一松手，小酒鬼还愣着神，只觉双脚离地腾空而起，她吓得顺势抱住程易尘的脖子，像是抓住救命稻草一般，说出来的话有些不顺溜："程易尘……"

程易尘抱着她又往上提了提："酒量不好还要喝。"

"谁说不好了？谁？谁！"趁着月色四下无人，她兴致高涨，很想借着酒意吊嗓子。

别说是程易尘，就是路过的鬼也能被她吼上两句。

他又好气又好笑，为了耳根子清静些，他决定求饶："没人，没人说，你是酒缸，天下第一能喝。"

对于这个答案，喻青措很满意，路过游廊，一排排的红灯笼映衬着程易尘的侧颜，平添几分柔和。

她看得入神，上手捏他脸，唔，是活的。

"喻青措！"

"干吗？你干吗这么大声？"吓到她了！

此时程易尘发誓，他绝对不会再让喻青措喝一口酒，他加快步伐，上楼梯时三步并作两步，不知道的还以为他是新婚之夜急不可耐的毛头小子。

到了南楼，拉开床头阅读灯，一屋子都是喜庆的大红色，程易尘把人放在床上。

"嘶，硌到我了！"刚才没留意，他揽起喻青措的腰身，才发现她身下的红床单上竟是各种红枣、花生、桂圆、白莲子。

有人一声咒骂，一股脑就要把这些东西往地上摞，喻青措留着最后一丝清醒，抓住他的手腕："别啊，别啊，奶奶交代了不可以丢掉。"

"为什么？这晚上怎么睡？"他双手叉腰，站在床边，注视着一床的干果犯了难。

喻青措突然不语，头埋进被子里。

床边上的人，用他精湛的中文翻译出来，一字一顿地脱口而出："枣、生、桂、子？"

当他自己拼出来"早生贵子"这几个字的时候，他本人都有些无语，站在床边应声轻笑。

他用床单卷起干果放置一边，回头对喻青措说："我先洗还是你先洗？"

床上人权当听不见，懒懒地翻个身，过了好久都没再有动静，正当她以为程易尘已经去洗澡时，悄摸睁眼，发现那人还在原地站着，正盯着她看。

"你干吗，吓我一跳。"

程易尘笑了笑："你还没回我话呢。"

"你先洗。"

有人凑近她，俯身趴过来，提出另一种思路："一起洗。"

她睁大眼睛，伸手把他脸推开："想得美。"她现在脑子还是晕乎乎的，脸颊红得厉害，连带着耳根子也是红红的。

程易尘这才拿了睡衣，满眼遗憾地往浴室走。

过了一会儿，喻青措听到楼梯上有响动，姆妈在门外问他们睡了吗？老太太让送碗蜂蜜水，好让喻青措醒酒。

她撑着身子起来去开门，接过蜂蜜水放一边，姆妈趁机去把床单铺好后才离开。

待到程易尘洗完出来，她都快要睡着了，程易尘看了眼桌子上的蜂蜜水和新换的床单，猜到姆妈刚来过，于是拉着喻青措起身要她喝一些："不然明早上头会痛。"

喻青措起得不情不愿，她不爱甜的，只感觉嘴巴到嗓子都黏腻腻的，挤眉弄眼地喝下去，碗底朝下给程易尘检查。

她拿起程易尘给她准备好的睡衣往洗手间去，衣服脱掉打开花洒调试温度，这时，程易尘径直走了进来。

喻青措吓得一激灵。

虽说已经结婚，可怎么说，她还是有些生疏的好吧！

程易尘说是他不放心，害怕她摔倒。

她皱眉："到底是不放心，还是故意的呀！"

淋过水受了惊吓，酒气消下去一大半，她催促他赶紧出去，湿了水的长发垂在肩上，没有浓妆的加持，喻青措看起来格外惹某些人的眼。

程易尘伸手接过她手中的花洒，他眼神笃定，神情坚定地说："是真的不放心你。"

他把花洒关掉，均匀在她身上涂抹沐浴露，她几次闪躲，被逼到墙角也没能躲开，有人上纲上线教育她，还笑她思想不单纯："躲得过初一，躲不过十五。"

她被堵得无路可逃，几次回头眼神警告他老实点，恨自己现在手脚不利索，才会被程易尘光明正大钻空子！

好不容易洗完澡，她已经筋疲力尽，瘫软在床上，头发顺着床沿往下垂。

程易尘打开吹风机调到舒适的温度，帮她吹头发。

她舒服地闭上眼睛，身后人开口："喻青措，我喝醉的时候，希望你也能这么伺候我。"

风温温柔柔穿过她的长发，耳畔，划过脸颊，她整个人都感觉好惬意！如果结婚后能有人这么伺候自己也不是那么恐怖嘛！

她伸手比画着"OK"的手势，就这么沉溺其中，过了良久，风筒声响停止，她感觉自己身体也在缓缓下沉，进入梦境。

240

第二天早上，喻青措睁开眼，身边已经没人了，她脑袋胀痛，伸长手臂打哈欠，摸索出手机一看已经是早上十点钟，吓得赶紧起床。

浴室里程易尘听到动静，裹着松松垮垮的浴巾走出来："怎么不再睡了？"

她气得瞪他一眼，他还好意思讲！

"哪有新娘子结婚第一天就睡到快中午的啊！"她挤走他，往洗漱盆那边去刷牙洗脸。

程易尘看着她傻笑："你放心睡，谁能说你，都知道你昨晚上喝多了，起晚也正常。"

不提这事还好，一提她更觉得丢人，家宴上新娘子喝醉酒的事，方圆百里估计也没人家有这样的新闻。

眼看喻青措把玩笑话当真，程易尘这才慌忙解释："我跟奶奶说好了的，你不用着急下楼。"

"真的？"

"真的。"

喻青措吐掉口中的牙膏沫子，这才又折回到床上，转头一看，干果被人一股脑丢在化妆台上。好吧，她就知道有人会嫌弃得要死。

程易尘去衣帽间换上正装，一边往外走，一边戴腕表。喻青措瞥一眼他人模狗样的打扮，还在为昨晚上的事耿耿于怀。

程易尘走过来朝她额头吻了吻，说要回公司开个视频会，同时骂老外没眼力见儿，明知道他昨天刚结婚，今天还要约线上会。

她眼皮子不抬，要他赶紧走，走了她还能清静清静，程易尘又磨叽了好一会儿才离开。

喻青措起床洗澡收拾了下，而后到小楼去看爷爷奶奶。

奶奶问她中午怎么吃，喻青措说要去饭店看下，这几日忙着婚礼的事，一直没怎么去饭店。

奶奶拉着她，说哪有新娘子结婚第一天就去上班的。

喻青措倒是不介意，反正在家闲着也是闲着，几番推让下来，老爷子发话："就随青措去吧，这程记早晚是你俩的，当成自己的事体上心去做就行。"

喻青措闻言一愣，和程易尘不一样，她没有那么大的野心，她想做的就是经营好老店，老店于她而言是她的童年记忆，至于股票股份那些，她没有兴趣。

Chapter 08

"你在家，我叫你怎么不回话？"

"叫老公、易尘，再不济叫程先生也行，反正就是不能连名带姓！"

对于她婚后第一天就来上班这件事，店里显然引起不小的轰动，大家纷纷凑上来问她怎么不再多休息几天。虽然喻青措之前就是店里的经理，可现在大家再看，她的身份更加不一样了，是老板娘，掌管"生杀大权"的老板夫人！

喻青措要大家该怎么叫她还怎么叫，叫得太生分，她自己也不习惯，说话间一点架子也没有，做事的阿姨们这才放心笑了起来。

她回办公室理了下这段时间的工作记录，顺便查了下账，然后拿着对讲机往大厅、后厨转了一圈。

前台有人来订桌，一次性要包三十桌，章荣拿不住公司新出的规定，来询问喻青措的意见。

说实话，老店的装潢各方面已经不是时下最流行的风格，所以大一些的包桌活动都会往新店引荐。

对讲机里有人刺刺啦啦讲着话，喻青措穿着饭店制服往前台走，前台包桌的客人一男一女，男的看起来年纪大一些，女的是侧脸，看不清楚长相，瘦瘦的，亚麻披肩长发。

随着距离拉近，她面带笑容："您好，我是程记经理喻青措……"

这话说完，一男一女转身对上她的视线。看清楚对方的脸后，喻青措僵在原地，手里的对讲机还在汇报着后厨的备菜情况。

章荣小声在她身后解释："就是这位先生和小姐想要咨询订桌事宜，说是和程老爷子认识，是、是……"章荣卡壳，一时没回忆起来二人的自我介绍。

喻青措抬抬手，示意章荣不用再说了。她当然记得，怎么能不记得呢，前几天才在婚纱店里见过，她还能记得小姑娘恶狠狠打量她的模样。

"张子晴，程爷爷和我爷爷是世交，怎么，程爷爷没告诉你？"那女生率先开口说话，连一旁的章荣都能听出来她态度算不上多好，不过在他们这个行业，什么样的人都见过，这也算见怪不怪。

喻青措早上走的时候，爷爷并未提及此事。

喻青措笑了笑，态度和善："那张小姐请随我来办公室一趟，我们可以详细谈谈包桌的具体事宜。"

与此同时，喻青措的手机疯狂振动起来，来电人可不是旁人，正是那刚开完越洋会的败兴种！

喻青措看了一眼，直接挂断，想也知道程易尘要说什么。

按照以往招客标准，喻青措简单介绍了餐标以及每个价位餐品之间的区别。

由着张子晴翻动平板查看菜品的间隙，喻青措看了看张子晴，长得小巧可爱，一身迪奥小套裙，脚边地毯上放着芬迪手提小包，满脸的胶原蛋白。

张子晴退出菜品界面，一脸不情愿地说道："眼花缭乱不知道怎么选，不知道老张发什么神经非得来这家吃饭。"她不满地捋捋头发。

喻青措接过平板把新店的宣传页面调出来递给她看，张子晴明显来了兴致，不管是包厢还是对接的场景布置都是最好的水准。她想请的场景布置团队档期都满了，喻青措说他们饭店有独家的对接权，可以帮她排一个日期，她脸上带笑就要点头答应。

这时，章荣带着手机走进来，和客人打了招呼后，附在喻青措耳边小声说："小程总叫你赶紧听电话。"

喻青措这才又看了眼被她调成静音模式的手机，屏幕上有五六个未接来电，都是程易尘打来的，她和章荣说没事，等下她回过去就好，章荣这才离开。

张子晴翻看着小景布置的效果图，漫不经心地说："是易尘哥给你打的电话吧。"

她愣了下，没想到张子晴能挑明说。

喻青措笑了笑："是的。"

张子晴支开司机，屋里就剩下二人："我想你应该认识我，但你不要自作多情，我今天不是冲着你来的，是我爸他非要来这里。"

说实话，不管是上次一面之缘，还是今天的交流，喻青措内心都没有讨厌面前这个女生，也并没有把她当作是假想敌。她倒是挺欣赏张子晴这不藏着掖着的性格，满脸都写着对程记的不满意。

于公于私，张子晴今天都是客人，接待好客人是她的本职工作。

"张小姐现在心里有大致意向了吗？"喻青措避重就轻建议张子晴去新店实地看看。

张子晴手心托腮支在沙发扶手上："差不多了吧，反正选来选去都是你们家程记，都快把上海的餐饮垄断了，我有得选吗？"

她发现和张子晴说话要选择性倾听，喻青措带着职业微笑："那好，等下我找人联系张小姐和您对接接下来的事宜，您看可以吗？"

张子晴岔开话题，跷着脚："我知道易尘哥喜欢你什么了。"

喻青措没打算回应。

"喜欢你随和。你笑什么？别不信，我看人还是很准的。"

喻青措和张子晴聊下来，感觉她就像是个没长大的孩子，喜怒全在脸上带着，话里话外也是耿直得不行。

"嗯，我信。"

这会儿到了用餐时间，程记客人激增，张子晴的司机取车不方便，给她回了电话，要她再等一会儿。

对讲机里不时传来声音，喻青措开口道："张小姐可以先在会客室休息，我先去忙了。"

"你在躲我吗？"

"没有，"喻青措指了指对讲机，"现在楼下有些忙，我可能要下去一趟。"

"别骗人了，我都听到了，是后厨和包间在忙，你去又帮不上什么忙。"

好吧，喻青措确实也不想再在这里待下去，她实在不知道抛开工作和张子晴有什么好说的。

"我叫你老公易尘哥你竟然不生气？"

"我为什么要生气？"喻青措稳稳当当坐着，饶有兴趣地看着张子晴。

"好了，我又发现一条你老公喜欢你的证据，你这种凡事都不在意的态度，确实很会吊人胃口。"她自言自语剖析着喻青措。

"哎，你真的不好奇你老公在国外是怎么过的吗？"

喻青措挑挑眉，看了下手机上不断激增的未接来电。

怎么说呢？听听另一个人嘴里的故事版本好像也不错，她把发热的手机倒扣在桌面上："好啊，张小姐说说看。"

张子晴伸手看了看自己新做的美甲："好吧，我确实有一阵子还蛮迷恋他，但仅仅只是迷恋，可能是我在异国他乡太寂寞的缘故。"她先是一顿前缀给自己找补，随后又说道，"不过，他刚开始在国外那段时间蛮可怜的。"

喻青措心口一揪，抬眼和她对视。

她察觉到喻青措表情上细微的变化，见缝插针："你好像并不知道哦，他没有跟你说吗？他那时候去看的心理医生还是我的导师，你不要好奇我的老师为什么会是心理学博士，因为我不喜欢这个专业啊，所以就没有……"

张子晴后边的话喻青措一句也没有听进去，她果断打断张子晴："谁？你说谁去看心理医生？"

张子晴一脸惊讶，捂住嘴巴："你是真的什么都不知道啊！"

程易尘开完电话会已经临近中午的时间，一结束，陈晔便走了进来，把几项手头上的合同给程易尘签完字，他突然说："哦，对，老爷子刚才来过电话，说张宏昌的小孙女要在饭店里摆桌。"

黑色钢笔划过纸张，程易尘顿笔合上笔盖："去哪个店了？"

"老店。"

"怎么没提前说？"今早上他临走时，喻青措还说中午可能会回趟店里，想想上次因为张子晴一个不明了的眼神，两人就闹得够呛，他不寒而栗，掏出手机就打电话，连拨两个，第二个直接被挂断。

有些事情，他并不想让喻青措知道。

程易尘的脸色不好看："老爷子老糊涂记不得事体，姑父也跟着脑子不清醒了。"

陈晔手抵着唇轻笑得肩膀都在抖，看来有人真是怕得要死，竟然开口叫他姑父！

程易尘调出章荣的手机号拨过去，被告知那边已经见上面了，正在对接流程，程易尘低骂一声，起身去拿车钥匙。

陈晔满脸看热闹不嫌事大："又去巡逻老店啊？程总得雨露均沾，各个区的店都得瞧瞧。"

程易尘没搭理他，径直走出去。

大中午的高架堵得要死，在车上，他不停地拨喻青措的电话，那边始终没有回应，好不容易车流动了，他见缝插针下高架。

等到了门店，他就直奔喻青措办公室，推门而入，里边一个人也没有。不一会儿，章荣闻讯赶过来："青措经理在前边忙着呢，她让我转告您先等她会儿。"

"她原话怎么说的？"

章荣愣了下，不会是小两口吵架了吧，可刚才从喻青措的态度里没瞧出来不耐烦啊，章荣如实转告。程易尘眉眼松懈几分，让她先去忙。

他进去坐在喻青措的位置上，她桌子上东西很少，除了一个小型盆栽，就是工作笔记，他随手翻了下，字迹工工整整。

此时的喻青措在楼下的办公室里坐着，张子晴的话还在她脑海中不断回荡着……

"你老公啊，抑郁最严重的时候一天要吃好几种药！

"他没办法继续他的学业。

"他中途有回过国，回来之后状态才又慢慢好起来。

"你别多想啊，我早就对你老公没兴趣了，我只是好奇到底是什么样的人能让程易尘抑郁，所以那天才会多看你几眼。"

这是她第一次从别人口中听到程易尘那几年的生活。

那几年她也不好过，但生活的压力和自尊心让她没办法回头看，她以为以程易尘的性格一定会恨死她，会报复她。

但她没想到，他会用封闭自己的方式来为那段不成熟的感情画上句号。

结合刚才张子晴说的，她终于把所有的事情串联起来。是的，程易尘回过国，有去找过她，但这些她都不知道！

闭上眼睛，她想到的都是他的好。

她知道程易尘还在楼上等她，她整理下自己，起身准备上楼，手刚搭在门把手上，一楼办公室的门从外被推开，门外站着的正是程易尘。

开门的瞬间，她看到风尘仆仆的他，他的眼中只能看到她。

从饭店出来，到庆福路，再到饭桌上，程易尘一直在追问喻青措，张子晴到底跟她说什么了？

有人抿着嘴夹菜，小声示意他食不言，他"喊"她一口："以前怎么没瞧出来你这么守规矩？"他可清晰地记得，有人以前放了学甩了书包，第一件事就是看着动画片写作业的啊。

喻青措还是不搭理他。

饭后，二人去后院看爷爷，临走前老爷子提起来："张宏昌早就说了这事，我老糊涂给忘了，今天要不是他又打来电话，我到底也没想起来。"

程易尘掀帘欲走，看了眼垂眼的喻青措，回应老爷子："没事，已经安顿好了。"

不提还好，现在张子晴又被摆到明面上。

昨日婚礼算是结束了，挂的红灯笼本来是能取下来了，可程老太说挂上后，院子里也瞧着喜庆，让再多挂上几天。

游廊下，两个身影一前一后，善后的程易尘两步上前攥住喻青措的腕子，人影也跟着交叠在一起："喻青措，你再不说，我让整个院子都能听见咱俩的动静！"

不要脸！

喻青措挣了几下，那人恶趣味越箍越紧："或者我现在就给张子晴打电话，问个明白。"

游廊上有家里做事的阿姨经过，程易尘和她侧身让了让，阿姨走的时候脸上带着笑，新婚宴尔走哪儿都如胶似漆的。

待人一走远，喻青措弯着的唇立马又紧绷回来："什么也没说！"

"没说你俩在办公室待那么久。"他就是想确认喻青措到底知道了多少。

"她在等她司机。"

"我不信。"

"不信拉倒。"趁着他推理的工夫，喻青措一溜烟跑了，她跑得卖力极了，生怕一个不留神再被提溜回去，有什么事不能关上门好好说啊，非得在外边嚷嚷，狗毛病不少！

她拿上睡衣直奔浴室，刚剥干净自己，浴室门就被推开，程易尘挤进来："一起洗。"

"那你先洗。"说着，她就要走，但还是被人拽回来，圈在墙角。

程易尘不说话，淋浴头自上而下浇灌着她和他。

湿了水的鹌鹑索性不上岸了，她站着不动被他服侍着洗身子。她仰起脖颈直面天花板，想起来古代丫鬟也是这么给自家小姐服侍沐浴更衣的吗？不由得笑出了声。

程易尘知道她一肚子坏水，肯定没想好的，打开淋浴冲干净她身上的沐浴露，随后手开始不老实。

"你干吗！"她被激得一颤。

他密密吻着她脸颊，吻着她耳朵，她被吻得下坠，被他单手揽腰捞起来，人也跟着无力，双手绵软地搭在他肩头。

程易尘总是有办法让她瞬间脸红，她真的要烦死他了！

良久，他终于心满意足抱着喻青措往卧室走。他端了杯水半坐在床边，揽着喻青措喝水，她哑声骂他，程易尘笑得开心。

半杯水下肚，哑声缓解些许，她说他有病！害她一点准备都没有！

"这哪能提前商议的？感觉对了就开始了。"

她不想搭理他，合上疲惫的眼。

好久没听到动静，她好奇地掀开眼帘，面前是程易尘放大的脸。看到她睁眼，他欣喜："青措……"

她对上程易尘深深的眼褶，翻身就要下床，却被程易尘一把拽住又陷进去。

夜深，喻青措迷迷糊糊感觉到身旁的床下陷，他揽住她，她听到程易尘附在她耳边说好爱她，她想回应来着，但是真的好困，最后还是放弃抵抗。

梦里的她感觉床在旋转，天花板也在裂开，就连窗外的世界都在发生斗转星移的变化。

随着声音越来越大，她终于醒了过来，发现程易尘正在飞速地穿衣提裤子。

她坐直身子瞥了眼窗帘缝隙，天儿明明还是黑着呢。程易尘看到她醒来，惊慌的神色一闪而过："没事，你再睡会儿。"

"你去哪儿？"

话刚一出口，走廊上传来敲门声，程易尘过来亲亲她额角："程姿快生了，我们现在去医院。"

这一句话，彻底把她的瞌睡吓得一干二净，她掀被下床："我也去。"

程易尘已经走到门口，拿过车钥匙："太晚了，医院去太多人也不好，你先睡，白天我派司机来接你。"说完，他没等人回应就先出门，速度之快，喻青措连反应的时间都没有。

隔一会儿，张姆妈来敲门，估计是程易尘交代的，喻青措说她没事，只是睡得沉，一时间没反应过来。

张姆妈嘀咕："别说你了，老太太也没反应过来，预产期明明还有半个月，怎么就提前了。"

是啊，同时没有反应过来的还有程姿。

随着孕晚期的到来，程姿晚上起夜次数频繁，每次陈晔都会陪着她，她知道这几天陈晔也没睡好，所以今晚上下床小心翼翼、蹑手蹑脚的。

没开灯，踩在地毯上，她感觉肚子发紧。

登时，她心中就有了不太好的预感，脚下步伐加快往洗手间挪移，暗示自己这都是幻觉。

可她的祈求并没有奏效。

拍开洗手间的灯光，她清晰瞧见睡裙下有红痕。

警铃大作！她知道，这是宫缩引起的。因为有过一胎的经验，所以心情上还好，并没有很慌乱，只是不满为何预产期一点也没预测准，宝宝还缺一条睡裤没买。

程姿调整呼吸，慢慢挪移到床边，平静躺下，随后小声唤道："陈晔。"

程姿不常叫他全名，半夜听到，他吓得一跃而起。陈晔拉开台灯，眼睛一时间还没能适应光线，多褶眼皮试图对焦。

程姿半躺着，腰部被垫高，她有条不紊地继续深呼吸："拿上待产包，还有身份证。

"我可能快要生了。"

她平静得像是说别人身上的事。

陈晔一个翻身，看了一眼她。他发誓，他这辈子不会再有如此惊险的时刻，真的，就算老到动弹不得，医生宣判他的死期，他也不会像此刻这般惊慌。

他一边穿衣服一边思考，而后迅速拨通程易尘的电话。现在叫救护车，一来一往肯定耽误时间，他需要抱程姿下楼，同时还要有人开车到楼下等着。

他很慌，慌到扣皮带的手都在轻微抖动，他观察着程姿的变化，确认她是否呼吸急促。

程易尘接电话很快，估计是没睡熟，陈晔张嘴，声音竟然也跟着不稳，简短一句，那边人马上回应："前楼门口接你。"

他很庆幸趁着程姿月份不大时，就早早搬回庆福路，又自责自己为何没有察觉到程姿的身子变化，他抱着程姿往下走，程姿还在宽慰他："你又不是医生，更何况医生都没有预测出来。"

程易尘一走，喻青措哪还有睡意，光是想想都觉得害怕，打电话又怕给那边添乱，半睡半醒熬过后半夜，一大早就起来往医院赶。

程老太是早上的时候才得到的消息。

"这么大的事，愣是没有一个人和我说，你们上下都瞒着我。"程老太嘴上埋怨青措和张姆妈，家里阿姨在准备一会儿去医院要带的东西，昨夜走得急，好多东西都没带。

喻青措又检查一遍后，搀着老太太出门，门外司机已经等候多时。

"易尘连我都没让去，说是去的人多也帮不上忙。"

老太太焦急地上了车，催促司机赶紧走。喻青措把保温袋放置在前边，扭身给程老太说道："刚才小叔叔回过来电话说，人已经推进手术室了，要我们别慌神。"

程老太从早上得知这事到现在，嘴上叹气声就没停过："闹心。"

早起出门早，路上不算堵，到了医院楼下，程易尘正在花坛那里抽烟，衬衣挽到袖口处，见她们车子开过来，他把烟按灭。

　　熬了半宿，程易尘眼睛红红的，老太太心疼坏了："为什么不提前说呢！已经给他们院长打过招呼了，知会一声就能安排好病房。"

　　隔着程老太，程易尘看向喻青措，他嘴角弯了弯，随即回老太太的话："昨晚上来得匆忙，压根儿就没有住病房，直接去待产房了，刚才方院长已经打来电话给安排房间了。"

　　电梯直达手术室门口，陈晔的状态看起来更糟糕，一天没见，仿佛已经长出胡楂，他正在和护士说着什么。

　　程老太问程易尘："人还没出来吗？剖还是顺？"

　　程易尘昨晚上也是被迫接受了很多孕产期知识，说实话他看到程姿阵痛来袭，扶着陈晔站也不是坐也不是的模样，当即就决定，以后不会在喻青措面前提生孩子这件事。

　　陈晔上来回答老太太的问题，两人聊了起来，程易尘趁机挠了挠喻青措的手心："昨晚上我走之后又睡了吗？"

　　她实话实说，睡是睡了，就是一直没睡踏实，她有些担心程易尘的状态："你回家睡会儿吧，奶奶找的月嫂等下就过来了，这边我们在就好了。"

　　回去睡觉肯定是不可能的，公司还有一大堆的事等着他回去处理，他抬腕看了眼时间搓了搓脸。从昨晚上到现在，他没少抽烟，人都有味了。他给谢可打电话，要她去庆福路找姆妈给他带件换洗的衣物，他准备去公司洗漱。

　　临走前，程易尘拍了拍陈晔的肩膀，算是打了招呼。

　　喻青措送他到楼梯口，他攥住喻青措的手："累了就回去休息，你在这儿也帮不上什么忙。"

　　她才不累，并直言："谁家有人病了，床头都是三五个亲戚的，不然会被别人讲可怜。"

　　程易尘确实累了，连勾唇笑的力气都没有，这要搁以前肯定再跟她斗上几句嘴。

"别送了，我有腿会自己走。"

"路上慢点，到了跟我打电话。"

电梯门开，人群往里拥，有人脚像生了根站在原地不会动，喻青措催促他快一点，从小到大走哪儿都是VIP通道的少爷，大概不知道普通病房的电梯是有多难等！

"喻青措，今晚上回去你得给我说说张子晴的事儿，我是累了，不是死了，我还记得呢！"

喻青措白他一眼："知道了，知道了，你赶紧进去！"

他刚挤进去，电梯就再也进不去人了，合门的瞬间，喻青措瞧见被挤得倒吸气的程易尘，眉毛皱到一起。

作怪！说了要他提前上，就不听！

她返回手术室时，门外已经没有奶奶和陈晔的身影，询问护士才知道，孕妈妈已经被推出来了，现在准备去后楼的病房。

在工作人员的指引下，喻青措走南边的电梯。她有些懊恼没有第一时间看到从病房里出来的程姿，虽然庆福路上下都说程姿脾气不好，但是程姿对她一直都很好。

之前听程老太说过，家里给程姿预约了VIP单人间，喻青措给陈晔打电话问房间号的时候，那边有宝宝哭的声音，还有众人压不住的欢笑声。

她惊喜极了！

"男孩女孩？"她一边抬头扫视病房门牌号，一边急促追问，她等不及了，现在就想知道！

"女孩。"

隔着电话，她都能听到陈晔声音里的舒坦。

"太好了！"她就喜欢小公主！程姿也喜欢女孩！程姿一定很开心。

找到房间，喻青措一溜烟跑进去，程老太正小心翼翼抱着外孙女，笑得喜上眉梢。

喻青措握住程姿的手，上上下下检查她。程姿刚从鬼门关走一趟，现在浑身无力："找金子呢。"

程姿越是说不出来话，喻青措越是难受，她心疼程姿，眼泪在眼眶里打滚，程姿伸手抿了抿她的珍珠豆。

"哪有新娘子结婚三天不到就掉眼泪的，不吉利。"程姿笑她。

程老太抱来小公主给喻青措看，程姿要她抱抱试试。

小时候喻青措淘气，都是大姐哄小弟多一些，后来大姐去县城上学后，她才开始哄小弟，接过宝宝的瞬间，刻在骨子里的记忆苏醒了。宝宝小小软软的一点点，眼睛还没有完全睁开，闻到不同的气息，拼命往喻青措怀里钻，太可爱了！

喻青措现在好后悔，应该拦住程易尘，让他看完之后再走的。

月嫂过来把孩子抱走。喻青措问程姿名字想好了吗？程姿摇摇头，宝宝比预期提前这么早降临，全家上下都手忙脚乱，这实在是意料之外的惊喜。

从进来到现在，陈晔也就一开始看了下宝宝，其余时间都在程姿身边候着，喻青措笑他像个小丫鬟。

嘴上虽然那么说，但她心里真的替程姿开心，程姿也算苦尽甘来，有了知冷热的人。

"你可不用羡慕，程易尘昨晚上就说了，他瞧见我生孩子的阵仗后，决定不让你生。"

程老太笑眯眯的眼角瞬间收回去："败兴种当真这么说的？"

程姿点点头："那还有假。"

程老太撇撇嘴，拽住喻青措的手："别听他们瞎说，宝宝能给家里带来很多快乐，痛也就是痛那一下，况且现在还有无痛的技术。"

程老太肉眼可见地着急，从她这个角度来看，她是怎么都理解不了的，心里翻来覆去地骂着败兴种。

一旁，宝宝像是察觉到什么，奶声奶气地哭起来，打断了这个话题。

　　下午没什么事情，程姿催促喻青措回庆福路，她说她不想床头站那么多人，搞得像是她快要死了一样，程老太还骂她，姑侄俩说话难听得要命，不知道随了谁。

　　最后，程姿再三催促，喻青措才起身回庆福路，她确实好累好困，中午在病房里吃饭时都哈欠连天。

　　喻青措回来洗了个澡，补了个觉，这一觉睡得格外舒坦，没有戴眼罩也没有戴耳塞，连程易尘什么时候回来的她都不知道，一觉醒来，天都快黑了。

　　书房里有隐隐的电脑亮光。

　　"程易尘。

　　"程易尘……"

　　不对啊，她明明听到键盘敲动的声音啊，于是提高声调又唤一遍："程易尘！"

　　座椅转动，拖鞋声传过来，程易尘从书房里走出来，端杯水举到她面前。

　　"你在家，我叫你怎么不回话？"

　　"喻青措，你结了婚还这么叫你老公？"

　　"那不然叫什么？"

　　"叫老公、易尘，再不济叫程先生也行，反正就是不能连名带姓的叫！"

　　一个抱枕朝他飞过去，他闪了一下，满脸嬉笑。

　　喻青措故意不伸手，仰头接受他喂的水，岔开话题："你去医院了吗？"

　　"所以你打算叫我什么？我们总要有个规定吧。"

　　"宝宝你见到了吗？"

　　"快叫！

　　"快叫啊，青措……"

烦死了！烦得要命！

"老公。"她发誓，她只是为了堵住程易尘的狗嘴！她是被迫的！

狗嘴咧到耳朵后，他满意地点点头："没听清，再叫一次。"

一周后，程姿出院，老爷子在家宴上给外孙女亲手戴上金锁金镯子，又给宝宝的被褥里塞进去一沓厚厚的红包。

全家上下笑得合不拢嘴，还没足月的宝宝觉也多，自始至终都眯着眼睛呼呼睡觉。

程老太瞅了一眼一旁站着的孙子孙媳妇，又想起来这个不着调的孙子说的丧气话，瞬间气不打一处来，悄摸移过去，拢了拢头发："孩子当真是可爱，简直就是家里的开心果，所以说，这一家里可不能少了开心果。"

彼时，程易尘正在和老婆嚼舌根，笑得情深意切，闻言笑意敛了几分："怎么，老爷子还想生？"

瞧瞧！瞧瞧！败兴种可不是白叫的！程老太上手就要揍他，说的是人话吗？

程易尘笑得更加爽朗，从那天之后，他是当真害怕了，说到底喻青措的肚子还是要她自己做主。

程老太真真后悔，早知道那天说什么也不让小两口去医院了。

各家各户抱过孩子给过红包，就算是挪坡礼结束，这边有这习俗，孩子收的礼金越重，日后聪明又漂亮，不过，有爹妈的颜值在这放着，孩子也不会丑到哪里去。

程姿没跟着家宴一起吃，吃的是月嫂给单独准备的月子饭，食之无味的，她嘴巴里难受，给陈晔发去消息要他等下上楼给带点开胃菜。

陈晔在席间不动声色地看了眼消息，眉头皱了皱，程家大哥打了岔要跟陈晔碰一杯。

今天全家都到齐了，包括许久没露面的程北至夫妇，带着他们的胖小子一起回来的。

老大嗜酒，用老太太的话说就是，有酒顺着喝，没酒想着办法找酒喝，就像现在，他一个做长辈的，没有给小辈倒酒的说法，就这也非得喝。

程老太伸手挡下："等下他还得抱孩子呢，沾一身酒气算什么。"

连方琳都觉得不合适，给他使了个眼色，程北至这才悻悻然坐下。

喻青措结婚时，方琳和程北至象征性去了下仪式现场，喻青措隔着人群瞧见方琳在看自己，随后方琳又赶紧别开脸，说到底也是拉不下脸。

那日闹得难堪，最后不了了之，有些事情不必掰开了细说，在喻青措这儿放下了就是过去了。

方琳也算是看得明白，一码归一码，家宴这几次她都没露面，今日添丁再不来那是真说不过去，大早上就拖家带口地回来了。

程易尘依旧是沉着脸给喻青措夹菜，看不出是高兴还是生气。

他今日也没喝酒，说是下午公司还有事体准备提前走，放下碗筷走到门口换鞋处，他扭身看了眼还在席间手足无措的人，知道她浑身不自在，随即站在原地说道："青措，你把这个月的账表给报一下吧。"

喻青措瞬间明白什么意思，顺着话就应声说好，起身跟着程易尘往外走。

奶奶说这大中午的也不给人休息？程南风和妻子对视一眼，抿唇笑了笑，到底是自己儿子会疼人。

刚一出门，喻青措就攥紧程易尘的手："你怎么知道我待不下去了呀？"

阳光大剌剌刺眼，程易尘圈住她，伸手罩在她头顶，拢出一片阴凉地，脚下生风往车库挪移，他看了眼怀中人打趣道："我哪里知道？我只是真的需要你回去盘账而已。"

他表情严肃，喻青措一时没分出真假，攥住他的手也松了几分："啊？那我不去了。"说罢就要往回走。

程易尘见状赶紧揽住她："骗你的骗你的，我看你坐在那群老人堆里不自在，才借口叫你跟我一起走。"

他当她生气了，扭身一看，喻青措笑得酒窝都露出来了，她怎么可能瞧不出来啊？做账自然有会计来做，叫她一个门外汉做什么。

程易尘伸手就要挠她痒痒肉，喻青措吓得拔腿就跑，她最怕痒了，小时候奶奶帮她洗澡搓背她都东躲西藏的不愿意。

程易尘一把抱着她就往车上去，只留两道身影消失在拐角处，刚才小两口逗闹的场景一家人隔着落地玻璃瞧得真切。

许是喝了酒，程北至一个做大伯的话也多了起来："两个孩子感情好是弟媳家的福气，只是我看着，这两个孩子不像是平白生出的感情，倒像是……倒像是……"喝了酒反应也迟钝，他一拍脑门，随即开口，"倒像是，青梅竹马！"

程北至还在为自己发现的"新大陆"拍案惊奇，试图唤起在座人们的共鸣，谁知在座所有人该聊天的聊天，该吃水果的吃水果，该看电视的看电视，就连一旁收拾碗筷的姆妈自始至终眼都没抬一下。

为什么呢？

因为所有人早就心知肚明了啊！

方琳嫌他话多又蠢，抓起一把瓜子塞他手里："嗑吧，嗑点瓜子养养胃。"

喻青措跟程易尘回公司总部，他在办公室忙，喻青措在休息室等他。休息室是程易尘的私人地方，进门有沙发有电视，里间有床有浴室，起先她规规矩矩坐在外厅看电视，谢可怕她无聊送来了吃的。

没一会儿，她眼皮子打架，程易尘办公室来了人，他一时半会儿出不来，她抿抿唇往里间走，直接倒床上就睡。

程易尘忙完，抬脚往休息室里去，屋里黑灯瞎火，他脚步变轻，看到床上睡着的青措缩成小小的一团，心里不由得也跟着软下来。

他俯身亲吻她，还像从前那样，细细密密吻她眉眼、耳畔、额角，怎么都亲不够。

喻青措被亲醒，房间里只留一个地灯，窗外天色已接近全黑，她哑声问他几点了。

"七点多了。"

"忙完了吗？"

"嗯。"

"那我们回去吧，奶奶说今晚上要我们回去吃。"她坐起身子，在床上等着醒神。

程易尘帮她拿瓶水拧开递给她，她仰头去喝，太黑了没拿稳，水滴顺着嘴角、脖颈流下来，她感觉到一阵寒意，四目相对间，程易尘接过她手中的水。

前一阵子庆福路上下因为小生命的诞生，每个人都忙得不可开交，加之新婚那几日连着的滋养，程易尘也心疼自己老婆睡不好。

眼下，有人刚睡醒，他没来由地生出一阵邪火。对上他的视线，喻青措简直要疯了！

他在她脖颈间喃喃说着荤话……

"宝宝下次我们去办公室里好不好？"

"不……要……"她咬住他肩膀颤抖着。

"海边？甲板上？"

他继续说着，她头顶炸开一簇簇烟火，水光潋滟间，她软得不像话。

窗外夜幕降临，华灯初上，写字楼的白领结束平凡的一天，提着通勤包往电梯里走。有人加班，有人提前溜号。办公大楼前到处都是违停抓拍，滴滴师傅不敢多逗留，不时电话催促堵在电梯口的乘客。

商场里有贵妇眼不带眨地刷卡买新款包包，下了课的小情侣闲散溜达在街头，只为了能和对方多待一会儿。

堵在高架上的人骂骂咧咧给家人打电话说可能晚一会儿到家。弄堂里沿街叫卖的商贩便宜处理一天下来剩的水果。

这个世界忙忙碌碌。

这个世界安安静静。

屋外的城市纷纷扰扰，屋内的人做着最温柔的缠绵，绵言细语间，程易尘抱着她说爱她。

夜色又重了几分，喻青措的长发散在枕边，她怨他凡事不按常理出牌，嘴上这么说着却又往程易尘怀里钻了钻，抬眼对上他的视线，她伸手描摹着程易尘的眉尾，几度欲言又止。

闭目养神的程易尘开口道："想说什么？"

她缩了缩手指，开口哑声道："你现在……还有吃药吗？"

身旁的程易尘陡然睁开双眼，借着窗外的霓虹光，他凝视着喻青措的双眼，她看似没头没尾的一句话，但他都听懂了。

果然，张子晴还是说了。

他沉了口气，轻描淡写地说道："都过去了。"

她吸了吸鼻子。听到声音后，他拇指顺势剐蹭过她的脸颊，把还未夺眶的泪水抹去，他太懂她的眼泪了："你知道的，国外医生喜欢夸大其词，我只是那段时间睡不好而已。"

她知道他是在宽慰她，那段时间她也不好受，只是程易尘被动地接受一切，在异国他乡的日子会更不好过。

眼泪越擦越多，最后，程易尘起身点开地灯，拿过纸巾坐在床沿边上，捞起她抱在怀里："你不必为那段错误的时间买单，后来无数的时刻里我已经想清楚了，喻青措，无论如何我都不会让你离开我。"

他十岁那年，喻青措来到庆福路，两人一见面就掐架。

所有的序幕都在一个鸡腿引发的"血案"里上演。

程易尘可不是爱管闲事的人，他也不知道那晚上怎么就知会姆妈多留一个鸡腿。

他怕她饿死？应该不是。

他想，有些预谋从那时就已经带着爱意，有些心事早早就披着好奇心埋下种子。

261

Extra 01

"我以为你忘了。"

"喻青措，你以后别想一些有的没的。"

下周二就是喻青措和程易尘结婚一周年纪念日了。

最近程易尘格外忙，高端会所建成后，那里成了商贾名流的会集点，有人冲着名声来，有人是实打实地感觉会所还不错。但不管怎样，程易尘都忙得连轴转，在会所的时间快赶上在家的时间了。喻青措倒是没有失落，毕竟做实业是程家一直以来的家训，这没什么好说的。

好吧，她确实也有一点点失落，毕竟下周二是他们第一个新婚纪念日。

程易尘在她跟前，向来是憋不住屁的人，如果真的记住的话，早就会问她有没有什么想要的礼物。

这天下班早，她去程姿家瞧瞧波妞，波妞是程姿女儿的名字。波妞半岁后，思来想去，程姿和陈晔还是搬出来住了。

"这么喜欢宝宝，你也生一个好了。"从进门到现在，喻青措一直抱着波妞逗玩，快一岁的宝宝已经能听得懂话，能咿咿呀呀和大人有互动了，简直不要太可爱。

听程姿这么打趣她，喻青措停下手中晃动的摇摇棒："想生倒是也得有人和我生啊。"

这下意识的话说出口后，喻青措和程姿都是一愣。随后，程姿像是嗅到什么八卦，放下手中的奶瓶，直接冲她走过来："这话我怎么听起来怪怪的，我大侄子不行了？"怕喻青措听不懂，她还很贴心地比画着。

喻青措赶紧说道："哎呀，不是的，你想什么呢！"

她又好气又想笑。

程姿随她一起坐在地毯上，一脸不信："那你这话是什么意思？"她可不信这两人还能出现感情危机。

喻青措连连叹气，等程姿再三引导她开口，她才把近况讲出来，说着说着就像是止不住的洪水，事无巨细桩桩件件都在罗列对程易尘冷落的不满。

"出轨了？"

"没有吧，谢可说他身边没女人。"

"你选择拐着弯儿问他助理都不直接问他本人？你俩不是天天睡一张床吗？有什么不能直接问的。"

程姿一连串的问话倒是把喻青措问住了，她哑口无言，波妞一脸好奇地看着喻青措。

是啊，二人之间有了问题，她为什么不能直接自然地问当事人呢？而要兜这么大一圈子去问他的助理。

"你不相信他吗？"程姿继续追问。

"不是。"喻青措想都没想直接脱口而出，和程易尘这么多年以来，这些默契还是有的，他不是那种人。

"那就是你的问题喽，青措，你好像并没有很坦然。

"放松一些，青措，你们是夫妻，我的妈妈也就是你的奶奶说过，互敬互爱才是夫妻，你可以问你丈夫任何你想问的问题。"

喻青措在回家的路上，脑海中还恍恍惚惚想着程姿说的话。她回到庆福路，停好车子，瞥一眼小南楼，黑魆魆的，不出意外，程易尘还是没回家。

她去后楼看了一眼爷爷奶奶，期间手机响了，是程易尘打来的，她正在和爷爷说话，出于礼貌她按掉了。

从奶奶那里回南楼后，她直接去洗澡，并没有回程易尘的电话，想也知道他的电话要说什么，无非就是要她先睡，他晚些才能回来，她都知道的。

洗澡时，她恍惚间听到门锁解锁声，她顿了一下，以为是自己的幻听，随即继续冲洗沐浴露。

等到裹上浴巾出来时，她看到程易尘正坐在单人真皮沙发上，手肘撑住膝盖，西装外套和领结被丢在一旁。不知道脑子是不是宕机，那个瞬间她在想，如果离婚了，她就不要再找了，毕竟她大概率找不到像程易尘这么帅的男人了，虽然他嘴很贱，但是挡不住他此时有种发光的性感。

从他身边过去，她故意没说话。

"看不见我？"

她继续擦头发，对程易尘的话充耳不闻，毕竟他们确实有一阵子没有好好说话了。

被忽视的人气急败坏，小孩子性子发作，他直接拦腰抱起喻青措。湿漉漉的毛巾掉在地上，她还来不及惊呼，整个人就腾空而起。

"松开。"她恶狠狠地瞪着他。

简直好笑，她不让抱他就不抱了吗？不可能！

他手臂发力，她又慌又怕，骂他神经病，重心也跟着不稳，只得伸手揽住他脖子。

看到喻青措有回应，他才心满意足地收手，但仍不撒手地抱着她。

喻青措一手拢住他脖颈，一手护住胸前的浴巾。她小腿上水渍未干，滴滴往下滑落，他视线顺着一路看向她粉嫩嫩的脚趾，刚才席间推不掉饮下的几杯酒在肚子里挥发，他压制住心火，把人放到床上，他还有话要和喻青措说呢。

喻青措赶紧下床穿上鞋子，继续擦头发。

程易尘不傻，当然能察觉到喻青措近来的变化，但他并不认为这是他们之间的冷战，这只是喻青措单方面的冷战。

从谢可不小心说漏嘴那刻开始，他就莫名想笑，他老婆到底是傻得可爱。亏她喻青措能想得出来，他天天忙得屁股挨不住凳子，问的那叫什么话，身边有没有亲近的女人？

"没出轨，我也不可能有别的女人，最近工作太忙忽视你的感受，是我的不对，等下个月会所步入正轨，我就渐渐放开那边的事，好好陪你。"最后四个字他是咬着牙说的。

他突然这么坦诚，倒显得她有些小人之心。

"我没有。"她梗着脖子狡辩。

他撇着嘴点头："好好好，是我自己想解释的。"他跟着喻青措进进出出，一直等到她涂完精油，抹完水乳，主动拿出身体乳要帮她涂。喻青措不给他涂，他说他保证老老实实只给她涂背。

架不住程易尘软磨硬泡，喻青措这才答应，身后人倒是老实，手法也娴熟，她闭着眼睛趴在床上享受着，差点睡着之际，脖子上一块凉凉的触感惊醒她。她顺手一摸，一条钻石项链不知道在什么时候已经挂在她脖子上，抬眼一看，旁边还有一个铂金荔枝纹的包包。

她转眼看向程易尘。

"我当然知道你不喜欢这些身外物，但我就想给你买，你不要这样看着我，喻青措，你不会真的觉得我忘了我们的结婚纪念日吧？"他本来还想下周纪念日当天再给她惊喜的，可现在看来不得不把惊喜提上日程了，不然自己老婆就要谋划着离家出走了！

"那么重要的日子我怎么可能忘？"

喻青措主动翻身抱住他，往他怀里钻："我以为你忘了。"

他怎么可能会忘呢？他爱死她了！

他抚着她的头发，吻她侧脸，他抱得越来越紧，想要把喻青措揉进骨子里，这样走哪儿都能带着她。

"喻青措，你以后别想一些有的没的。"他朝她耳朵呼气。

喻青措这次没有抵触，在他脖颈间笑得嘤嘤的。她想她一定是被程易尘带坏了，她现在觉得花花绿绿的首饰漂亮极了，她才不会抗拒呢！

她说："知道了知道了！"

有人收到钻石欢喜，有人收到钻石却愁白了头。

喻蓝时侧身睡过去，她察觉到梁允川在她指尖摩挲，因为太困了，所以不想睁开眼睛。

直到有什么禁锢住她的手指，她才被迫动了下眼睫。

梁允川哑声道："嫁给我吧。"

梁允川说出的四个字一直飘荡在喻蓝时的脑海里。

她逃也似的回到自己的住处，刚一进门就看到喻言在客厅里打电话，一脸笑着和自己新交的女朋友腻歪。她走进厨房打开冰箱，拿出一瓶冰水仰头喝下去。

对于梁允川，她没答应，但也没拒绝。

梁允川是个很不错的交往对象，但她比梁允川大太多了，况且她才从一段失败的婚姻里走出来没多久。

婚姻这个枷锁，她体会过，所以暂时不想再回到那个牢笼中。

就像一个将死之人，历经艰难险阻穿过一片荒无人烟的沙漠，现在你告诉他要他再走一遍，光是这么想，喻蓝时就不由自主地打个冷战。

冰箱门因为开得太久，发出"嘀嘀"的警示声，喻奶奶闻声赶来，她双眼在孙女脸上打量："工作不顺心啦？"

大孙女从小就听话懂事，学习、工作上从未让人操过心。

前年，喻蓝时提出要搬回来和她这个老婆子一起住的时候，喻老太才恍然间发现，大孙女并不像外表看上去过得那么顺遂。

喻蓝时合上冰箱门，小口抿着矿泉水："没有啊，可能今天有些累了。"她下意识拢拢头发来配合自己的谎言。

春夏秋冬又一春，转眼间，喻青揩结婚快两年了，可……肚子迟迟没有动静，今天老伙计程老太给她委婉地提了提这事，可喻老太也不知道什么情况。

她试着想从喻蓝时这里找到突破口。

喻蓝时放下水，靠在客厅的墙面上拉筋："管人家小年轻干吗？小两口感情好不就行了，孩子只是一个附属品而已。"

镜头一转，此时庆福路5号的客厅间，程老太抱着波妞朝着三闺女程姿嚷嚷："我能不管吗？"

程老太实在不理解现在年轻人的思想，给程姿叫回来本意是想让她问问南楼小两口的意愿，谁知道刚一开口就被程姿撑回去，说现在年轻人都不愿意生孩子。

程老太埋怨起程姿，还在耿耿于怀，兴许是程姿生孩子那年的痛苦模样被程易尘瞧见了，刺激到程易尘，所以才不愿意生孩子。

程姿收回逗波妞的手："您可拉倒吧，这还能怨上我了？我管天管地，我还能站他俩床头管他们生孩子啊？"

程老太瞧见闺女这模样，赶紧揽住波妞，瞪过去："都当妈了，说话还是这么没轻没重。"

程姿看着亲妈着急，劝她想开点，不要就不要好了，生孩子要付出时间精力金钱，到头来自己落一身病。她幽幽说道："当妈就是破茧成蝶的过程，看起来光芒耀眼，实际辛酸只有自己知道，脱层皮的痛嘞！"

程老太乜斜她一眼："说得这么不堪，你自己不还生了俩？"

程姿被自己亲妈揪了小辫子，一时相对无言，是啊，她怎么就想不开了呢？一生还生了俩！

思绪翻涌，想了想那还不是她自己大意了，她默默笑出声。波妞一看妈妈笑，自己也跟着咧嘴，小虎牙刚长出头，看起来可爱极了！

门锁转动，陈晔和南楼小两口一前一后走进来，姆妈接过喻青措手里的包，笑问今天怎么像是商量好了似的，一起回来了？

喻青措回应说是在门口偶遇的，就一起进来了，她和程易尘眼神碰撞，程易尘手握空拳在唇边笑了笑。

哪是偶遇啊！

南楼小两口十分钟前就到家了，临门一脚，在门口听到程老太和程姿聊天的全过程，喻青措脸红拉他走，程易尘恶趣味附体，非要藏在树荫下听完。

刚听到程姿厚脸皮一生生了俩，后边就传来波妞生父的脚步声，南楼小两口这才从树荫下走出来，被迫一起推开家门……

波妞早就会认人了，瞧见爸爸回来，伸手举高高要爸爸抱，大眼睛一瞬不瞬地盯着爸爸去洗手脱外套。

直到她如愿被陈晔抱起，小模样才红着脸往爸爸怀里钻。

逗得家里人都哈哈笑，程老太拍手说道："波妞太招人喜欢了！程家添丁就是添福！多子多孙才是福气啊！"

程老太这半年来是越发着急，找着时间点就旁敲侧击，试图给南楼小两口"催生"。

程老太私下问过程易尘，败兴种只说让她别管那么多，好吃好喝得了，她骂败兴种，但凡程家有第二个孙子，绝对不低三下四催他生宝宝！

程老太眼神上下打量程家独苗，眉毛皱在一起，面露难色缓缓问道："莫不是问题出在你小子身上吧？"

程易尘喝着凉水差点没吐出来。

夜里，程易尘把这事分享给枕边人听，喻青措笑得上气不接下气，他攥住人往怀里带，语气带着威胁："喻青措你再笑，我保证明早咱俩一起翘班。"

她止住笑，求饶说不笑了不笑了，可是脸颊上依旧带着浅浅的弯月，深夜里月光洒进来，照得她眼睛也格外明亮。她伸手摩挲着程易尘的下巴，声音淡淡地问他："你喜欢波妞吗？"

他察觉她要说什么，顺着她的语境往下走："喜欢。"波妞现在就是全家的宝，可爱又软乎乎的，谁不喜欢呢？

"要不，我们也生一个？"

其实这两年程易尘一直选择避开青措的排卵期，他说过的，青措的肚子，她自己说了算。

闻言，程易尘垂下双眸看着她眼中的明月："认真的？"

他抱着喻青措，像是抱着月亮，柔柔软软、温温糯糯，他想真抱着月亮大概就是这种感觉。

怀中月亮点点头。

夜间的任何决定都不作数，等明日天亮再说也不迟，他低头在她额间盖章，细细密密地吻她："先睡觉。"

谁知，明日、后日、大后日、一周、一个月过去了，喻青措还是三五不时在他跟前提议要宝宝的话题，她一开始确实对小朋友无感，兴许是受了波妞的影响，她确实也开始对奶呼呼的小团子感兴趣。

公司里，谢可开始纳闷，向来无辣不欢的老板开始忌口不说，在饭桌上也扣起酒杯滴酒不沾，远道而来的合作商再三劝，老板还是摆手拒绝。

甚至有一次，她敲门进去，发现老板休息室的室内高尔夫场地也被换成了跑步机！

啧啧，她感慨婚姻的力量，西北的狼也能变成听话忠犬，太可怕了！

两个月、三个月、四个月过去了……喻青措坐在马桶上看着依旧是一道杠的验孕棒陷入沉思。

以前总怕意外怀孕，可真到备孕时候，才发现怀孕根本不是那么简单的！怎么就连着好几个月没动静呢？

她和程易尘去做过体检，小两口各项指标都是过关的，问题到底出在了哪里？

她垂着脊梁像是被霜打过的茄子一般，给程易尘打去电话，那边的程易尘正在会议室里开着绵长乏味的口水会。

看到手机屏幕上跳跃的来电人，他顿了下，喻青措不会平白无故在大白天给他打电话的。

他伸手打断投影前的述职人，提出休会二十分钟，随即走出会议室转身到休息室接听电话。

喻青措声音里满是沮丧，第三次吸完鼻子后，她说道："又没中，一道杠……"

程易尘听到这儿放松下来，他声音难得温柔，喻青措差一点溺死在他的甜言蜜语间。谁知道下一秒，程易尘就扬声："哭什么？宝宝这个月不投胎，所以没中很正常，下个月我们再加把劲。"

喻青措闻言，把验孕棒和擦鼻涕的纸巾一股脑丢进垃圾桶里，按下冲水键，随后起身往外走，一边走还不忘骂他说话要注意，当心被天上的宝宝听到，吓得都不愿意来了。

程易尘听她心情变好，也跟着笑了："要不下个月我们去国外玩几天？"

这几个月来，喻青措像是着了魔，这不准吃那不准喝的，备孕备得小两口神经都有些紧绷。

喻青措在他的劝说下，小幅度点头说好，确实该放松放松。

挂了电话，喻青措又回到大厅里交代今日的备菜情况。

打扫厕所的阿姨推开厕所门，嘴里哼着歌，一间一间清理着垃圾桶，推开第三间隔断，阿姨拿起垃圾桶正准备倒垃圾。

阿姨定睛一看，发现里边赫然躺着一个两条杠的验孕棒……

Extra 02

"看什么？"

"在想宝宝会像谁多一些。"

喻青措怀孕后，胃口一直不太好。这天午后，她躺在花园的摇椅上，头枕着程易尘的大腿。

她拿起手机撑到程易尘面前，一脸不悦："你看，你看，网上都说了，是因为爸爸的侵入基因太强大，才会让孕妇反应这么强烈！"

程易尘揉着她的发丝，顺手拿走她的手机，虽然嘴上要她少看点手机，但是心里还是不放心，约了明天的家庭医生。

午饭时，喻青措就夹了几口菜，最后还都吐得一干二净。总这么吃什么吐什么也不是办法，她讨巧撒娇说想喝可乐，程易尘没辙。

程老太从游廊尽头走过来，手里拿着毛毯搭在她小腿上，闻言制止道："好孩子，可乐哪有营养，这时候不补充些体力，晚期要遭罪哟！"程老太也心疼喻青措，亲自下厨变着法儿地给喻青措加餐，家里煲汤的盅里就没空过。

喻青措看到奶奶过来，坐起来手心抚向毛毯，小幅度点点头。

程易尘看着她垂下的脑袋，朝程老太说道："我们先回小楼里，晚些时候让阿姨送些吃食过来。"

她怀孕之后，程易尘无事便在家陪她，公司里实在推不开的场合才会去应酬，其余大多时候都由陈晔代劳，为此程姿没少骂这个大侄子。

他拉着她手臂往小楼走，喻青措显得懒懒散散："你知道的，我真的吃不下。就喝口可乐也不行吗？你们未免也太不照顾孕妇的情绪了吧。"说着，她眼泪就要掉下来。

对了，由于孕激素的影响，她还特别爱哭。

程易尘换好鞋子，转身抽出纸巾抹去她的眼泪豆，动作一气呵成，好像从她爱哭之后，他擦眼泪的动作也格外娴熟。

他的拇指、衣袖、领带，甚至他的脖颈都变成青措小姐的泪纸巾。

他去趟书房，回来时手里多出来一小瓶可乐："只可以喝到这里。"他用食指在瓶身上划出一条线。

喻青措噙着泪水，脸上带笑："你哪里来的可乐？"

能从哪里来？肯定是有人自己准备的。

刚得知她怀孕时，程易尘比谁都紧张，严格遵守家庭医生的叮嘱，可她偏喜欢这种带气的饮料，时间长了，胳膊拧不过大腿。

行吧，爱喝就喝吧，毕竟医生还说了，妈妈开心比什么都重要。

晚上，程姿带着波妞回庆福路吃晚饭。波妞正在学舌期，程姿提前就交代过大家，说话一定要注意，家里杜绝不文明用语。

程易尘和喻青措从后楼来到前厅，他替喻青措拉开餐桌椅，对着程姿说道："我瞧着这家里最该注意措辞的是你，波妞的妈妈。"

程姿拿起叉子就准备朝他丢过来，刚抬手就看到波妞一脸好奇的表情，随后她又收回手，深深瞪了一眼程易尘。

喻青措笑着拍他肩膀，问道："奶奶和爷爷呢？"

程姿放下叉子，拿起儿童餐具递到波妞面前，叹口气说道："老爷子今天一下午都在贪睡，老太太说她今晚上也在后院吃。"

吃完饭，几人去后楼看过老人，程易尘抱着波妞，和程姿她们慢慢往门外走，今晚月亮高高挂，墙头的绿植顺着墙体攀爬。

就算灯下黑，喻青措也能瞧见程姿红红的眼圈，波妞不谙世事还在咿咿呀呀朝人说话。

没一会儿的工夫，陈晔的车子便到了，他把车子停到路边，推开车门走下来。

波妞一瞧见是爸爸来了，小腿用力蹬着，小手在空中努力挥舞，眼睛一直追随着爸爸的身影，直到陈晔走到她们面前。

陈晔很自然地抱过波妞，先是看了一眼程姿，随后和程易尘打着招呼，说着晚上应酬的事体。

夜晚有些凉意，工作上的具体事还是明天再说，陈晔安顿波妞坐到后排的儿童座椅上，带上程姿驾车离开。

波妞一到车上就睡了过去，在第二个路口等红灯时，陈晔终于转头看向副驾驶座的程姿，他比谁都知道程姿的性格，太亢奋抑或太安静都是她的保护伞，她心里一定藏着事。

从上车到现在她都没有说话，安安静静地看向窗外。

他把车上的广播关掉，牵起程姿的手："怎么了？"

他语气轻柔，像羽毛扫过程姿的心。她愣了愣神，回握住爱人的手，指尖顺着他的皮肤纹路摩挲，良久，才开口道："我一向很讨厌爸爸的特立独行，年轻时和他每一次的对抗，都让我无比轻松，妈妈说得对，我就是爸爸的冤家，可当我真真感受到他要离开时，我比谁都难过。"

他双眸闪烁，侧过身子吻了吻程姿的发丝。从老爷子生病到现在，程姿一向在大家面前掩饰自己，他知道外人多会说程姿自私，但他永远记得那个穿白衬衫扎马尾的少女模样。

程易尘和喻青措回到小楼，二人洗漱好躺在床上，虽然程易尘一直坚称长不长妊娠纹跟个人体质有关，但每晚还是老老实实地帮老婆涂妊娠油。

每晚这个时候，她伸展四肢躺在床上，是喻青措最放松的时刻。

起初，程易尘没有一点耐心，但架不住自己老婆泪眼婆娑地说："你……是在嫌弃我们母子？"

此话一出，程易尘就蔫儿了，行行行，她说什么都是对的！

屋内落地灯折射出淡黄色的光线，程易尘的动作越发娴熟，顺着肚脐打圈，指腹到手心都在慢慢发力，动作轻缓，力道刚刚好。

屋内安静极了，只有皮肤和皮肤摩挲发出来的"滋滋"声，从喻青措这个角度看，正好看到程易尘的侧颜。

察觉到喻青措的目光，程易尘转头对上她的视线："看什么？"

她伸长手臂在空中描摹着他的脸颊，像是在画素描画一般，一旁的墙壁上投射出二人的身影。

"在想宝宝会像谁多一些。"

最好鼻子像程易尘，她喜欢他鼻梁上小小的驼峰。

程易尘笑了笑，在床边矮脚柜上抽出湿巾擦干净手，拉下喻青措卷到肚子上方的睡衣："当然是爸爸和妈妈的结合体，挑着长，只长优点。"

喻青措"喊"他一口："哪有人这么贪心的！我希望他健康开心就好，别的都可以！"

孕妈妈在床上滚了两圈，手舞足蹈别提多开心。

程易尘伸手勾住她的腰身："啧，小心。"

她顺势钻进他怀里，孕妈妈卷卷长长的睫毛裹着黑色瞳仁小心对上程易尘的目光，被注视的人轻轻吻了吻她的脸颊，月光透过窗帘格钻进来，静静洒向床边。

等喻青措沉沉睡去，程易尘看着怀里缩成小小一团的青措，低头吻了吻她的眉心，把人又往怀里抱了抱。

他有些睡不着了，细想从前种种，他没想到过有一天他会变成下班就回家的人。

他从小远离父母，对家庭的概念很模糊。遇到喻青措之后，他的人生就是工作和喻青措。现在又要有一个小生命诞生，是独属于他们二人的结晶。

很老土，但确实让他有前所未有的踏实感，幸福具象化地在这一刻体现，他有了软肋，往前走的每一步也开始小心翼翼。

原来家的感觉是这样的，这种从前只存在于书上、电影里和身边人身上的温暖，现在……他也有了这种实感，想到这里，他再次低头亲了亲青措，怀中的人眉心皱了皱，随后往他怀里又钻了钻，这才安稳睡过去。

谢谢你，青措。

Extra 03

"青措，你一定知道我为什么不开心。"

"我答应你，以后先抱你！"

　　餐桌上，儿童座椅扶手处垂下一只小小手，胳膊如藕节般光滑细腻，小小手紧紧攥着一颗圣女果。

　　指甲盖子虽像黄豆粒般大小，但因为抓握得用力，指尖都泛起白。

　　"吧嗒"一声，小小手突然舒展开来，圣女果应声落地，在地上连滚两圈才停下来。

　　一双室内拖鞋驻步停在圣女果前。

　　"小丸子！"喻青措单手捂着送话筒，朝着宝宝椅上的始作俑者呵斥道。

　　"不好意思，剩下的供货事宜等我到公司之后再对接。"

　　喻青措挂了电话，躬身把圣女果捡起来扔进垃圾桶，三两步走到宝宝椅前，伸手刮了刮小丸子的鼻子："不可以哦，下次不可以浪费粮食。"

　　育儿嫂闻声从厨房里一路小跑出来，温个鸡蛋羹的工夫，就被小丸子够到桌上的水果盘。

　　喻青措朝育儿嫂摆摆手："不怪你，现在正是狗都嫌的年纪。"

　　前两天，程老太还在招呼家里的姆妈们，把易碎的危险品都收起来，放在小丸子碰不到的地方，于是，她心头的古董瓷器都被迫挪进仓库里。

276

程老太心疼地抚摸着高价收回来的古董花瓶，嘴上碎碎念着："果然是谁生的随谁！跟她爹一个模样！皮！"

小丸子被骂了也不懊恼，激动地蹬着小腿，在宝宝椅里发出咿咿呀呀的声音。

程老太从花园里走进来，把手里掐下来的花枝放进花瓶里，刚才在外边就听得一清二楚："败兴种小时候一下楼，家里姆妈就要把鸡蛋都收起来，现在轮到给他闺女收花瓶。"

程老太嘴上这么说着，却一点儿也看不出生气的迹象，都说这隔代亲，到程老太和小丸子这里已经隔了两代辈分，简直是亲上加亲。

突然，小丸子小腿蹬得更厉害，小手在空中挥舞，双眼直勾勾盯着楼梯上的身影。

程易尘今天没有早会，所以难得晚起一次，他扣着袖扣从缓步台走下来，朝着程老太反驳道："上次说程姿掏鸟蛋，这次又说是我，到底是谁？"

程易尘从儿童座椅里把小丸子抱起来，在她圆鼓鼓的小脸上啄一口，小家伙眼看有救星来了，咿咿呀呀的声音更大了，满眼都是爸爸。

程老太摆摆手，拢了拢手绢哀声道："闺女闺女上树掏鸟蛋，孙子辈儿的跟鸡蛋过不去，好不容易熬到太奶奶，家里的瓶瓶罐罐也遭了殃，不过呀，太奶奶喜欢小丸子胜过喜欢花瓶！"

在场的人都被程老太的双标逗笑了。

小丸子在爸爸面前乖得像只小猫，轻轻地伏在爸爸的肩头，程易尘拿了片餐桌上的面包往嘴巴里咬一大口，含混不清地对着青措说道："今天要去公司？"

从刚才挂了电话到现在，喻青措一直在手机上处理工作事宜，现如今她自己一个人掌管一家供应公司，给周边饭店的食材供货。

喻青措终于舍得把目光从手机上挪开："嗯，有批海鲜要去签下单子。"

程易尘把桌上的酸奶递给喻青措："那等下坐我车去？"

她呷一口酸奶，抿抿唇："不了，我自己开车去吧，下午还要去海关一趟。"

闻言，程易尘抱小丸子的手紧了紧，小丸子机警地抬着小脑袋看着爸爸，小家伙年纪小，但是什么都能听懂，她当然能看出来，爸爸现在很低落！

"嘭！"室内高尔夫球撞击在幕布上，发出闷闷的声音。

"我就不明白了！她为什么能比我还忙？"幕布上计算着他的球杆数，程易尘放下球杆，斜靠在办公桌前，摸出一盒烟，拿出来还没有点上，想了想又撂在桌子上，端起一杯水喝起来。

陈晔看在眼里，笑得合不拢嘴："比你能挣钱的人出现了，这不是好事吗？"

程易尘斜眼打量着他："少在这里说风凉话，如果程姿连着一周每天晚上都是十点以后才回来，你能笑得出来？"

想起来这个程易尘就生闷气，是的，喻青措现在眼里好像只有小丸子和工作，前天晚上，他眼巴巴在她公司楼下等了两个钟头，下来之后她竟然没有先抱他，而是径直去向后座抱着小丸子不撒手！

"你姑姑随心随性的性格你还能不知道吗？"陈晔打出最后一杆后，也放下球杆朝程易尘走过来。

他拍了拍陈晔的肩膀，表示理解，在一个午后，两个大男人暂时停下手头上的工作，互相吐苦水。

"不过我倒是觉得现在的青措更有魅力。"

程易尘转头看向发声的陈晔："你注意你的措辞，你是在评论我老婆吗？"

陈晔没理他，继续说道："从前她胆子小，大多时候都是从大局意识考虑问题，现在她有了自己的事去做，你不该替她高兴吗？"

"用你教我做事？"程易尘反驳陈晔，他看到喻青措能有自己的事去做，看到她开心，他当然替她高兴，可他也是自私的，无数次他想让她独属于他一个人！

晚上，程易尘掐着时间到喻青措公司，前台看到程易尘来，拿起内线电话要通知喻青措，程易尘摆摆手："没事，你忙你的，我就随便坐坐。"

前台小妹悻悻然放下电话，端了杯水到休息室后便离开了。

休息室是喻青措的私人空间，她会在这里午休，所以日用品还是很齐全的。程易尘顺着她的摆台走过去，上边有小丸子的照片，有和程老太的合照，有公司团建的，有她的单人照，最后一张……程易尘笑着勾了勾嘴角，拿起那张照片，那是他和喻青措在斐济岛的一张合照，斐济岛是世界上最早看到太阳的地方，第一束阳光打在他们身上时，程易尘按下了快门键。

门被推开，喻青措的高跟鞋踏着地板的声音传过来："什么时候来的？怎么没跟我说呀？"

程易尘的视线从照片上移开，看向她，嗯，和照片上一样，还是那么漂亮，只是……从前她见到他的第一反应一定是抱他！

他伸手揉搓一把脸，避开没有回答她的问题，反问道："吃饭了吗？"

喻青措揉了揉肚子，今天一天从验货到签字忙得脚不离地，到这个点儿，工作餐也没来得及吃，现在还真有点饿了，她点点头实话实说。

程易尘眉心皱了一下，耐着性子："想吃什么？"

"火锅！"

半个小时后，第一口涮毛肚裹着酱汁下肚，喻青措感觉自己终于活过来了！从口腔到胃里都是暖暖的，现在是独属于自己的时光，好惬意！

实话实说，有了小丸子之后，她看问题的维度更广。

有一次，她看一档下饭菜综艺，里边采访一位母亲，那位妈妈笑着回答记者的问题，她说有了孩子之后，就有了挣钱的动力，她不想让自己的小朋友过得辛苦。

从创立公司到现在步入正轨，她的初衷倒不全是为了小丸子，但是在自我实现的这个过程中，她发现自己也在一点一点变好。

"青措，你有没有在听我说话？"

是的，刚才她跑神了。

"你说什么？"喻青措嘴角挂着油渍，抬眼对上程易尘阴沉的脸。

好吧，其实从他来公司，她就已经感受到她的老公有些不开心，只是她不明白原因，现在他的不开心似乎又增重一些。

程易尘本来就不爱吃火锅，来这里的原因全是为了她，可他耐着性子说了好半天的话，她竟然一句也没有听进去！

市井火锅店里氤氲四起，后半程喻青措加速涮菜，对面的人了无兴趣。

"吃好了吗？"

"好了……"

她话音还未落地，程易尘起身去买单，随后拽着她腕子就往外走。

车里气氛降到冰点，她大气儿也没敢喘，她努力回忆着刚才在饭桌上程易尘的话，也不是全没有听到，应该，好像……是在控诉她最近太忙了？

对！就是这个！

这让她想起三年前，那时候刚结婚，有一阵子她也在控诉程易尘太忙了，她甚至还向程姿吐槽过……现在，二人的角色竟然在发生着变化，想到这里，她竟然笑出了声。

"喻青措？好笑？"

"不好笑。"她正了正神色。

"你最好等下还能笑得出来。"说完这句，程易尘猛踩一脚油门。

车子拐进庆福路5号的停车库，程易尘下来后，从后座拎着喻青措的包，攥着她的手腕就往南楼走，前边的人脚步迈得大，喻青措踩着高跟小跑起来。

路过前院，喻青措怔了怔："小丸子还在奶奶那儿！"

"今晚上就让她睡奶奶那里。"

"什么？"

"我说，今晚上我要和你睡，听懂了吗？"

四下无人的小院，说不定姆妈就会从哪里钻出来，她伸手就去捂程易尘的嘴巴！

有人顺势掐着她腰身把她抱起来扛在肩上。

"程易尘！你疯了！放我下来！等下被人看到了！"她压着嗓子吼他。

程易尘恶趣味附身，哪顾得上她的捶打，直接三步并作两步往南楼去。

从进门的鞋架沿着客厅到书房最后拐到卧室，一路狼藉，包、衣服、鞋子散落一地。

喻青措脸颊泛红躺在程易尘的怀里，毫无睡意，今夜窗帘没有合上，屋外月光疏影晃动，她嗔声怪他："明早还有早茶会的！"

他叹口气，把她翻转过来，面对面，程易尘捧着她脸颊吻了吻："青措，你一定知道我为什么不开心。"

借着月光，她看到程易尘眼睛里的真诚，她没有说话，细细等着他的下文。

"答应我好吗？以后在家里我们不要再说工作。"

她点点头，回顾这半年来，她在不断完善自己时也确实忽略了程易尘的感受。

她想起自己曾经也被这样的思绪拉扯，她当然能懂这种感觉。

"还有！"程易尘又想起来什么，"以后要先抱我再抱小丸子！"

喻青措一个没忍住，哈哈笑出声，在他的怀里笑到停不下来："程易尘，你也太幼稚了！你女儿的醋也吃！"

"啧！喻青措，我是认真说的！"他索性拉开床头灯，直接抱着青措一起坐起来。

程易尘攥住喻青措手心，偏要她答应，他挠她痒痒肉，她笑得咯咯颤抖。

"好好好，我答应你，以后先抱你！"喻青措妥协投降，程易尘这才停下来。

关了灯，月亮还是那个月亮，窗外有虫鸣声，青措还是青措，程易尘还是程易尘。从来到庆福路那年起，缘分在冥冥中已经铺好路，命运推着她往哪儿走，她就朝着那里走。

真好啊，二人喃喃低语，相继沉沉睡去。

一夜好眠，一生顺遂。

-全文完-